Buch 1
Der wandelnde Kochtopf

Burkhard Rühl

*

Der wandelnde Kochtopf

*

Von kurzen Begegnungen
mit Menschen,
die mich beeindruckt haben

Herstellung und Verlag:
BoD-Books on Demand, Norderstedt
ISBN: 978-3-7386-4737-2

Inhaltsverzeichnis

Der wandelnde Kochtopf 8
Das „Männlein" 10
Eine angenehme Überraschung 12
Eine schwarze Frau in Amerika 14
Ein weiblicher Dämon? 16
Abfischen der Menge 18
Ohne Worte 19
Zwei Bettelkinder in Ägypten 20
So wird's gemacht! 22
Rund um die Ampel 24
Ein Mann sucht Essen 26
Zwei Mädchen im Tschad 28
Der Bettler am Tahir-Square 30
British understatement 32
Die sind ja schwul! 34
Der blinde Musikant 35
Der Eismann 37
Timo 39
Sid 44
„Das darfst du nicht!" 48
Eine Familie in Schottland 50
Gastfreundschaft in Kamerun 52
Welcome! 54
Gymnastik afrikanisch 55
Amsel 56
Eine Beerdigung 58
Ein Schäfer in Rumänien 60
Der Einarmige in Lettland 62

Die Märchenerzählerin *64*
Ein anderes Gesicht. *66*
Wer sich bindet, ist leer im Zentrum. *68*
Mienchen *71*
Judith, die jüdische Frau aus Kellen *72*

Liebe Leser,

einem Teil der Menschen, über die ich in den folgenden kurzen Geschichten berichte, bin ich sehr dankbar, weil sie mich in irgendeiner Weise unterstützt haben; den anderen deswegen, weil sie mir durch ihre Besonderheit Gelegenheit gaben, sie zu beobachten und hier zu beschreiben.

Der wandelnde Kochtopf

Wenn ich von meiner Hütte in den Pyrenäen, in der ich für eineinhalb Jahre gelebt hatte, herunter in das Städtchen Saint Giron kam, um auf dem samstäglichen Markt, der, wie überall in Südfrankreich, unter schattenspendenden Platanen aufgebaut war, meine Einkäufe zu tätigen, begegnete mir einige Male ein sehr origineller Mensch, der mich durch seine ungewöhnliche Erscheinung faszinierte.

Dieser Mensch, ein etwa 30jähriger, mittelgroßer Mann mit einem Zwei- oder Dreitage-Bart in einem eher bäuerlichen Gesicht, fiel durch seine Kleidung auf, die dazu angetan war, den Betrachter zu verwirren, zum Staunen, Gaffen, Schmunzeln oder zum Kopfschütteln zu bringen.

Er trug keine modische, extravagante oder in derartiger Weise hervorstechende Kleidung, auch nichts Gammeliges oder Irgendetwas, das in irgendeine Stilrichtung gewiesen hätte.

Niemand trug das, womit er sich schmückte, dazu fehlte wohl jedem, wenn auch nicht die Fantasie, so doch wahrscheinlich der Mut. Nein, er führte einfach nur seine ganz persönliche Note spazieren.

Das erste Mal, als ich ihm begegnete, trug er schwarze Damenstiefel, die ihm bis zu den Knien reichten. Dann folgte nach oben ein rot-grün karierter Schottenrock und darüber trug er eine weiße Damenbluse.

Bis hierher ja eigentlich noch nichts allzu Besonderes, man könnte meinen, er lebe damit so ein bisschen die Sehnsucht aus, Frau sein zu wollen, aber der Höhepunkt lässt diese Schlussfolgerung überhaupt nicht zu: seine Kopfbedeckung. Diese, die er auf dem Kopf hatte, befindet sich gewöhnlicherweise in einem ordentlichen Haushalt im Küchenschrank und ist eigentlich zur Zubereitung von Speisen oder zum Erhitzen von Getränken gedacht.

Langsam wird klar, um was es sich bei dieser Kopfbedeckung gehandelt hat, ja doch, um einen Kochtopf. Genau so ein Ding aus Aluminium mit schwarzem Stiel trug dieser junge Mann auf seinem Haupte, der Stiel zeigte nach hinten und schräg nach unten.

Das sah gar nicht mal so bescheuert aus, denn er trug seinen Alu-Hut so, wie andere ihren Hut oder ihre Mütze tragen; er lief aufrecht, irgendwie ein bisschen würdevoll sogar und schaute ganz normal aus der Wäsche unter dem Kochtopf hervor. In meinen Augen war er überhaupt nicht zum Auslachen. Ich glaube, er wollte ernst genommen werden als kreativer Mensch oder als einer, der andere Vorstellungen von Kleidung hat und der vor allem diese Vorstellungen auch lebt, aber sonst ein ganz normaler Mensch ist. Jedenfalls trug er seine Sachen, die noch durch ein weißes Täschchen, das er über seinen angewinkelten Arm gehängt hatte, vervollständigt wurden, mit einem gewissen Stolz, der aber nicht unbedingt auf die Zustimmung der anderen Menschen angewiesen war.

Ein andermal präsentierte er sich in einem engen schwarzen Plastikrock, der ihn zu kleinen, trippelnden Schritten zwang. Dazu hatte er sich auf den Kopf eine rote Haube nach Rotkäppchenart gesetzt und sie mit Bändchen und Schleife unterm Kinn befestigt. Eigentlich zum Schießen, die ganze Kleidung, nein, *Ver*kleidung, aber die Art, wie er sich zeigte und ging und verhielt, hinderte mich daran, zu lachen. Ich konnte nur beobachtend, staunend diese Erscheinung genießen, ja, es war ein Genuss, diesen absonderlichen Menschen zu betrachten, der da, ohne sich zu genieren, das trug, was ihm passte.

In dieser Aufmachung ging er in die nächste Kaffeebar und studierte dort die Zeitung. Niemand lachte über ihn, weder vor noch hinter seinem Rücken, er war bekannt.

Bei seinen letzten Kreationen erinnere ich mich nur noch seiner Hüte. Einer war mit Plastikfrüchten überladen, der andere ein schlicht schwarzer Sommerhut, unter den er sich hinten ins Haar eine riesige gelbe Schleife gebunden hatte.

Nie sah ich ihn in der selben Aufmachung zweimal und vieles schien improvisiert und von ihm selbst gebastelt, genäht oder zusammengesteckt zu sein. Ich empfand diesen Menschen als sehr kreativ und bewunderte ihn wegen seines Mutes, so verrückt herumzulaufen.

Das „Männlein"

Auf meiner Radtour nach Afrika machte ich in Abu Ghassem am Roten Meer in einer Hütte Halt, um etwas zu essen und einen Tee zu trinken. Ich möchte nicht den bei uns gebräuchlichen Ausdruck „Restaurant" verwenden, der nur falsche Vorstellungen erweckt. Lehmboden, ein paar Tische, Stühle, eine mehr oder weniger versteckte Kochgelegenheit, ein Dach darüber und ein Wirt, das ist alles.

Dort begegnete ich einem Menschen, den ich für Wert erachtet habe, ihn in gutem Gedenken in meinem Gedächtnis aufzubewahren. Das in der Überschrift verwendete „Männlein" soll keine Herabminderung sein, ich habe sehr viel Respekt vor diesem Mann.

Klein ist er, braun gebrannt, kein negroider Typ, wie es doch fast alle seine Landsleute sind, die wie er im „Land der Schwarzen", so die Übersetzung von Sudan, leben. Er ist zusammen mit seiner Verwandtschaft im Grenzgebiet beheimatet. Zu Fuß durchstreift er die Gegend, einen schweren, durchs Greifen blankpolierten Stecken geschultert, an dem ein großer, ehemals weißer, gewebter Plastiksack hängt.

Ein Schal in gleicher Tönung dient ihm als Kopfbedeckung, nach Art der Wüstenbewohner um den Kopf gewunden. Ein langes, schmuddeliges Tuch, um Schultern und Hüften gelegt, ist Kleid, Handtuch und Mundserviette zugleich, darüber trägt er eine Weste, der untere Teil seines Körpers steckt in einer weiten arabischen Hose, die, wie auch die Weste, in ihrem Farbton zu den anderen Sachen passt. Um den Bauch hat er einen breiten Gürtel geschnallt, der mit Geldtasche und Messerschneide behangen ist.

Seine Stirn ist faltig, jedoch nicht runzelig, sein Gesicht strahlt Selbstvertrauen und Würde aus. Ihm fehlen die unteren Schneidezähne, sodass die Zunge beim Sprechen gegen die Unterlippe stößt. Seine Stimme klingt einfach und selbstbewusst, er spricht deutlich, jedes Wort scheint wohlüberlegt. Seine Antworten sind kurz und bündig.

Er legt den Stecken und den Sack auf den Tisch, setzt sich und bestellt sich etwas zu essen. Er isst viel und bedächtig, mit sichtbarem Genuss, Bohnen, Sardinen, Käse und Brot. Zwischendurch stößt er hörbar auf. Sein Mund glänzt vor Fett bis zu den Ohren. Als er mit Essen fertig ist, leckt er sich jeden Finger von jeder Seite bis zur Gabelung sauber. Die restlichen Bohnen, die er nicht mehr geschafft hat, packt er in eine Plastikdose, die er aus seinem speckigen Beutel hervorkramt. In dem Sack hat er noch zwei Pakete Kautabak, die er kurz zeigt. Er will sie verkaufen, aber er hat schon die Erfahrung gemacht, dass sie ihm, so öffentlich angeboten, keiner abnimmt, weil Tabakverkauf Staatsmonopol und somit für andere verboten ist. Wer erwischt wird, kriegt Gefängnis, so gibt er jedenfalls mit seinen überkreuzten Unterarmen, deren Hände, zu Fäusten geballt, auf den Zugriff imaginärer Handschellen warten, pantomimisch scherzhaft seine Angst und sein Bedauern zum Ausdruck.

Einen Wasserkanister hat er auch noch in seinem Beutel, er packt ihn sorgfältig, wie alles andere, zurück in seinen großen Sack.

Für mich ist dieses „Männlein" eine merk- und denkwürdige Gestalt. Mein Eindruck ist, dass er sich frei fühlt; ein Mann, der sich lebt, ohne Komplexe, ohne Eitelkeit, ohne Schuldgefühle.

Eine angenehme Überraschung

Auf einer Wanderung durch eine recht einsame Gegend im nordöstlichen Deutschland, einem Teil der ehemaligen DDR, in der ich lange keiner Menschenseele begegnet war, kam ich an ein allein stehendes Haus und bat dort um Wasser. Eine junge Frau füllte mir meine Flasche und wir wechselten ein paar freundliche Worte.

Drei Jungen im Alter von etwa sieben, acht Jahren kamen näher und betrachteten mich aufmerksam. Nach einem „Dankeschön" und „Wiedersehen" zog ich weiter.

Kaum war das Haus hinter mir durch eine Pappelallee verdeckt, da hörte ich Rufe. Es waren die drei Jungs von eben, die, etwas in der Hand schwenkend, hinter mir hergelaufen kamen. Ich wartete, bis sie mich erreicht hatten. „Unsere Mutter hat uns das hier für Sie mitgegeben", dabei überreichten sie mir eine Mohrrübe und einen Kohlrabi.

Da war ich natürlich hocherfreut, nicht nur über das Essen, das ich als Köstlichkeit empfand, sondern mehr noch über die Gabe als Ausdruck von Herzlichkeit einem Fremden gegenüber.

Ich packte das Gemüse in den Rucksack und setzte meinen Weg fort. Die Kinder begleiteten mich. Ich fragte sie, da es sehr warm war und mich nach einem Bad gelüstete, ob hier in der Nähe ein See, ein Teich oder irgendein Gewässer sei, in dem ich baden könne. Sie versprachen daraufhin, mich zu einem See zu führen, der ganz in der Nähe sei.

Bei so vielen Kindern, und drei sind schon eine ganze Menge für mich, kriege ich gleich immer einen Schrecken, wenn sie mich irgendwohin begleiten wollen. Ich möchte eigentlich meine Ruhe haben, und Kinder erfordern meist sehr viel Aufmerksamkeit, die ich nicht immer bereit bin zu geben. Ich wollte auch gerne ohne Hüllen baden und wusste nicht genau, ob ich das in Anwesenheit der Jungen auch tun könnte.

Aber sie waren von einem anderen Schlage als die meisten in ihrem Alter, die ich erlebt hatte. Sie stellten ohne aufdringliche Neugier Fragen und sprachen in einer Art und Weise natürlich, dass ich gar nicht das Gefühl hatte, als Erwachsener mit Kindern zu sprechen, sondern als Mensch zu Menschen. Sie waren auch in keiner Weise misstrauisch und auch frei sowohl von Verachtung als auch von Bewunderung.

Ich ließ mich also von den Dreien zum See führen. Ich hatte es eilig mit dem Bade und war nicht wählerisch bei der Platzsuche, als wir den See erreichten.

Ein paar Schritte vom Ufer entfernt warf ich meinen Rucksack ab und zog mich aus. Die Kinder lagen oder saßen schon auf dem Gras und beobachteten mich während des Entkleidens mit beinahe staunender Aufmerksamkeit. Ich hatte aufeinmal keine Scheu mehr vor ihnen, wie noch vorhin in meinen Gedanken und bemerkte bei ihnen weder verschämtes Weg- noch begehrliches Hinsehen, weder verlegenes Grinsen noch moralische Entrüstung. Ich stieg ins Wasser, kühlte mich ab, schwamm ein bisschen herum, kam wieder heraus und ließ mich an der Sonne trocknen. Erst als ich trocken war, zog ich meine Badehose an und legte mich zu den Kindern ins Gras.

Wie erstaunt aber war ich, als plötzlich einer der Jungen über meine Brusthaare strich, sie vorsichtig anfühlte, betastete, und, sie mit seinen Fingern durchfahrend, länger darin verweilte. Er hatte nicht gefragt, ob er das dürfe, er hat es einfach ganz unbefangen und unschuldig getan, als ob es das Natürlichste von der Welt sei, einem Fremden in den Brusthaaren zu kraulen, und ich habe es ihm nicht abgeschlagen, warum auch?

Nach den Brusthaaren kam mein Bart dran, der mir damals nicht allzu lang und immer gepflegt geschnitten aus dem Gesicht sprießte. Diesen Bart berührte jetzt der andere Junge, indem er fast zart erst mit der Außenseite seiner Finger daran entlang strich, und dann, wie prüfend, ein paar Barthaare zwischen die Finger nahm, sie zwischen den Fingerspitzen rieb und mir dann vorsichtig durch den Bart fuhr, wobei er auch die Haare, die auf meinen Wangen wuchsen, nicht ausließ.

Für die Jungs war ich das willkommene Objekt, an dem sie ihre Lust auf Berührung von Bart- und Brusthaaren eines Mannes stillen konnten. Vielleicht hatten sie nichts dergleichen in ihrer Kindheit tun können. Ich war glücklich darüber, Zeuge ihrer Unbefangenheit geworden zu sein.

Eine schwarze Frau in Amerika

Inmitten des Centerparks in New York liegt eine Asphaltscheibe, die dem Vergnügen von Rollschuhläufern und Inline-Skatern dient. Sie hat ungefähr die Ausmaße eines Platzes, der von einem großen Zirkuszelt eingenommen wird, ist aber nicht überdacht.

Wir trafen bei einem Spaziergang durch den Park auf diese Stätte, die Sonne schien und allerhand Leute hatten sich auf dem Rund zu ihrem Vergnügen, ihren Übungen oder Shows versammelt. Von einer Bank aus konnte ich dem Treiben mit Spannung zuschauen.

Was es da nicht alles zu sehen gab! Vom Anfänger bis zum Kunst- und Paarlauf wurde alles geboten, selbst Clowns fehlten nicht, die spaßige Einlagen zum Besten gaben. Ich habe leider die Notizen verloren, die ich mir damals gemacht hatte, ich muss mich hier mit Erinnerungen begnügen.

Ich weiß noch, dass einige Läufer kunstvolle Pirouetten drehten, um ihre eigene Achse sprangen und manche zur Musik aus ihrem Walkman tanzten.

Es hatte sich offensichtlich eingebürgert, dass alle Läufer, entsprechend der Form der Scheibe, im Kreis liefen, und zwar alle in einer Richtung und alle am äußeren Rand, weil da der Kreisumfang am größten ist. Einige wenige fuhren in entgegengesetzter Richtung, aber mehr nach innen hin, sodass sie die anderen nicht störten oder irritierten.

Ein Witzbold schlängelte sich sehr geschickt rückwärts laufend zwischen die anderen hindurch, ohne mit ihnen zusammenzustoßen. Er erschreckte manchen durch Sprünge und blitzschnelles Ausweichen im allerletzten Augenblick und durch Faxen, die er dabei machte.

Vom Mittelpunkt bis zum Kreis der Läufer war ein großes Rund ganz frei, bis auf den Mittelpunkt selbst, auf den mein besonderes Augenmerk gerichtet war, denn dort saß eine schwarze Frau auf dem Boden, neben sich eine Handtasche und eine karierte Decke.

Diese Frau saß nicht nur auf dem Mittelpunkt, für mich war sie es auch. Mir kam es so vor, als *drehe* sich alles um sie, als sei sie der Dreh- und Angelpunkt, die Achse des Ganzen. Bekanntlich nimmt ja bei Scheiben, die sich drehen, die Geschwindigkeit zur Mitte hin ab, und so kam mir denn dieser runde Asphaltplatz vor wie eine rotierende Scheibe, die außen an der Peripherie eine rasende Geschwindigkeit aufweist und im Zentrum fast ruht.

Die Frau bewegte sich wenig, sie saß da, kramte ab und zu in ihrer Tasche, aber sie war wach, wohl nicht so sehr für das Geschehen rings um sie herum, als vielmehr für etwas, das in ihrer Innenwelt geschah. Ich sehe noch deutlich ihre Blicke, die sie manchmal zu uns herüber warf, vielleicht suchte sie in den unseren die Anerkennung ihrer zentralen Stellung bzw. Sitzung. Sie wollte wohl gerne im Mittelpunkt sein und hatte vielleicht keine anderen Mittel, als sich genau im Zentrum zu posieren. Was ist einfacher! Sie war ja nicht zu übersehen, obschon sie sich kaum rührte und der Trubel sich schon fast fernab von ihr abspielte. Aber sie war alleine und genau in der Mitte. Manchmal schien es mir, als sei sie beschwipst oder bekifft. Einen verlorenen Eindruck machte sie nicht auf mich, durch ihre Position zwang sie die Blicke des Publikums auf sich.

Die etwa 25jährige hat mich so fasziniert, dass ich die Läufer gar nicht mehr so richtig wahrnahm. In meiner Erinnerung steht dieses Erlebnis für Amerika.

Ein weiblicher Dämon?

In Boston gibt es eine Flaniermeile. Dort beobachtete ich eine Frau, die aus einem Abfallkorb einen halbgeleerten Eisbecher fischte, ihn offensichtlich ohne Scham und Scheu mit den Fingern auswischte und diese dann genussvoll ableckte. Diese Frau möchte ich näher beschreiben:

Als ich sie so anschaute, traf mich plötzlich ihr Blick. Hasserfüllt, dämonisch böse schaute sie mich an, ohne auch nur ein Fünkchen von ihren Gefühlen zurückzuhalten. Durch diese Offenheit wirkte sie in ihrem Ausdruck vollständig und auch in gewisser Weise anziehend und schön.

Es ist selten und fast ein Geschenk, ein solches Gesicht sehen zu können, das sich nicht verstellen muss oder kann, was für Gründe sich auch immer dahinter verbergen mögen.

Aber auch etwas Verbissenes, Verbiestertes, Feindliches, Abstoßendes blickte aus ihr heraus und gleichzeitig Hingabe an die eigene verzerrte Seele, die durch den offenen Blick verborgenen Schmerz und Einsamkeit preisgab. Sie hatte sprechende, stechende, Giftpfeile verschleudernde, das Ziel scharf anvisierende Augen.

Ich scheiterte bei dem Versuch, heimlich, nur für mich, so grimmig dreinzuschauen wie sie. Ihr knallrot bemalter Mund stach besonders hervor. Sie hatte die Konturen ihrer Lippen nicht genau nachgezeichnet, sondern darüber hinaus beschmiert. Dadurch erhielt ihr Gesicht etwas Clownartiges, Übertriebenes, Lächerliches, gleichzeitig aber wirkte es durch die übertriebene Betonung der Lippenfarbe drohend, und gab ihm damit auch etwas Naiv-Anziehendes. Da sie jedoch eine Frau war und kein Kind und auch kein Mädchen mehr, wirkte der Mund ein kleinwenig mehr abstoßend als verlockend, etwa wie entzündete Lippen.

Ihr Griff in den Abfallkorb war so unbefangen, als sei sie in ihrer Wohnung, öffne den Kühlschrank und entnehme ihm eine Portion Eis. Eis ist lecker, wen ficht es an, ob da vorher schon jemand draus gelöffelt hat oder nicht, durch das Wegwerfen wird es auch nicht schlechter.

Aber, wer aus dem Abfallkorb nimmt, tritt aus der Zivilisation heraus, demütigt sich vor den anderen, gibt sich der Verachtung der Zuschauer preis.

Wie ging sie damit um? Offensichtlich nahm sie diese Verachtung gar nicht wahr oder sie war ihr egal. Sie griff jedenfalls nicht verstohlen um sich blickend, heimlich und verschämt in den Müllbehälter, nein, sie tat es offen, jeder konnte es sehen.

Mich faszinierte die Selbstverständlichkeit, mit der sie sich über die „Kö" Bostons treiben ließ. Ich sah sie drei verschiedene Male und jedes Mal war sie gut und figurbetont gekleidet und sauber herausgeputzt. Ihr Alter schätzte ich auf 20 bis 23 Jahre.
Einmal saß sie zwischen Jugendlichen vor einer Eisdiele und malte sich in einem kleinen Spiegel mit einem dicken, stumpfen Stift die Lippen nach.

Wer war sie? Eine verdorbene, verkommene kleine Schlampe, eine harmlose Verrückte? Ein intelligenter Sozialfall? Ich kenne Sozialfälle, denen der Fall nicht nur ins Gesicht geschrieben steht, sondern auf den ganzen Körper. So eine war sie nicht. Trotzig lief sie in ihren engen Jeans, in ihrem ebenfalls engen, weißen Pullover mit einem darübergeschnallten roten Gürtel und einem gleichfalls roten Band in den lockeren, dunklen Haaren durch die Menge. Für mich war sie eine wandelnde, sich offenbarende, und doch geheimnisvolle Geschichte. Leid tat sie mir nicht, denn sie schien sich selbst nicht zu bedauern.

Natürlich zeugt eine solche Verhaltensweise, wie das Rumstöbern in Abfallkörben, die ich bei uns in den letzten Jahren immer häufiger beobachte, von Elend, da muss schon Einiges geschehen sein, bis ein Mensch soweit herunter kommt, aber diese junge Frau ließ sich von ihrem Elend nicht unterdrücken.

Meine Einschätzung ist nur eine Vermutung, vielleicht liege ich ganz falsch damit!?

Abfischen der Menge

In England, in irgendeiner Stadt, ich weiß nicht mehr, in welcher, schob ich mein schwer bepacktes Rad durch eine sehr belebte Einkaufsstrasse bergauf. Ich suchte nach einem schönen Platz, auf dem ich meine Flöte erklingen lassen konnte. So sehr ich aber auch Ausschau hielt, ich fand keinen, ich lief den Berg hoch, den Berg runter und wieder hoch, nichts zu machen. Aber wie ich da so suchend durch die Menge streifte, fielen mir zwei junge Menschen auf, ein Mann und eine Frau, die, wie ich, auch immer hoch und runter liefen und denen ich daher ein paar Mal begegnete.

Sie bewegten sich ziemlich schnell durch die Menge und wirkten auf mich wie Fischer mit ihren Booten und den ausgeworfenen Netzen im Meer. Sie schlängelten sich beide im Abstand von ein paar Metern auf gleicher Höhe von unten nach oben und wieder zurück, es mögen vielleicht so an die hundertfünfzig Meter gewesen sein, und bettelten unter irgendeinem Vorwand die Menschen an. Ich weiß das daher, weil sie auch mich ansprachen. Sie taten das etwa in der Art, wie ich das damals in Berliner U-Bahnhöfen erlebt hatte „ Haste mal 'ne Mark für mich...?"
Ich weiß ja nicht, ob sie erfolgreich waren, bei mir nicht, aber die Art, wie sie da fischend durch die Menge zogen, sie wirklich regelrecht abfischten, hat mich schon irgendwie fasziniert. Jedes Mal, wenn ich von oben kam, sah ich sie von unten hoch kommen und umgekehrt, ich konnte sie gut herausfinden, denn sie waren schneller als alle anderen, und es sah aus, als hätte sie ein unsichtbares Netz zwischen sich gespannt.
Ich weiß nicht, wie lange sie diesen Fischzug veranstaltet haben, ich habe sie ziemlich lange beobachtet. Dadurch, dass immer neue Menschen in den Strom einflossen und andere daraus verschwanden, hatten sie immer frischen Zulauf zu ihrem Meer und hätten das wahrscheinlich den ganzen Tag machen können. Sie schienen in diesem Menschenmeer zu schwimmen, sie bewegten sich fließend im Gewässer Menge. Das war ihre Arbeit, davon lebten sie.

Ohne Worte

Im fränkischen Ansbach, das von meinem Wohnort nicht allzu weit entfernt ist, hatte ich einmal ein kleines Erlebnis besonderer Art:

Um von meinen Einkäufen und Erledigungen ein wenig auszuruhen, setzte ich mich auf eine Bank. Von dort aus beobachtete ich die vorübergehenden Menschen. Einige blieben vor dem mir gegenüberliegenden Schuhgeschäft stehen und schauten sich die Auslagen im Schaufenster an. Nachdem ich so eine Weile das Treiben betrachtet hatte, schob sich plötzlich eine Frau mit ihrem Kinderwagen in mein Blickfeld, blieb vor dem Großen Fenster stehen und schaute sich irgend etwas genauer und länger an.

Das Besondere an dem Gespann war aber weder die Frau noch der Kinderwagen, sondern das schwarze, etwa drei- bis vierjährige Mädchen. Die Kleine saß nämlich nicht etwa einfach still in ihrem Gefährt, sondern war ganz aufmerksam und lebendig vertieft in Klatschen und Singen, wobei sie sich im Kinderwagen nach ihrem eigenen Takt und Rhythmus wiegte und dabei noch hin und her hopste.

Ich weiß nicht, wie es kam, jedenfalls trafen sich unsere Augen und für eine Weile ließen wir nicht voneinander los. Als wir uns erblickten, schaute das Kind mich nur mit seinen großen, dunklen Augen an und hörte mit seiner Musik auf. Ich nutzte diesen Augenblick, um ein paar Mal mit den Augenlidern zu klimpern. Die Reaktion des Mädchens: es klimperte auch ein paar mal mit den Augenlidern, aber etwas stärker als ich. Dann ging das Spiel erst richtig los.

Ich weiß im Einzelnen nicht mehr genau, welche Grimassen ich im Verlaufe dieser lustigen, mimischen Unterhaltung schnitt, aber das Mädchen äffte mich jedes Mal treffend nach und übertrieb dabei derart kräftig, dass uns beiden die Sache einen Riesenspaß machte. Ich erinnere mich noch, dass es, sobald es mit der Nachahmung einer Grimasse fertig war, mich erwartungsvoll und gespannt anschaute, welche Fratze ich jetzt wohl schneiden würde, und gleich darauf kam die verstärkte Retourkutsche.

Als die Frau genug hatte vom Schaufenstergucken, zog sie den Kinderwagen weiter. Das Kind blickte sich noch ein- oder zweimal um, dann war es plötzlich um die Ecke verschwunden. Ich sehe es noch heute vor mir, solch einen starken Eindruck haben dieses wenigen Minuten der lustigen, wortlosen Kommunikation auf mich gemacht.

Zwei Bettelkinder in Ägypten

Auf meiner Radreise nach Afrika musste ich in Kairo einen 17-tägigen Zwangsaufenthalt einlegen, ich tat dies nicht ungerne.

Kairo ist nicht nur eine sehr lebendige Stadt, sondern in ihr herrschen ganz andere Verhältnisse als in irgend einer europäischen Großstadt, die zu erleben ich Gelegenheit hatte. Der sudanesische Staat verschaffte mir diese siebzehntägige Pause, weil sein Botschafter in Kairo genau so lange brauchte, um mir das für die Fahrt durch sein Land so nötige Visum zu besorgen.

Bei einem meiner vielen Streifzüge durch die 16-Millionenstadt, - nachts sind es „nur" 12 Millionen,- kam ich auch in das vornehme Zentrum der Banken und großen Geschäftshäuser. Hier herrschten nicht die Lebendigkeit und das bunte, lärmende Treiben „meines" Teestubenviertels, das neben dem kleinen, billigen Hotel lag, in dem ich wohnte und sogar mein Rad einschließen konnte.

Die Menschen, die in diesem vornehmen Viertel zu tun hatten, waren Geschäftsleute oder Konsumenten der begüterten Klasse. Auf diese Menschen hatten es zwei Mädchen abgesehen.

Als ich die beiden zum ersten Mal sah, war ich böse auf die Ältere, vielleicht zehn-Jährige, denn sie schlug das jüngere, etwa sieben Jahre alte Mädchen ein paar Mal heftig gegen den Kopf, woraufhin dieses zu weinen anfing und zu einem vorübergehenden Mann lief, um in seiner Not bei ihm vor seiner Schwester -ich nehme an, dass es Geschwister waren- Schutz zu suchen, so sah es jedenfalls aus.

Das geschlagene Kind heulte dem Mann ganz schön was vor und schluchzte mitleiderregend. Der Herr, im modernen Anzug und mit schicker Aktentasche unterm Arm, neigte seinen Kopf, hörte sich alles an, sprach irgendetwas zu dem Kind und drückte ihm ein Geldstück als Trost in die Hand. Kaum war der edle Spender ein paar Schritte gegangen, da hörte auch schon das Mädchen auf, zu weinen, lief zu der Schwester und gab ihr das Geldstück.

Eine kurze Weile war Ruhe zwischen den beiden. Mir dämmerte etwas, aber ich hatte noch meine Zweifel, die aber schnell beseitigt werden sollten, denn plötzlich schimpfte die Grosse auf die kleine ein, zog ihr die Zunge aus dem Mund und machte mit den beiden Scherenfingern der anderen Hand Zwackbewegungen, als ob sie ihr die Zunge abschneiden wolle. Sie tat das alles so laut und heftig, dass die Kleine laut zu heulen anfing und wieder zum nächsten Passanten rannte, um sich von ihm trösten zu lassen. Es funktionierte! Das nächste Geldstück wanderte in ihre Hand, die sie kurz darauf ihrer Schwester zur Abgabe hinhielt.

Die beiden spielten ein abgekartetes Spiel, wobei die ältere Schwester sich wohl immer neue Schikanen ausdenken musste, um den Tränenfluss der Jüngeren am Laufen zu halten.

Ich bin nicht länger geblieben, um mir ihre nächsten quälenden Fantasien anzuschauen. Die Methode war erfolgreich, aber ich bin mir sicher, dass die Kinder lieber richtig, wie Kinder, gespielt hätten, statt diese scheußliche Tragie-Komödie aufzuführen.

So wird's gemacht!

Wenn ich heute daran zurückdenke, die Szene vor meinen Augen wie im Film ablaufen lasse, dann muss ich lachen und die Frau bewundern, die das gemacht hat, was für mich den Höhepunkt dieser Geschichte darstellt:

Als ich mein Rad in den Tschad hineinschob, nachdem ich alle Grenzformalitäten erledigt hatte, wusste ich, dass ich da nicht mit dem Rad durchfahren konnte. Die politischen wie auch die Straßenverhältnisse ließen das nicht zu, es wurde hier und da gekämpft, und das, was sich auf meiner Karte als eine rote Linie durch das Land schlängelte, war, wie schon im Sudan, nur eine gedachte Strasse und keine wirkliche in unserem Sinne. Seit undenklichen Zeiten hatten dort Tiere, Menschen und Karren, und seit modernen Zeiten Lkws eine breite Spur hinterlassen, die auch durch ausgetrocknete Flussbetten und Sandmassen führte, das war die rote Linie in meiner Karte.

Ich musste also einen LKW nehmen, um den Tschad zu durchqueren und in das benachbarte Kamerun zu gelangen. Mit mir stiegen noch ungefähr fünfzig andere Reisende auf den Laster, sodass er ganz voll war. Ohne uns war er ja schon voll, denn er hatte so ungefähr 200 Zwiebelsäcke geladen und das letzte Viertel war bis obenhin mit getrockneten Ziegenfellen bepackt. Es handelte sich hier um ein „Long vehicule"

Wir kamen obendrauf auf die Ladung. Damit wir nicht runterfielen, waren rundherum auf der Höhe der vorletzten Sackreihe Balken befestigt, auf die wir als männliche Passagiere unsere Füße stützen konnten, wir saßen nämlich wie auf einer Bank auf der äußersten Kante der Ladung und waren für die Frauen und Kinder, die auf den Säcken im Schneidersitz hockten, mit unseren Rücken so etwas wie eine Schutzmauer.

Wir saßen dichtgedrängt, Bewegungsspielraum hatten wir so gut wie gar nicht, und wenn der Wagen eine Pause machte, mussten wir runterklettern, was besonders für die Älteren nicht ganz einfach war. Mein Rad war ganz hinten festgezurrt, ich hatte die Sache selbst in die Hand genommen.

Wie gesagt, es war ein bisschen eng da oben. Tagsüber war das kein so großes Problem, weil wir saßen. Aber nachts, wenn der Fahrer Feierabend machte und wir uns da oben alle zur Nachtruhe „betten" wollten, gab es Probleme, weil nicht genug Platz für alle da war. Die Frauen hatten tagsüber zum Teil ihre Säuglinge auf dem Schoss, für die sie jetzt Platz brauchten, wir Männer auf der Bankreihe wollten uns auch hinlegen und brauchten also ein kleines Fleckchen, wo wir unsere Schlafmatte ausbreiten konnten.

Kurz gesagt: es gab Kampf um den Platz und ich war gezwungen, mir meinen Platz zu erkämpfen. Ich tat es wie alle, ich kroch dahin, wo eine kleine Lücke war und vergrößerte sie durch Hin- und Herbugsieren meines Körpers, bis ich ganz hineinpasste. Zwangsläufig hatten immer einige dabei das Nachsehen, die nun ihrerseits auf dieselbe Art versuchten, sich Platz zu verschaffen. Ich schlief jedenfalls ein. Ein paar Mal wurde ich wach, weil ich mich bedrängt fühlte. Mit einem Mal aber wurde ich hellwach, mit meinem Kopf war etwas geschehen, irgendetwas Schweres lastete auf mir, das ich abschütteln musste.

Der Grund für mein plötzliches Erwachen war ein ganz einfacher: Die Frau neben mir hatte ein Kind auf dem Schoß, es war versteckt unter ihrem Umhang. Mittlerweile war sie es leid, so dazuhocken, sie wollte das Kind hinlegen und selber ein bisschen schlafen. Ich lag neben ihr und schlief, ich war derjenige, der sie daran hinderte. Was tat die Frau in ihrer Not? Sie setzte mir das Kind auf den Kopf, und sie tat das nicht etwa sanft, sondern mit einem Ruck und legte auch noch ihr halbes Körpergewicht dazu. Lange habe ich das natürlich nicht ausgehalten und war gezwungen, wegzurücken.

Am Morgen lag das Kindchen verborgen auf dem Boden, die Mutter hatte ein Tuch darüber gedeckt, das auch mich, der ich ja neben ihr lag, halb verhüllte. Ich lag wach mit verschlossenen Augen darunter. Das Kleine und ich, wir steckten jetzt also unter einer Decke. Plötzlich fuhr ein kleines Händchen über meine Haare und krabbelte darin herum. Mit meinem Finger berührte ich sein Fingerchen und kurz darauf hörte ich ein Stimmchen lachen. Wir spielten weiter „kurz berühren", das Lachen wurde heller, ausgelassener und auch ich hatte meine helle Freude. Als ich später darunter hervorkroch, schaute ich die Frau an, wir mussten beide lachen und mit einem freundlichen Handschlag war der nächtliche Kampf vergessen.

Rund um die Ampel

Ein Linienbus kutschiert mich durch Nürnberg. Ich schaue durch die großen Scheiben auf das Treiben draußen, es ist Sommer, die Sonne scheint, das Straßenbild ist bunt und lebendig. Hin und wieder müssen wir halten, mal wegen einer Ampel, mal wegen einer Haltestelle.

Wenn ich nicht selber etwas tue und gezwungen bin, still zu sitzen, suchen meine Augen immer ein sich bewegendes Erlebnis, etwas Spannendes, Aufsehenerregendes oder Außergewöhnliches.

Wie wir so dahinzockeln, fahren ist im Augenblick nicht der richtige Ausdruck, und ich aus dem Fenster blicke, tritt der Busfahrer plötzlich auf die Bremse. Nichts besonderes, nur eine orangefarbene Ampel, die jetzt auf Rot umgesprungen ist.

Wir halten neben einer kleinen Verkehrsinsel, auf der die Ampel steht. Ein Zebrastreifen führt von hier auf den gegenüberliegenden Bürgersteig. Die Fußgängerampel ist auch auf Rot, weil die Abbieger Vorfahrt haben, es ist überflüssig, die genaue Verkehrssituation zu beschreiben, das was mir auffällt, steht, nein, steht nicht, sondern dreht sich neben mir um die Ampel: er hat viel Platz, der Schwarze auf seinen Inline Skatern, denn er ist alleine auf der Insel und kann sich mit einer Hand am Ampelpfosten locker festhalten und sich tänzelnd um das Verkehrslicht herumdrehen. Er hat die Kopfhörer eines Walkman in den Ohren, und wie ich ihn so in seiner Bewegung betrachte, glaube ich die Musik zu spüren, nach der er sich hier schwungvoll im Kreise dreht.

Der Mann ist so um die 25, vielleicht auch etwas jünger, bunt und sportlich gekleidet, mit Knie- und Handschutz ausgerüstet, und verbringt also hier die Wartezeit in spielerischer Weise, indem er sich ein paar Mal selbstvergessen und rhythmisch um das rollt, was für manch anderen Anlass ist, sich zu ärgern, die Ampel.

Das Ganze hat vielleicht eine oder anderthalb Minuten gedauert, aber ich habe das Bild unauslöschlich in mich aufgenommen und in meinem Gedächtnisalbum aufbewahrt, wo ich es mir jederzeit wieder anschauen kann.

An dieser Stelle, weil es gerade dazu passt, möchte ich ein „Foto" von einem Bild zeigen, das ich mir in Afrika eingeprägt hatte, als ich vom Fahrrad aus die Gegend anschaute.

Im Vorüberfahren sah ich eine Hütte und einen Mangobaum, beides stand so ganz allein am Pistenrand. Das besondere an der Szene, das mich so beeindruckt hatte, waren aber nicht der Baum und die Hütte, sondern der Mann im Liegestuhl unter dem Mangobaum. Er lag einfach nur so da, über sich die volle Krone des dicht und dunkelgrün beblätterten Baumes, darüber der afrikanische Himmel mit der schon rötlich gefärbten, dem Untergang nahen Sonne, daneben seine Hütte, und um ihn herum die hellbraungelbockerfarbene Erde, das war alles, nicht mehr, nicht weniger. Ich weiß nicht, wie der Mann sich gefühlt hat, aber mir bot dieses Bild den Inbegriff von Entspannung.

Ich erinnere mich gerade eines anderen Bildes in meinem Kopfalbum, auf dem ein Mann in einer Kuhle des Wurzelgeflechtes eines starken Baumes liegt, so richtig darin eingebettet, wie das Tiere machen. Wenn ich dergleichen sehe, bin ich immer fasziniert und möchte meinen Blick gar nicht davon lösen.

Ein Mann sucht Essen

Da saß ich nun auf einer Bank im Bukarester Bahnhof und wartete auf den Zug, der mich nach Österreich fahren sollte.

Ich trat diese Zugfahrt nicht freiwillig an; ein junger Rumäne, dem ich zu lange erlaubt hatte, mich zu begleiten, nutzte die Gelegenheit, mich mit Gewalt meines Geldes und Passes zu berauben und beendete damit meine Wanderung, die ich ein halbes Jahr zuvor von Nürnberg aus mit dem Rucksack begonnen und die mich nach Rumänien geführt hatte. Jetzt war ich gezwungen, mit einem Behelfsausweis, einer Fahrkarte von der Deutschen Botschaft und etwas Taschengeld, für das ich mir ein ganzes Brot und etwas zu trinken gekauft hatte, das Land innerhalb von drei Tagen zu verlassen. Ich war tief getroffen von diesem überraschenden Ende und wollte mich gar nicht damit abfinden. Ohne Geld und ohne Lust, abzufahren, saß ich also auf dieser Bank und wartete auf den Zug.

Plötzlich fiel mir ein Mann auf, der suchend über den Bahnsteig lief, nicht wie einer, der etwas verloren hat, sondern eher wie eine Taube, die nach Futter sucht. Er schaute hierhin und dorthin, den Blick auf den Boden gerichtet, lief plötzlich mit einer abrupten Wendung irgendwo anders hin, kam im Bogen wieder zurück, suchte unter Bänken, warf einen Blick in diese und jene Ecke, und steuerte jetzt zielstrebig auf ein eben entdecktes, weggeworfenes Brötchen zu, hob es auf und verstaute es in seiner Plastiktüte.

So suchte er den Bahnsteig nach Essbarem ab. Er sah nicht vergammelt aus, dieser Mann, seine Kleidung war in Ordnung und sauber. Sein Gesicht war ernst und auf die Suche konzentriert. Jetzt sprang er runter auf die Gleise und bewegte sich ziemlich schnell über die Schwellen. Da erspähte er eine Tomate, eilte auf sie zu, hob sie auf, betrachtete und begutachtete sie von allen Seiten, befand sie für essbar, wischte sie mit den Händen ab und legte sie zu den anderen Sachen in die Tüte.

Vielleicht hatte er hier jetzt alles abgesucht, jedenfalls kam er wieder hochgeklettert und geradewegs auf mich zu. Mir war vorher klar, dass ich dem Mann mein halbes Brot geben muss, ich hatte es schon halbiert, während er zwischen den Gleisen herumwieselte.

Wie er so auf mich zu kam, sah ich ihm ins Gesicht und hielt ihm das Brot entgegen. Er glaubte mir erst nicht, dass ich es ihm geben wollte, er war misstrauisch, hielt sich einen Augenblick zurück, griff dann doch zu, mit ausgestrecktem Arm, nahm es mit einer schnellen Bewegung, als ob ich es mir wieder anders überlegen könnte, roch an dem halben Laib, drehte ihn, schaute sich ihn von allen Seiten an, steckte ihn ein und verschwand.

Ich sah sein Gesicht deutlich, da war etwas von Stolz darin, er kannte kein Bitte und kein Danke, er wollte niemandem etwas schuldig sein. Die Demütigung, die er dadurch erleiden musste, dass er weggeworfenes Essen anderer Menschen vom Boden aufsammeln musste, hatte noch nicht sein Gesicht gezeichnet. Er war noch nicht zum Bettler geworden. Aber, und das erkannte ich deutlich, er schämte sich vor den anderen, deswegen huschte er so schnell über den Bahnsteig und deswegen schaute er auch niemandem in die Augen. Mich hatte er nur angeschaut, weil ich ihm das Brot hingehalten hatte.

Ich denke, dieser Mensch war wirklich in Not, er hatte vielleicht seine Arbeit auf irgendeine Weise verloren, fand keine andere und konnte oder wollte weder stehlen noch betteln. Ich vermute, dass er ein rechtschaffener Mann war und er tat mir nicht leid, sondern es tat mir weh, ihn so erleben zu müssen.

Zwei Mädchen im Tschad

Meine Radreise durch Afrika wurde im Tschad dadurch unterbrochen, dass ich, sowohl aus politischen Gründen,- die Gegend war umkämpftes Gebiet-, als auch wegen schlechter Wegstrecke gezwungen war, einen mit etlichen Zwiebelsäcken und Ziegenfällen beladenen Laster mit Überlänge zu besteigen und mich also mit Motorkraft durch dieses bei uns noch ziemlich unbekannte Land zusammen mit mehr als fünfzig anderen Menschen kutschieren zu lassen. Ich schrieb in einer vorigen Geschichte ausführlicher darüber.

Wenn man, wie ich, von Nürnberg mit dem Fahrrad nach Afrika fährt, jeden Tag so etwa 70, 80 Kilometer, manchmal mehr, manchmal weniger, dann verändert sich die Landschaft nur allmählich, man merkt es kaum und plötzlich ist man dann im Tschad. Die Staatsgrenzen sind immer Einschnitte, was Sprache, unter Umständen Religion und auch Schrift und möglicherweise Kleidung anbelangt, aber im Grunde ist es nur ein Wechsel, selten eine einschneidende Veränderung, die man erlebt.

Solch eine einschneidende Veränderung wurde mir bewusst, als wir mit dem riesigen Vehikel nach einem Zwischenstopp, bei dem in einem Hüttendorf ein paar Säcke abgeladen wurden, weiterfuhren. Dass ich in diesem Ort zum ersten Mal Heuschrecken aß, war nichts Besonderes, aber dass wir auf dem weiteren Weg Männer mit Lanzen sahen, das hat mich schon gewundert, noch mehr aber staunte ich über das, was ich sah, als wir plötzlich wegen eines Hindernisses halten mussten.

Da hatten doch zwei hübsch lächelnde, etwa 16, 17jährige Mädchen sich ihrer Tücher entledigt, mit denen sie ihren Oberkörper bedeckt hielten, diese zusammengeknotet und quer über die Strasse gespannt, die eine links von der Piste, die andere rechts davon stehend.
Mir als westlich erzogenem Menschen, der gewöhnlich keine Frauen mit nacktem Oberkörper auf der Strasse antrifft, fiel natürlich gleich ihre Unbedecktheit auf, ihr entblößter Oberkörper war für mich ein Anziehungspunkt. Aber mir fiel auch gleichzeitig der Unterschied zu den Einheimischen in dieser Hinsicht auf, für die der nackte Busen der beiden nichts besonderes war. Die Mädchen hatten sich nicht etwa entblößt, um den Fahrer zu schockieren oder sexuell zu stimulieren, natürlich nicht, das wäre wahrscheinlich bei uns der Grund, warum

Frauen das in der Öffentlichkeit täten, die beiden hier brauchten das Tuch, um eine Straßensperre zu errichten, das war alles. Sie spielten Zoll und hofften durch ihren kindlichen Charme, der aus ihren Gesichtern und ihren Gesten strahlte, dem Fahrer einen kleinen Obulus abzuluchsen oder mit ihm einen Schabernack zu treiben. Der fuhr bis ans Tuch heran, trat auf die Bremse und alberte mit den Mädels rum, gab ihnen aber nichts und fuhr dann weiter, bis eine von beiden das Tuch losließ und die andere es schnell wegzog. Vermutlich kannte er das Spielchen schon. Im Übrigen waren das nicht die einzigen Frauen, die ich mit freiem Oberkörper so unbefangen erlebte.

Jedenfalls ist mir klar geworden, was wir bei uns für einen Zirkus um den Busen einer Frau machen, nicht nur wir Männer, sondern auch die Frauen, die ihn ja schließlich haben. Ich glaube, in Afrika, besonders in den abgelegenen ländlichen Gebieten ist der Busen nichts anderes als eine zweckmäßige Einrichtung der Natur zum Stillen der Säuglinge, auch, wenn er gewöhnlich verdeckt wird, aber er ist noch nicht Fetisch wie bei uns. Die Kinder werden noch an die Brust genommen, bis sie von selber damit aufhören, wenn sie Zähnchen bekommen haben und kauen können.

Die Mädchen haben sich nicht wegen ihrer Blöße geschämt, Schamgefühl wegen nackter Brüste in der Öffentlichkeit wird hier im Tschad offensichtlich nicht anerzogen, wohingegen bei uns oft kleine Mädchen, die noch nicht einmal einen Ansatz von Busen haben, im Schwimmbad schon einen Bikini-Oberteil anhaben.

Aber die Kolonialherren haben ihre Spuren hinterlassen, und so sieht man das, was ich gesehen habe, nur noch selten, und ich bin froh, dass ich das erleben konnte!

Der Bettler am Tahir-Square

Der Tahir-Square ist ein großer Platz in Kairo, eine Straßenkreuzung, die fast alle Kairoer irgendwann überqueren müssen, weil dort die Verwaltung ihren Amtssitz hat. Auch ich ging einige Male über den Platz zu dieser Verwaltung weil ich mich registrieren lassen musste und außerdem die sudanesische Botschaft in der Nähe war, bei der ich mein Visum beantragt hatte. Ich hatte das Pech oder besser das Glück, 17 Tage in Kairo hängen zu bleiben, weil das Visum so lange gedauert hat oder weil ich dem Beamten, bei dem ich es beantragt hatte, kein Bestechungsgeld angeboten hatte.

Auf einem dieser Gänge, ich kam gerade frustriert von der sudanesischen Botschaft, blieb ich vor einem Zebrastreifen stehen, weil mir ein besonderer Mann aufgefallen war.

Bevor ich beschreibe, was ich beobachtete, ist es nötig, zu wissen, dass die Autos auf diesem Platz sehr langsam fahren, weil er sehr belebt und viel befahren ist. An dem Zebrastreifen mussten die Fahrer auf die vielen Fußgänger achten, sie konnten also nur Schritt fahren.

Dieser Mann, den ich da im Visier hatte, ja, ich beobachtete in sehr gezielt und konzentriert, weil sein Verhalten meinen Blick fesselte, stand ein paar Schritte in den Zebrastreifen hinein, streckte seine Hand in das offene Fenster eines ganz langsam vorbeifahrenden Wagens, zwängte seinen Kopf noch halb mit hinein und zischte, grunzte und sabberte mit giftig-verzerrtem Gesichtsausdruck in das Wageninnere zwischen die Insassen irgendwelche Laute, die ich, der nahe genug war, um sie zu hören, nicht als Worte wahrnahm, sondern vom Klang her als Drohungen. Als der Wagen langsam weiterfuhr, lief er noch ein paar Schritte mit, gab dann auf und überschüttete die Leute zornig mit einem Schwall von Beschimpfungen. Ich vermutete, dass der Mann Geld haben wollte, also ein Bettler war. Er hatte ein zerlumptes, schmutziges, graues Gewand an, kaputte Sandalen und zerzaustes, graues Haar. Ich sah ihm zu, wie er ein paar Mal abgewiesen wurde, niemand gab ihm etwas. Er war wirklich ein Bettler.

Wie kann ein Mensch nur *so* betteln?, fragte ich mich, da kriegt er doch nie etwas. Der Mann hatte ja überhaupt keine demütige Art, er forderte frech und unverschämt!

Aber genau das war es, was mich an ihm so in Bann hielt. Er war nicht demütig, log den Leuten nicht irgendetwas vor, schleimte nicht, schaute nicht drein wie ein geprügelter Hund, hielt nicht still die Hand auf und wartete, bis sich einer seiner erbarmte, hatte kein taktisches Geschick und keine kriecherische Haltung, sondern er war so, wie er war: geradeheraus unverschämt.

Es dauerte eine Weile, bis ich begriff. Der Mann *konnte* sich nicht verstellen, er schrie den Menschen, die er auf seine Weise anbettelte, seinen ganzen Frust, seine Wut, seinen Hass ohne Hemmungen mitten ins Gesicht, wenn er nichts bekam.

Warum er sich nicht verstellen konnte, entzieht sich meiner Kenntnis, aber ich spürte, dass es ihm nicht möglich war, anders auf die Leute zuzugehen, als nur so. Er tat mir leid, weil er so oft abgewiesen wurde, während andere, raffinierte Bettler nicht zu klagen haben.

Er ging auch auf Fußgänger zu, die meist vor ihm auswichen, wenn sie ihn früh genug bemerkten, denn er war nicht schön anzusehen, der Sabber lief ihm von den Mundwinkeln zum Kinn hinunter.

Als er auf mich zukam, wich auch ich aus, blickte ihn nicht an, um ihn nicht auf mich zu lenken. Als er dann vorüber war, wollte ich mein Verhalten korrigieren.

Ich tat es, als er wieder einmal vom Zebrastreifen zurück kam, ging geradewegs auf ihn zu und gab ihm, ohne dass er von mir gefordert hatte. Er war ganz erstaunt und etwas misstrauisch, blickte mir aber klar und offen in die Augen. Der Mann muss viel in seinem Leben gelitten haben.

British understatement

Ich erinnere mich dieses Ausdrucks, den ich in der Schule gelernt hatte, als ich darüber nachdachte, wie ich die folgende Geschichte betiteln soll. Ich weiß nicht so genau, ob für das, was ich erlebt habe, die Überschrift der richtig gewählte Ausdruck ist, aber nach meinem Gefühl könnte sie passen.

Es war vor etlichen Jahren, so etwa 1969, als ich einmal kurzentschlossen mit einem Freund nach England trampte. Wir wollten „Nessi" sehen, d. h., hoch nach Schottland zum Loch Ness.

Wir hatten großes Glück, denn schon auf dem Schiff, das uns nach Dover brachte, fanden wir jemanden, der nach Edinborough unterwegs war. Wir fuhren also von der Hafenstadt aus zusammen los. Vorne saß unser Fahrer, neben ihm hatte ich Platz genommen, hinten saß mein Freund, somit hatte ich den schwarzen Peter, denn wer vorne saß, „musste" sich mit dem „Chauffeur" unterhalten, wer hinten hockte, konnte pennen.

Der Mann war von seinem Äußeren her ein Gentleman, so nobel, wie sein Auto, ein schicker Wagen, vornehme Klasse, silbergrau. Ich kann mich an die Unterhaltung im Auto nicht mehr erinnern, aber an Folgendes:

Als wir auf dem Motorway gen Norden fuhren und schon eine Weile unterwegs waren, schlug unser Gentleman vor, eine kleine Rast zu machen und steuerte zu diesem Zweck ein Restaurant an. Wir stiegen aus und begaben uns in die Autobahnraststätte. Im Gastraum schaute sich, wie wir, unser Wohltäter erst einmal um, plötzlich blieb sein Blick in einer Ecke hängen, dann ging er zielstrebig, aber gemächlichen Schrittes auf den Tisch zu, der dort stand und an dem ein einzelner Herr saß. Die beiden schienen sich zu kennen, und so war es auch, der Mann schob seinen Stuhl zurück, stand auf, bewegte sich auf unseren Fahrer zu, der seinerseits auf ihn zuging, und als sie sich trafen, gaben sie sich die Hand, ohne mit der Wimper zu zucken, nur mit einem schmalen Lächeln auf den Lippen, wie zwei Geschäftsleute, die sich kennen, vielleicht miteinander zu tun haben und es als geschäftliche Notwendigkeit ansehen, sich hier zu begrüßen.

Aber dem war nicht so. Die beiden setzten sich zusammen an den Tisch, mein Freund und ich spürten, dass wir anderswo Platz nehmen sollten.

Als unser Fahrer das Zeichen zum Aufbruch gab und die beiden sich mit Handschlag verabschiedeten, standen auch wir auf, gingen raus, trafen uns am Auto, stiegen ein und fuhren weiter.

Während der Fahrt erzählte uns unser Chauffeur, er hätte diesen Herrn in dem Restaurant vor mehr als zwanzig Jahren in Indien kennengelernt, sie seien dort lange Zeit gemeinsam Offiziere derselben Einheit und gute Bekannte gewesen. Seitdem hätten sie sich nie mehr wiedergesehen.

Da war kein Schulterklopfen, kein emotionales „Hey, John", keine nach außen hin sichtbare Wiedersehensfreude, nur cooles Shakehands, alle Gesichtsmuskeln unter Kontrolle, ganz gentlemanlike.

Ich habe die Begegnung dieser Beiden in Erinnerung behalten, weil ich erstaunt war über diese beherrschte Haltung, wobei ich mir jedoch nicht im Klaren darüber bin, ob sie ein Vorteil oder ein Mangel ist.

Ganz anders trug sich die Begegnung zweier Männer zu, die ich in Ägypten beobachtete:

Die sind ja schwul!

würde man bei uns sagen, wenn das, was ich in Kairo gesehen habe, so bei uns geschehen würde.

Ich sitze an irgendeinem Platz mit mehreren Marktständen in einer besseren Bretterbude mit Bänken und einem Tisch mit bunter Wachstuchdecke und frühstücke heute schon zum zweiten Male. Es gibt frittierte Kartoffeln, in Olivenöl gebratene Auberginen, Salat und Brot, köstlich, das Ganze! Während ich genieße, schaue ich zwischendurch immer wieder mal nach draußen, beobachte dies und jenes, gucke hierhin und dahin und werde aufeinmal zwei junge Männer gewahr, die aufeinander zugehen.

Eigentlich nichts Besonderes, kein Grund, meinen Blick länger darauf verweilen zu lassen, aber da folgte etwas, das meinen Blick festhielt.
Die beiden begrüßten sich nicht mit Handschlag, sondern der eine von ihnen versuchte, den anderen zu sich heranzuziehen und ihn zu umarmen. Der andere sträubte sich zuerst, als aber sein Gegenüber durch Körpersprache zu verstehen gab: komm, lass dich umarmen, gab er nach, ließ es nicht nur geschehen, sondern tat das selbe ebenfalls, und so sah ich also eine Umarmung zweier Männer, die herzlicher und inniger nicht hätte sein können.

So etwas würde selbst mir schwer fallen, der ich doch immerhin während einiger Jahre Gruppentherapie gelernt hat, „sich fallen zu lassen". Sie schmiegten sich so eng aneinander, drückten Bauch an Bauch, Brust an Brust, Kopf an Schulter und umschlangen sich mit den Armen, dass man hätte meinen können, sie wären ein echtes Liebespaar. Wie ein solches liefen sie anschließend Händchen haltend über den Platz.

Dieser für mich ungewohnte Anblick veranlasste mich aber keineswegs dazu, bei den beiden etwa an Schwule zu denken, denn Mahmoud, den ich vor kurzem hier kennenlernte, hatte mich schon darauf vorbereitet, dass Männer hier anders miteinander umgehen, als bei uns, und dass es überhaupt nichts mit Homosexualität zu tun habe, wenn sie sich umarmen. Er sei, als er einmal in Deutschland war, gewarnt worden, sich dort so zu verhalten, weil die Deutschen das in den falschen Hals kriegen würden.

Der blinde Musikant

Diesen Mann habe ich nicht unterwegs auf einer Reise angetroffen, sondern als ich klein war und auf dem Weg zur Kirmes in die Stadt nahe meinem Heimatdorf. Aber diese Begegnung hat mich geprägt, denn später bin ich selbst für ein Jahr als Straßenmusikant umhergezogen.

Ich war damals schon alt genug, um alleine in die Stadt zu gehen, die Kirmes reizte mich. Ich hatte aber nie Geld genug, um irgendwelche Attraktionen genießen zu können, ich begnügte mich immer mit dem Davorstehen und Anschauen, ich genoss das Treiben, den Lärm, diese Mischung aus Musik von unterschiedlichen Quellen, menschlichen Lauten, Kindergeschrei und Gejohle, Lautsprecherverlockungen und Anpreisungen von Losbudenverkäufern, die grellbunten Fantasiebilder auf den Buden, die zigeunerhaften Kirmeswagen...

Um zu diesem Trubel zu gelangen, musste ich von der Hauptstrasse abbiegen und eine Gasse hochlaufen. Als ich um diese Ecke bog, -ich hatte schon vorher die Klänge einer Mundharmonika vernommen,- sah ich gleich vorne den Verursacher dieser lieblichen Töne, die mir so vertraut waren, weil mein Bruder manchmal dieses Instrument spielte.

Da saß ein blinder Mann auf einem niedrigen Kasten, den Kopf mit einem spitz zulaufenden, silbernen Helm bedeckt, der mit lauter Schellen behängt war, die jedes Mal klingelten, wenn er sein Haupt schüttelte. Ein lederner Riemen, ums Kinn geschnallt, verhinderte, dass der Helm herunterfiel.

Mit einer Hand führte er die Mundharmonika zwischen seinen Lippen, und am Ellenbogen des anderen Arms war ein Schlegel befestigt, mit dem er den Takt gegen die Trommel schlug, die er wie einen Rucksack auf seinem Rücken trug. Auf seinem Schoß hielt er mit der freien Hand einen kleinen Behälter für die ihm zugedachten Münzen.

Er spielte seine drei Instrumente in einer rhythmischen und melodischen Abfolge, und doch schien er gleichzeitig ein stiller Mensch zu sein, der in sich hineinhorcht. Seine verschlossenen, tief in den Höhlen liegenden Augen vermittelten mir diesen Eindruck.

Ich hörte ihm wie gebannt zu und schaute dabei unentwegt auf seine Augenlider, die er nicht öffnen konnte, um meine innere Anteilnahme an seinem Schicksal und an seiner Musik zu sehen.

Es war ein eigenartiges Gefühl, ihn anblicken zu können, ohne von ihm gesehen zu werden, als ob ich ihn heimlich beobachtete und er mich jeden Augen-Blick dabei ertappen könnte.

Andächtig stand ich vor ihm und lauschte dem Melodienband der Mundharmonika, den klingenden Schellen seines Helms und den Schlägen seiner Trommel. Ihm war eine Welt verschlossen, aber er öffnete mir dafür mit seiner Musik eine andere Welt.

Ein Geheimnis war um diesen blinden Musikanten. Ich würde nie seine Welt mit ihm teilen können, eine Welt des ewigen Dunkels, ein Leben ohne Augenblicke.

Der Eismann

Es war noch vor der Währungsreform 1948, als es statt der grauen, mit dem Hakenkreuz versehenen Münzen Übergangs-Scheine im Wert von fünf Pfennigen gab. Wir wohnten damals mit der fünfköpfigen Familie in einer schimmeligen Zweizimmerbude unterm Dach mit Holzklo hinterm Haus. Der Vermieter produzierte hinten in einem Schuppen „Klompe", so hießen die Holzschuhe, die nicht nur die Leute auf dem Land trugen, Leder war knapp, der Krieg hatte das Beste von allem verschlungen.

Gegenüber hatte unser Vater mit einem Stuhl und einer Friseur-Kopflehne angefangen, seine Zahnarztpraxis aufzubauen. Den alten Wohnort Rangsdorf bei Berlin mußte er aufgeben, weil er die Rache der Russen fürchtete, die damals anrückten. Jetzt lebten wir am Niederrhein in der Nähe der holländischen Grenze.

Wenn es im Sommer heiß war, liefen wir immer barfuss herum, das liebten wir und sparte außerdem Schuhsohlen. Ab und zu hörten wir schon von Weitem das Bimmeln einer Glocke, sie klang so ähnlich wie unsere Schulglocke, mit der immer ein Schüler auf dem Schulhof die Pausen einläutete.

Der, der die Glocke auf der Straße schwang und dabei immer wieder rief: "Eis, Eis, leckeres Eis" war der Eismann. Wir, alle Kinder der Straße, liefen ihm schon entgegen, wenn er noch gar nicht in unsere Straße eingebogen war. Wir bestaunten seinen Wagen, den er auf zwei Fahrradrädern hinter seinem Rad herzog. Die zwei silbrig blitzenden Deckel auf der blanken Platte verbargen das süße Geheimnis: Schokoladen- und Vanilleeis. Die Waffeltrichter steckten in einem Halter daneben und da lag auch ein Eislöffel zum Herausschaben der heißbegehrten, gefrorenen Erfrischung. Über dem Wagen war eine Markise gespannt, die Schatten spendete. Als er dann zu uns reinfuhr, stieg er ab, bimmelte wieder ein paar Mal und rief wieder laut seinen Spruch. Wir drei Geschwister rannten schnell hoch zu unserer Mutter, erbettelten jeder 5 Pfennige, soviel kostete damals eine Kugel, dann jagten wir die Treppe runter, stürmten auf die Straße und legten dem Eismann die Scheine auf die Platte.

Der schaute uns freundlich an mit seinem aufgedunsenen, pockennarbigen Gesicht, aus dem eine dicke Knollennase hervorlugte, nahm

den Löffel, öffnete die Deckel, kratzte die gewünschte Sorte in die Waffeln und reichte sie uns, die wir schon gierig die Hände danach ausgestreckt hatten. Ebenso gierig leckten wir an der einen Kugel Köstlichkeit. Wann gab's schon mal Eis?!
Als er weiterfuhr, schrieen wir undankbaren kleinen Geschöpfe diesem wahrscheinlich vom Trunk gezeichneten Mann noch hinterher: „Eis, Eis, Eis, macht die dicke Nase weiß!" Aber er kam wieder und ertrug ein weiteres Mal unsere Frechheit.

Timo

Ja, das muss ich erzählen, festhalten. Ich erlebte diese Geschichte auf Gomera, wohin es mich nach einer einjährigen Radreise durch Europa verschlagen hatte.

Auf Gomera taucht noch so mancher Urlaubshippie auf und sogar manch echter. Eine kleine Gruppe von diesen Echten fand sich eines Morgens neben meinem Schlafplatz am Strand ein, junge Leute, eine ausgestiegene Schweizer Lehrerin, eine Brasilianerin und Timo, der deutsche Zimmermann. Dazu gehörten auch zwei kleine Kinder, durch die ich auf diese Gruppe aufmerksam wurde und für die ich mich sehr interessierte, denn diese beiden spielten schon in der Frühe, als es kaum hell war, alleine im Sand, indem sie Steinchen und Stöckchen aufhoben, Blütenstängelchen pflückten und alles staunend und bewundernd betrachteten.

Die Gruppe war von ihrem vorherigen versteckten Platz im Schilf von der Polizei aufgestöbert und von dort vertrieben worden und verbrachte vorläufig die Nächte neben mir am Strand, wo die Hüter der öffentlichen Ordnung weniger streng waren, weil sich hier kein Hotel befand, das an ihnen hätte Anstoß nehmen können.

Ich unterhielt mich später, als ich die Gruppe etwas näher kennenlernte, ausführlicher mit Timo. Er entpuppte sich als der spar- und genügsamste Mensch, dem ich je begegnet bin.

Zuhause, in Deutschland, war er Zimmermann, aber er wollte nicht mehr für andere unter deren Kommando arbeiten, sondern das tun, was ihm Spaß machte, und er wollte seine Freiheit haben.

Er besaß nur das Notwendige, das ein Mensch zum Leben braucht, einen Rucksack, aus dem auch seine Jonglierkeulen herausschauten, die er zum Broterwerb in die Luft warf und auch wieder auffing, Schlafmatte, und-sack, ein wenig Essen, und, das war sein ganzer Stolz, eine kleine Plastiktüte voller 5-Peseten Stücke. Es waren genau 100 Münzen, er zählte sie wie einen Goldschatz vor meinen Augen ab. Dies sei sein Notgroschen, meinte er voller Vertrauen in die Zukunft.

Das muss man sich mal vorstellen, umgerechnet 5 DM, als Reserve in einem kleinen Plastikbeutel, und dann noch dieser Stolz! Timo sprach von seinen hundert Münzen, als besäße er einen Reichtum, mit dem ihm nichts geschehen, mit dem er in keine Notlage geraten könne und abgesichert sei.

Seine Genügsamkeit erlebte ich an einem Abend ein zweites Mal: die Gruppe hatte sich anlässlich des Spiels einer Musikband auf der Piazza der Anwohner eine wirkungsvolle, einfache Show ausgedacht, um die Gelegenheit für einen kleinen Verdienst zu nutzen.

Für ihre Vorführung hatten sie einen günstigen Zeitpunkt erwischt. Der Platz war gerammelt voll, Alles, was gehen und krabbeln konnte, war gekommen, Ladenbesitzer, Bewohner des etwas abseits gelegenen Ortes, Hotelbewohner, Pensionsgäste mit ihren zahlreichen Kindern u.a. Die Band hatte schon eine Weile gespielt, jetzt machte sie Pause. In diesem Augenblick trat Timos Gruppe auf. Sie traten in die Mitte und verschafften sich Platz und Aufmerksamkeit durch das Herumhantieren mit einigen Gerätschaften. Es sollte eine Feuerschau werden.

Die Band schaltete jetzt auf Bitten der „Schausteller" ihre Beleuchtung aus, sodass es nahezu dunkel war, nur die weiter entfernten Straßenlaternen und die Sterne am Himmel warfen ein dürftiges Licht auf die Szenerie.

Timo machte den Feuerschlucker, eine Flasche Spiritus und ein Feuerzeug waren das ganze Geheimnis. Er nahm einen kräftigen Schluck von dieser Flüssigkeit in den Mund, hielt sein brennendes Feuerzeug neben seine Lippen und spie den Spiritus neben der Flamme, die sofort übersprang, vorbei in die Luft, wo er mit einem riesigen, bläulich-roten Feuerball wie ein längerdauerndes Blitzlicht den Platz erhellte und dann verpuffte.

Die nächste „Nummer" veranstaltete die Brasilianerin: sie schwenkte um ihren Körper zwei an langen Ketten befestigte Gewichte, die sie vorher mit Lappen umwickelt, mit Spiritus begossen und dann angezündet hatte. Dabei tänzelte sie leicht mit ihrem Körper zu den Trommelrhythmen der jungen Leute, die sich mit ihren Felltrommeln zu einer kleinen Band zusammengefunden hatten. Ab und zu mischte sich das imposante Gebrüll eines Didgeridoo dazwischen.

Die Wirkung der brennenden, im Kreise herumgewirbelten eisernen Fackeln war beträchtlich. Dreimal im Wechsel zeigten die beiden ihre recht simple, aber in der Dunkelheit effektvolle „Kunst". Die Brasilianerin war dazu noch schön anzusehen mit ihrem langen, pechschwarzen Haar, ihrem leicht sich hin und her wiegenden und sich drehenden Körper, ihrem weißen T-Shirt und dem langen Wickelrock, der ihr bis zu den nackten Füssen hing.

Der Beifall erscholl plötzlich und heftig. Ich sah keinen, der nicht applaudierte. natürlich wurde anschließend gesammelt, zu dritt, wobei sich auch die Schweizerin betätigte, mit Hut, Witz und unaufdringlicher, aber bestimmter Gebärde, die besagte: wir haben es verdient.

Als sie die Einnahmen gezählt hatten, kam Timo gerade an mir vorbei und berichtete mir kurz mit dem selben Stolz, mit dem er mir seinen Notgroschen vorgezählt hatte, dass sie umgerechnet mehr als Hundert Mark eingesammelt, davon den größten Teil in die gemeinsame Kasse getan und jeder, also auch er, noch einen Überschuss von sage und schreibe 10 DM zur freien Verfügung bekommen hätten. Er strahlte dabei über das ganze Gesicht und freute sich wie ein Schneekönig.

Der Geldzähler

Im krassen Gegensatz zu der vorigen Geschichte steht die Beschreibung eines Mannes, den ich in einem Kairoer Imbisslokal während meines dortigen Verzehrs unter die Lupe genommen habe.

Die mit Ei, Salat, gerösteten Bröseln und Zwiebeln gefüllten Brottaschen schmecken mir ausgezeichnet. Wie schon das Verhältnis zu seinem Laden es ausdrückt, *sitzt* der Ladenbesitzer nicht unweit von der Eingangstür auf einer Art Barhocker hinter einem modernen, hohen, aber schmalen Kassentisch, der aussieht wie ein dreimal übereinander gestapeltes Nachtschränkchen. In der obersten Schublade ist das Geld, sie ist, solange er davor sitzt, immer geöffnet.

Die Hauptbeschäftigung dieses Mannes besteht darin, Chips an die Eintretenden zu verkaufen und das eingenommene Geld in die Schublade zu legen. Die Chips werden an der Theke gegen Essbares eingelöst.

Für mich verkörpert dieser Mensch den Prototyp des Geldschefflers, wenn auch nur im Kleinformat. Nach außen hin scheint er ruhig und gelassen, aber als ich ihn länger beobachte, sehe ich, dass er ständig zählt, raucht, nervös unter der Schublade mit seinen Knieten wackelt, Eiswasser oder Tee trinkt und isst. Seine Blicke sagen mir, was er denkt: es ist ganz schön, was da reinkommt, aber es könnte mehr sein, Blicke, die nie Zufriedenheit ausstrahlen.

Seine Augenbrauen bilden an der Nasenwurzel von der Unzufriedenheit und vom Misstrauen einen Wulst, seine Lippen sind wollüstig geschwollen und zeugen ebenso von Genuss wie von Überdruss. Aus seinen Augen schaut versteckt die Härte, Kälte eines geizigen Geschäftsmannes. Sein graumelierter, kurzgeschorener, gepflegter Bart gibt seinem geldgierigen Kaufmannsgesicht einen vornehmen Rahmen.

Dieser Mensch hält sich wahrscheinlich für großzügig, wenn er seinen Angestellten das gibt, was ihnen zusteht. Sein Gesicht schaut immer gleich, nur die Augen bewegen sich. Er lacht nicht, schimpft nicht, antwortet kurz und knapp und ruhig, kaum hörbar, wenn ihn jemand etwas fragt, gleichzeitig steht in seinem Gesicht geschrieben: ich dulde keinen Widerspruch.

Seine Kleidung und die Ausstattung seines Ladens beweisen Zweckdienlichkeit und Geschmack. Um seinen Hals hat er einen weißen Seidenschal geschlungen, seinen Kopf schmückt ein weißes, gehäkeltes

Käppchen, von seinem Körper hängt ein beigefarbener, sehr sauberer, am Kragen kunstvoll bestickter Kaftan. Mit seinen Augen überblickt er, ohne den Kopf zu bewegen, den ganzen Laden, der sehr gut läuft.

Einen anderen, bescheidenen Geldzähler sah ich in Heluan, dem Industrieviertel von Kairo auf einem Markt. Ein alter Mann saß dort auf dem Boden im Schneidersitz vor ein paar Lauchstängeln, die er auf einem Sack ausgebreitet hatte. Er zählte gerade seine wenigen papiernen Pfunde, ich zählte mit, es waren acht zerknitterte Scheine, die er sorgfältig auseinander breitete, fast liebevoll auf dem einen Knie glattstrich, einen nach dem anderen auf das andere Knie legte, noch einmal fest mit der Handkante über den dünnen Stapel strich und dann seine dürftigen Tageseinnahmen in eine Tasche seines grau-weißen Kaftans steckte.

Noch nie habe ich so viele Menschen in der Öffentlichkeit Geld zählen sehen. Da es hier so viele Kleingeld-Scheine gibt, haben die weniger Reichen meist dicke Bündel von Geldscheinen, die in kein Portemonnaie passen. Der Maisverkäufer da vorne stopft sein Geld in eine Plastiktüte. Viele stecken ihre Scheine in die Hosen-, Hemd- oder Kaftantasche. Manche Frauen schieben ihr Geld in den aufgekrempelten Ärmel ihrer Bluse. Schubladen, Eimer, Kannen, Dosen, all dies sind beliebte Aufbewahrungsorte für die vielen Scheine. Frauen knüpfen ihr Geld gerne in Enden von Kopf-, Hals- oder Taschentüchern. Ich sehe sie beim Zählen ihrer Scheine auf offener Strasse, vor ihrem Verkaufsstand, in der Teestube, im Laden, auf dem Bürgersteig, kurz, überall.

Keiner zählt heimlich, alle dürfen es sehen.

Sid

Sid ist es wert, dass ich über ihn schreibe. In der Hippiegruppe um Timo auf Gomera waren auch zwei Kinder. Eines dieser Kinder ist Sid, der Sohn einer frechen, aber liebenswürdigen Berliner Göre, Nilu genannt, die zwar schon um die 25 ist, zu der dieser Ausdruck aber passt. Sie ist immer gut gelaunt, hat es faustdick hinter den Ohren, schlägt sich mit ihrem Kleinen durchs Leben und versteht es dabei, dasselbe zu genießen. Deswegen ist sie auf Gomera.

Weil ihr die Pension, in der sie bisher gewohnt hat, zu teuer ist, gesellt sie sich zu „Zumo", der neben mir pennt, ja, pennt, denn am Abend, der manchmal für ihn schon am späten Vormittag anfängt, säuft er sich die Hucke voll und dann pennt er des Morgens bis in die Puppen und schnarcht dabei so gottserbärmlich, dass seine Plastikplanefetzen, die er als Schutz über sich gebaut hat, wie verrückt wackeln und zittern.

Zumo, ein behäbiger, junger Bursche, wird angesichts der jungen Frau sofort vernünftig, besorgt ein halbwegs anständiges Zelt, hört auf, zu saufen, trinkt nur noch, und teilt sein neues Zuhause mit der Berlinerin und ihrem Sohn. Sie hat ihm auch den Namen „Zumo" gegeben, weil er in seinem Äußeren Ähnlichkeit mit einem japanischen Ringkämpfer hat.

Die letzten zwei Wochen meines eineinhalbmonatigen Aufenthaltes am Strand von Valle de gran Rey auf Gomera lebten die drei nun neben meinem Strandplatz. In dieser Zeit habe ich Sid kennen und lieben gelernt. Ich habe ihn ins Herz geschlossen, denn er hat mir soviel Freude bereitet, dieser kleine, dreizehn Monate alte Lockenkopf mit seinen strahlenden, aufmerksamen Augen.

Sid ist immer gut gelaunt, neugierig und zutraulich. Er vertraut seiner Umgebung. Gegenwärtig spricht er die Da-Ja Sprache. Wenn er frühmorgens als erster aus dem Zelt krabbelt, schaut er sich zunächst einmal um, bevor er mich entdeckt, dann fällt sein Blick auf meine Wenigkeit und flugs kommt er auf mich zugekrochen, grüßt mich mit einem munteren „ja", setzt sich vor mir auf seinen Hosenboden und schaut mir zu, wie ich Kaffee koche und das Frühstück vorbereite. Als ich fertig bin und zu essen anfange, beugt er seinen Kopf vor, sperrt sein Mündchen auf und macht „Hm" und kriegt seinen Teil. Ich freue mich darüber, dass ich mit meinem kleinen Gast frühstücken kann. Er braucht nicht ständig meine Aufmerksamkeit, zwischendurch entdeckt er im Sand ein abgebranntes Streichholz, hält es hoch, zeigt es mir und sagt freudig: „da!", legt es wieder hin, findet ein Steinchen, eine halbe Pistazienschale, ein Ästchen, ach, der Strand ist ja so reich an wundersamen Dingen, und sein Erstaunen über diese Vielfalt nimmt gar kein Ende.

Abends, wenn wir Feuer machen und drumherum sitzen, macht er uns auf die vielen neuen, für ihn staunenswerten Erscheinungen aufmerksam, indem er auf den Qualm, auf herausspringende Glutstücke oder eine auflodernde Flamme zeigt und „da!" ruft, und er macht das so putzig und freudig, dass uns die vielen Da's gar nicht zuviel werden.

Sid ist ein Beobachter, ein Entdecker, der selbst nicht eingreift, sondern nur schaut. Seine Mutter *lässt* ihn entdecken. Manchmal hat es den Anschein, als kümmere sie sich gar nicht um ihn. Gut, sie schiebt ihn durch die Gegend, sie nimmt ihn mit, wo immer sie hingeht, sie windelt ihn und gibt ihm zu essen und zu trinken, aber sonst? Nie würde ihr in den Kopf kommen, ihr Kind zu erziehen, also es hier- oder dorthin oder von etwas weg zu ziehen, und das ist es, was mir an ihr so gefällt. Sie vertraut den Kleinen sich selbst und seiner Umgebung an und achtet darauf, dass er in einer vertrauenswürdigen Umgebung ist, indem sie für sich selber sorgt. Ich habe kein einziges Mal erlebt, dass irgendwer dem Sid etwas verboten oder ihn irgendwie eingeschränkt hätte, es gab nie Zurechtweisungen oder Geschimpfe, tu das nicht, nein, das darfst du nicht, komm hierher, bleib da weg, pfui, bäh, das gehört dir nicht oder ähnlich Vertrautes dieser Art. Er wird nicht an einer unsichtbaren Leine gehalten, gezügelt oder eingesperrt. Er muss nicht etwas wollen, was seinem kindlichen Empfinden widerspricht, er wird weder getadelt noch gelobt.

Eines Morgens wohnt eine kleine Hippiegruppe neben uns, die aus ihrem angestammten Platz vertrieben wurde, dazu gehört ein ebenso kleiner Junge, wie Sid es ist. In der Früh am nächsten Tag sehe ich die beiden Kleinen im Sand vor einem Gewächs hocken, das hier überall gedeiht und kleine fleischige Blätter und gelbe Blüten hervorbringt.

Der hinzugekommene Junge pflückt so einen Stängel mit Blättern und Blüten und beide schauen sich dann dieses Gebilde an, als ob sie noch nie so etwas Schönes gesehen hätten. Dieses Staunen über das kleine Gewächs, das wir schon fast gar nicht mehr wahrnehmen, geschweige denn, beachten, war für sie die herrlichste Blume, die sie je entdeckt hatten. Sie haben es selbst entdeckt, dieses Pflänzchen und erfreuen sich nun an dessen Schönheit, niemand musste sie darauf aufmerksam machen. Sie haben es auch nicht in den Mund genommen oder zerpflückt oder achtlos weggeworfen, nein, neben sich hingelegt haben sie es.

Sie hatten kein anderes Spielzeug, als das, das Umwelt und Natur ihnen bot, und es war direkt da, wo sie lebten, nie im Traum wäre die Mutter darauf gekommen, ihrem Jungen Spielzeug zu kaufen!

Ein andermal erlebte ich Sid auf der Terrasse, die der kleinen Einkaufspassage vorgelagert ist. Dort versammelt sich immer das buntgemischte Volk, eine Ansammlung aus Urlaubshippies, von Zuhause weggelaufenen Jugendlichen, Feriengästen aus den Pensionen und auch ein paar Einheimischen, die hier Abwechslung und Unterhaltung suchen, baden gehen, zum Kaffeetrinken oder Eisessen herkommen oder nur dasitzen und lesen oder schreiben oder, wie ich, einfach sich nur Alles anschauen. Darunter sind auch einige Musiker, die wunderschön trommeln und Flöte spielen, sie kommen aus allen möglichen westeuropäischen Ländern, ebenso wie die vielen alleinstehenden Mütter mit Kindern, die hier möglicherweise einen Partner zu finden hoffen. Dieses Völkchen ist also hier auf der Terrasse versammelt.

Auch Nilu ist meistens, wie auch jetzt wieder, hier anzutreffen, natürlich mit ihrem Sid. Der aber hockt nicht am Rockzipfel seiner Mama, sondern geht, bzw. kriecht, wie immer, auf Entdeckungstour. Er krabbelt auf der ganzen Terrasse herum, zwischen die auf dem Boden Hockenden hindurch, um Stühle herum, und überall ist er beliebt und willkommen. Es zieht ihn zu einer Stelle, die zum zwei Meter tieferliegenden Strand hin nur einen sehr niedrigen Mauerstreifen hat. Dahinter fällt es steil ab. Er will doch mal sehen, wie's da unten aussieht, die Mauer versperrt ihm ja die ganze Aussicht, also hingekrabbelt und ganz vorsichtig mit dem Köpfchen rübergeschaut und dann entlang dieses Streifens gekrochen, ohne Angst, hinunterzufallen. Niemand, der diesen gefährlichen Balanceakt des kleinen Jungen beobachtet, hat Angst, dass er sich etwa den Hals brechen könnte, keiner hält ihn zurück oder ruft ängstlich nach seiner Mutter. Er kann die Gefahr schon gut selber einschätzen und verhält sich danach. Das kommt daher, weil ihn nie jemand festhält, zurückzerrt oder versucht, ihn pädagogisch wegzulocken oder ihm durch eigene Hast und Panik etwa Angst macht. Er hat keine Angst und ist mutig, aber nicht übermütig.

Seine Mutter ist weder verantwortungslos noch verantwortungsbewusst, sie ist sorglos und hier auf Gomera kann sie das auch sein.

„Das darfst du nicht!"

Auf meiner sechsmonatigen Rucksackwanderung durch Osteuropa komme ich nach etwa drei Wochen in Delmenhorst an, das mir nur als Bundeswehrstandort bekannt ist.

Es regnet. Ich laufe so auf der linken Grasnarbe die Landstrasse entlang, die zur Stadt führt, als rechts ein Auto hält, der Fahrer das Fenster runterkurbelt und mich zu sich winkt. Ich hin, Begrüßung und neugierige Frage angehört, wohin unterwegs, wie lange und so. Als ich geantwortet habe, zückt er sein Portemonnaie, kramt daraus ein paar Markstücke hervor und drückt sie mir mit der Bemerkung in die Hand: „Für 'ne Tasse Kaffee in Delmenhorst, viel Spaß unterwegs!" Derlei widerfuhr mir öfter, es war immer aus Sympathie mit mir als Wanderer.

Ich also nach Delmenhorst rein und einen Kaffee getrunken. Aber auf dem Weg dahin, in der Vorstadt -ich laufe mitten auf der Strasse- spricht mich ein Mädchen an, das mir entgegenkommt: „ Du darfst nicht auf der Strasse laufen, dazu ist der Bürgersteig da!"

Die ungefähr Zehn-, Elfjährige sagt das nicht etwa belehrend oder vorwurfsvoll, sondern mit einem klaren Unrechtbewusstsein für das, was ich da tue. Sonst weisen ja immer die Älteren die Jüngeren zurecht, diesmal ist es umgekehrt, ja, Zurechtweisung ist es, was ich empfinde.

Es ist sehr mutig und ein Zeichen von Selbständigkeit, wenn ein Mädchen so etwas macht, trotzdem bin ich verdattert, um nicht zu sagen, getroffen, und versuche, mein Verhalten zu rechtfertigen, aber schließlich kann ich dem Mädchen nicht mehr widersprechen und muss mein fehlerhaftes Verhalten eingestehen. Ich glaube, dass es Sympathie für mich empfindet und neugierig ist, und die Tatsache, dass ich mich entgegen der Regel verhielt, einen willkommenen Anlass bot, mich anzusprechen. Wir gehen noch ein Stück des Weges gemeinsam und dabei erfahre ich, dass es noch eine kleine Schwester hat und eine Mutter, die auf der Kirmes arbeitet. Ich erzähle ein bisschen von mir, was ich so mache und warum ich unterwegs bin, und auch, dass ich nachher in der Einkaufszone Flöte spielen will, um mir etwas Geld zu verdienen, das ich ja brauche, um mich zu ernähren. „Ah", sagt sie, "da komme ich und bring meine kleine Schwester mit."

Ich fand die Fußgängerzone, begab mich vor ein Kaufhaus, breitete mein kleines, hübsch besticktes Deckchen vor mir aus, stellte das

Geldkörbchen darauf und trällerte zweimal mein kleines Repertoire, das ich mir unterwegs angeeignet hatte.

Wie ich so mitten drin bin und warm werde, die Töne mir flüssig von der Hand aus dem Mund gehen, kommt sie plötzlich, die, die mich kritisiert hat, zusammen mit ihrer Schwester, baut sich mit dem Recht auf unsere Bekanntschaft nur einen Meter vor mir auf, sagt nichts, aber ihre vor Stolz strahlenden Augen sprechen deutlich: guck mal, ich bin gekommen, wie ich versprochen habe, ich hab dich gefunden und auch meine kleine Schwester mitgebracht; und dann stellt sie die Kleine vor sich hin, verschränkt ihre Arme über deren Bauch, drückt sie an sich ran und dann hören mir beide zu. Nach einer Weile ziehen sie weiter, ohne mich zu stören. Ich bewunderte die Freiheit, mit der dieses Mädchen in seinen jungen Jahren schon seinen eigenen Interessen nachgehen konnte.

Eine Familie in Schottland

Bin mal wieder mit dem Fahrrad unterwegs, befinde mich gerade irgendwo in Schottland, Saltcoast nennt sich dieser Ort. Ein frecher Hund kam am Morgen unter meine Plane gekrochen, er hatte mein Frühstück gerochen und erwischte mich gerade dabei, als ich ein Brötchen zum Mund führte. Mit einem Satz sprang er vor und schnappte es mir vom Munde weg. Ich hatte nicht mal Zeit, ihm Eine aufs Maul zu hauen.

Der Tag führte mich durch eine hügelige Landschaft voller reifer Kornfelder. Abends suchte ich meinen Schlafplatz. Da sah ich am Rande dieses Ortes einen Golfplatz, der nicht, wie sonst immer, eingezäunt war. Ich stutzte. Anscheinend war das ein öffentlicher Golfplatz für das gewöhnliche Volk, für jeden zugänglich, ohne dass man zahlendes Mitglied sein musste.

Ich schob mein Rad auf diesen Platz, ließ mich am Rande eines Gebüsches nieder und packte erst mal nur meine Isomatte aus, weil ich mir nicht sicher war, ob ich hier so einfach lagern durfte. Kaum hatte ich das getan, da näherte sich mir eine Familie, ein Ehepaar mit seinen zwei Kindern, zwei Jungs so um die 14, 15. Alle waren neugierig, wollten wissen, was ich hier mache. Ich erzählte ihnen von meiner Reise, sie hörten mir aufmerksam zu und ich spürte, dass sie mir wohlgesonnen waren. Nach einer Weile verabschiedeten sie sich.

Mittlerweile dämmerte es langsam, ich hatte schon alles ausgepackt und wollte gerade die Plane aufbauen, als die beiden Jungs mit einer Tüte zu mir kamen. „Hier, das hat uns unsere Mutter für Sie mitgegeben." Ich packte aus und sah die Bescherung: einen kleinen Käse, ein paar Scheiben Toast, eine Pudelmütze, zwei Paar Strümpfe, zwei T-Shirts und Pflaster. Ja, die Mutter hatte praktisch gedacht, sie meinte wohl, dass mir kalt und ich hungrig sei und die Sachen und das Essen gut gebrauchen könnte. Immer wieder bin ich auf meinen Reisen beschenkt worden, habe mich riesig darüber gefreut, mehr über den Akt der Gastfreundschaft als über die Gaben selbst, aber immer wieder stand ich vor der Frage: wie bedanke ich mich dafür?

Diesmal fiel mir mein kleines Amulett ein, ich hatte es unterwegs aus Leder, Garn, Perlen und Knochen angefertigt, die kleinen Dinge hatte ich zum Teil gefunden, teils in den Thrift-Shops, einer Art karitativer Trödelläden, für ein paar Pennies gekauft, und dieses Amulett überreichte ich ihnen nun mit meinem herzlichen Dank. Sie waren sichtlich darüber erfreut.

Die zweite Überraschung kam am nächsten Morgen, als ich nach einer stillen Nacht zufrieden und mit schönen Gedanken an diese Gastfreundschaft vom Abend aufstand. Da kam nämlich der Vater der beiden Jungs schnell zu mir -sie wohnten in der Häuserreihe, die ich von meinem Schlafplatz aus sehen konnte- und stellte eine Thermoskanne frischen, heißen Kaffees vor mich hin, gab mir noch drei Pfund-Scheine, wünschte mir viel Glück und bat mich, die Kanne in das Gebüsch zu stellen. Mit dem angenehmen Gefühl, willkommen gewesen zu sein, fuhr ich weiter.

Eine ähnliche Geschichte erlebte ich in Kamerun, die ich nicht unerwähnt lassen möchte, zumal es sich um ein Land handelt, in dem die meisten Menschen nur sehr wenig besitzen und es ihnen daher schwerer fällt, sich von etwas zu trennen, was sie eigentlich selber brauchen.

Gastfreundschaft in Kamerun

Unterwegs mit meinem Rad in diesem schönen, abwechslungsreichen Land voller angenehmer Überraschungen, hatte ich gegen Abend einige Schwierigkeiten, einen geeigneten Schlafplatz zu finden, weil überall der Busch bis an den Weg heranreicht oder aber Häuser und Dörfer dazwischen liegen. Kurzentschlossen biege ich in eine Schneise ein, die geschlagen wurde, um Platz für eine Überlandleitung zu schaffen.

Als ich eine Stelle finde, auf der ich mich niederlassen kann, kommt ein Mann gelaufen, mit bloßem Oberkörper, einer Schüssel voll Wasser auf dem Kopf und drei Kindern hinter sich. Ich frage ihn nach der Quelle und er beschreibt mir den Weg. Es ist ein Wasserloch, in dem ich mich leider nicht waschen kann, weil es Trinkwasser ist und ich zu viel Erde aufwirbeln würde. Auf dem Rückweg vom Wasserloch treffe ich die drei Kinder. Der Vater hatte sie losgeschickt, um sicher zu gehen, dass ich den Weg zum Wasser auch finde.

Sie sind ja so lieb, sie wollen gleich Feuerholz für mich hacken und fangen auch sofort an, schleppen kleine und größere Äste herbei. Dann gehen sie heim. Ich bereite mein Abendessen vor, und plötzlich „passiert" es: alle vier, Vater mit drei Kindern, kommen noch mal zu mir, schauen, wollen mich zum Schlafen in ihrer Hütte einladen, überreden, es sei nicht gut, im Busch zu schlafen, wilde Tiere und so... Als sie merken, dass ich hier bleiben will, gehen sie wieder, aber nur, um kurz darauf wiederzukommen, fast im Gänsemarsch, der Mann vorneweg, die Kinder hinterdrein, und jeder hat was in den Händen, das sie vor mir ausbreiten: eine zwei Meter lange Zuckerrohrstange, einen Schemel, eine Schlafmatte, einen Topf Erdnüsse, zwei Papayas, einen Topf Mais und einen Topf Spinat. Ich traue meinen Augen kaum. Sie setzen alles ums Feuer und ich bin etwas verlegen, sie sind es auch. Der Mann sagt: „Die Matte musst du nehmen, weil deine so klein ist". Dabei zeigt er auf meinen kleinen Teppich, den ich zum Sitzen benutze. „Und das hier", sagt er mit einem Fingerzeig auf den einen Topf, „das ist Kouskous".

Ich fühle mich wie im Märchen. Ich bin gerührt von soviel Gastfreundschaft und Aufmerksamkeit. Der Anblick allein, wie sie da mit vollen Händen anmarschiert kamen, der war schon überwältigend. Ich aß und wir saßen dann alle ums Feuerchen. Der Ältere fragte, ob sie die Erdnüsse aus ihren Schalen auspuhlen dürften und fing gleich damit an. Sie leben aus dem Busch und hinten haben sie ein bisschen Kaffee angepflanzt. Die Fabrik (Nescafé) kauft ihn auf, „es ist zu wenig, was wir dafür bekommen" klagt der Vater. Sein Hemd ist zerrissen. Am nächsten Morgen kommen sie noch einmal, mich zu begrüßen. Ich gebe ihnen etwas von meinen „Schätzen", um meine Dankbarkeit zu zeigen.

Welcome!

In Jordanien habe ich etwas erlebt, das ich unbedingt festhalten möchte, damit ich es nie vergesse.

Ich komme gerade von einer kleinen Brotfabrik, in der ich reichlich beschenkt worden bin und die ich auch besichtigen durfte. Auf meiner Weiterfahrt läuft mir auf der anderen Seite ein Mann in einem hellblauen Kaftan entgegen, er mag so um die 30 Jahre alt sein. Als ich ihm fast gegenüber bin, breitet er seine Arme aus und ruft mir zu: „welcome!"

Jetzt, beim Schreiben, frage ich mich, warum ich nicht angehalten und mich bei ihm für die Großartigkeit seiner Geste bedankt habe. So fuhr ich einfach mit einem „Hallo, thank you" an ihm vorbei. Aber seinen Gruß habe ich immer noch in mir, er hat mich in meinem Innersten erreicht, wo er unauslöschbar ist. Ich war, um es einfach auszudrücken, gerührt.
Der Mann wusste gar nichts von mir, weder, was ich hier wollte, noch wo ich herkomme. Er wusste nur, dass ich ein Fremder bin.

Viele Menschen in dieser Ecke hier, also im Nahen Osten, sind uns Deutschen freundlich gesinnt, aber diese Gesinnung ist mit Vorsicht zu genießen, denn in den meisten Fällen steckt die Tatsache dahinter, dass in unserer unrühmlichen Vergangenheit die Juden von den Nazis verfolgt und zum größten Teil ausgelöscht wurden. Ich habe nicht nur einmal diese unangenehme Zuneigung abweisen müssen, als sie sich als solche offenbarte.
Aber dieser junge Mann hier wusste nicht, dass ich Deutscher bin, er hat mich mit diesem Gruß als Mensch angesprochen.

Gymnastik afrikanisch

Am Strand der Schwarzen in Dakar ist was los, da geht's nicht so eintönig zu wie bei den Weißen aus der Militärkaserne nebenan, bei den Franzosen, die eingekeilt zwischen Zäunen sich auf Liegestühlen unter einem Strohdach oder direkt in der Sonne oder auch bei einem Drink langweilen.

Ich hielt mich länger an diesem Ort auf, weil ich auf das Schiff wartete, das mich nach Marokko bringen sollte. Ich wohnte oberhalb des Strandes, in einem „Zimmer", das mir ein Franzose vermietet hatte.

Der Strand der Schwarzen ist lebendig, da tummelt sich das Volk, meist das jüngere aus dem benachbarten Bretterbuden-Fischerdorf.

Eines Morgens, der Strand ist noch fast leer, erblicke ich einen jungen Afrikaner, der so eigenartig über den Sand läuft, dass ich mich frage: Was macht der da eigentlich?

Er schreitet nämlich mit eingeknickten Beinen über den Strand und schiebt seinen Kopf immer vor und zurück, wobei er den Körper gerade und seine Arme vor sich hält, wie das ein Hund tut, der brav Männchen macht.

Das sieht sehr lustig aus. Den Weg zurück läuft er wie ein Strauss, der es etwas eilig hat. Wieder vor hüpft er wie ein Affe über den Sand. Er macht noch verschiedene andere „Figuren", aber ich habe die Aufzeichnungen erst später gemacht, sodass ich die Bilder, die er mir mit seinem Auftritt lieferte, zum Teil wieder vergessen habe.

Ich kam zu dem Schluss, dass dieses seltsame Gebaren nichts anderes war als der Frühsport des jungen Mannes. Wie spielerisch er das tat und wie fantasievoll er dabei war! Da war keine Spur von Drill, wie ich das von den „Leibesübungen" in der Schule her kannte, kein funktionales „beugt, streckt, auf der Stelle treten usw." Das war nicht die Gymnastik eines Menschen, der sich mit zäher Disziplin und krampfhaften, mechanischen, sport-medizinisch berechneten Übungen seine von einseitig belastender Arbeit geschundenen Glieder wieder zurechtbiegen und sich damit fit machen will.

Das war die uralte Art, Tiere nachzuahmen, wie es Kinder oft im Spiel tun. Ich konnte nur staunen und lachen über diese lustig anzuschauende Weise, in der dieser junge Mann am Strand von Dakar seine Gymnastik verrichtete.

Amsel

Amsel ist in dieser Geschichte kein Vogel, sondern ein Mensch. Amsel ist ein Mädchen und war damals, als ich es kennenlernte, sechs Jahre alt. Die Kleine wohnte etwa fünfhundert Meter weit von meiner Hütte In de Pyrenäen entfernt in einem Steinhaus mit ihrer Mutter und drei Geschwistern.

Nachdem ihre Mutter mich kennengelernt und als harmlos eingeschätzt hatte, durfte das Mädchen, sooft es mochte, mich besuchen, und das war mindestens zwei Mal die Woche. Ich habe dieses Mädchen in mein Herz geschlossen, wir mochten uns beide sehr.

Meistens brachte Amsel ihr Tannenbaumspiel mit, bei dem sie immer gewann, weil sie sich die unter Hütchen versteckten Symbole besser merken konnte.

Bei mir fand alles draußen statt. Das Wetter war, außer im Winter, meistens sonnig, ich hatte als Sitze zwei abgesägte Baumrollen, als Tisch diente eine große Steinplatte auf einem Holzsockel. Dort spielten wir.

Wenn wir damit fertig waren, setzte Amsel sich auf meinen Schoß oder lehnte sich an mich an, wenn ich stand und ich hielt meine Arme um sie. Das passte gut, ihre Mutter hatte sich von ihrem Mann, Amsels Vater, getrennt und ich hatte keine Kinder.

Ich erinnere mich, dass sie mir manchmal beim Brotbacken half, beim Aufräumen, beim Saubermachen, aber an eines erinnere ich mich am besten und am liebsten:

Sie wollte unbedingt Pferd mit mir spielen. Also gut, spielten wir Pferd. Sie ging freiwillig auf alle Viere und ich legte ihr meine Radtaschen über den Rücken, sie passten wunderbar. Jetzt steckte ich ihr einen Stock quer in den Mund und befestigte links und rechts an den überstehenden Enden eine lange Schnur, mit der ich sie zügeln konnte. Dann zogen wir los, Holz sammeln. Wir taten das sehr echt, Amsel kannte sich da aus, sie hatten selbst ein Pferd zu Hause, das sie beim Holzholen einsetzten. Sie spielte gut, brannte manchmal durch, sodass ich den Zügelenden hinterher rennen musste, wieherte ab und zu, ging nicht immer dahin, wohin ich wollte, schmiss auch mal alles runter, ich hatte meine liebe Not mit Hü und Hott und Brrrr, aber am Ende hatte ich sie doch vollbepackt vor meine Hütte gelenkt.

Manchmal berührten wir uns nur mit den Innenseiten einer Hand und spürten, dass etwas hin und her floss. Manchmal hatte sie Lust, mich zu kämmen, sie durfte das, sonst niemand. Ihre Sprache war Deutsch, aber vermischt mit französischen Ausdrücken und auch mit französischem Akzent. Ich war für sie immer nur „Bürkar".

Sie besuchte eine drei Kilometer entfernte Schule, in die sowohl die Kinder aus dem Ort unten, als auch die Kinder von den Aussteigerfamilien in den Bergen oben gingen. Wir - mehrere Familien, Paare und Singles verschiedener Nationalität, mehrheitlich aber Deutsche, lebten verstreut auf 1500 Meter Höhe, ohne zivilisatorische Errungenschaften wie Strom, Telefon, fließend Kalt- und Warmwasser, Strasse oder Beleuchtung, inmitten von Buchen, Haselnussbüschen, Farnkraut und Brombeerranken. Es gab ausgetretene Wege, und wenn es dunkel war, war es dunkel und blieb auch dunkel, bis es wieder von selbst hell wurde.

Wenn Amsel zur Schule ging, musste sie alleine diese drei Kilometer durch den Wald laufen, und wenn Winter war, musste sie sich durch den dunklen, manchmal tief verschneiten Wald kämpfen, sodass sie zuweilen tiefer sank, als ihre Stiefelchen hoch waren. Aber sie war abgehärtet, lebte ja tagsüber fast immer draußen mit anderen Kindern, mit Pferden, Eseln und Ziegen, konnte selbst schon reiten und wusste sich gut in der Natur zu bewegen.

Alle Kinder, die hier oben geboren sind, besaßen eine sehr natürliche Art, spielten alle ein Instrument und beschäftigten sich meist mit den Dingen, die ihnen die Natur bot. Sie lernten schon sehr früh, im Haus mit zu helfen, Kräuter und Esskastanien zu sammeln, Ziegen zu hüten und zu melken, mit Feuer umzugehen und im Garten zu helfen. Sie stromerten durch die Gegend, in der es keine Autos gab, keine Strassen, keine verlockenden Angebote in Geschäften, ihr Zuhause waren die Berge, die Bäche, die Bäume.

Für eineinhalb Jahre war diese Berglandschaft auch mein Zuhause und hier, mit Amsel, verbrachte ich eine der schönsten Zeiten meines Lebens.

Eine Beerdigung

Gerhard* war ein vorzüglicher Geiger. Zuhause, in Deutschland, hatte er gelernt, klassische Musik auf diesem Instrument zu spielen, hier, in den Pyrenäen, spielte er ab und zu auf einem Fest schwungvolle irische Weisen. Aber leider hatte er schweren Kummer, er lebte getrennt von seiner Familie und hatte diese Trennung nicht verkraftet. Im Trinken suchte er Vergessen, aber anstatt zu vergessen, wurde mit dem Alkohohl sein Schmerz größer. So suchte er entgültiges Vergessen im Tod. Eines Tages fand man ihn mit seiner Geige irgendwo, leblos und kalt.

Wir alle mochten Gerhard. Wenn er mich in meiner Hütte besuchte, brachte er immer einen dicken, langen Stecken Feuerholz mit, half, wo er konnte und war überall gerne gesehen.

Eine Bestattung in den Bergen verlief anders, als anderswo. Die Familie von Gerhard konnte sich einen teuren Sarg nicht leisten, also zimmerten Freunde von ihm aus rohen Brettern einen schlichten Sarg. Ein paar Männer, darunter auch ich, liefen mit Schaufeln, Spaten und Hacken runter zum Dorf auf den Friedhof, ließen sich von dem Friedhofswärter eine Stelle zeigen, wo das Grab ausgehoben werden konnte und machten sich an die Arbeit. Das war nicht leicht, denn der Boden war steinig, wir wechselten uns ab.

Am Nachmittag marschierten wir hoch zum Haus, wo der Sarg stand. Dort waren alle versammelt, die hier oben lebten, und alle, ohne Ausnahme wollten Gerhard das letzte Geleit geben. Die Stärksten schulterten sich den Sarg auf und liefen voran durch den Wald, den verschlungenen steilen Weg hinab zur Kirche, das Völkchen von Aussteigern hinterher, in bedrückter Stimmung, sich des Abschieds von einem Freund bewusst, der unter tragischen Umständen sein Leben beendet hatte.

Die Eltern von Gerhard wollten, dass ihr Sohn mit dem Segen der Kirche bestattet würde, obwohl er selbst sich von seiner Konfession schon längst verabschiedet hatte. Da stand nun der Sarg vor dem Altar, und wir saßen in der Kirche auf Bänken und ließen eine Zeremonie über uns ergehen, die so gar nicht nach unserem Geschmack war. Aber auch das ging vorüber, der Pfarrer gab seinen Segen und überließ es ganz uns, den Toten zu beerdigen.

Als er in die Erde herabgesenkt war, half jeder mit, Erde in das Grab zu schaufeln, manch schöner Blumenstrauß, unterwegs gepflückt, lag auf den ungehobelten Brettern, und mit kurzen, sehr persönlichen Reden und Gedichten verabschiedeten sich Freunde und Verwandte von Gerhard. Einige hatten Gitarren mitgebracht und Trommeln und Körbe mit Kaffee und Kuchen. Wir setzten uns um das Grab herum und veranstalteten ein kleines Abschiedsfest, wie es ihm sicher gefallen hätte.

*Name geändert

Ein Schäfer in Rumänien

Der gute Mann, der in dieser Geschichte nur am Schluss erscheint, rettete mir das Leben, wenn es auch *seine* Hunde waren, die mir nach dem selben trachteten.

Man stelle sich unter Schäfer und seinen Hunden nicht so einen Mann mit Bart, langem Mantel und Hirtenstab und unter seinen Hunden nicht solche vor, die nur die Schafe bewachen, ein bisschen um die grasende Herde streifen und ab und zu eines von ihnen ein wenig zurück in die Reihe schubsen. Das hier war anders.

Ich lief mit meinem Rucksack und einem Stecken durch die den rumänischen Karpaten vorgelagerte, sanfte und liebliche, langsam aufsteigende waldige Berglandschaft, als ich auf eine Schafherde stieß, die den mit Gras bewachsenen Waldboden abweidete. Ich befand mich auf einem Hang, dessen Weg, den ich entlang wanderte, den Wald und auch die Herde zerteilte.

Für die Hunde, die diese Herde bewachten, war das anders. Sie sahen die Herde als Ganzes und einer von ihnen, der mir am am nächsten war, beobachtete mich, wie ich da so mitten durch seine Herde lief.
Schon kam er angelaufen. So, wie ich das gewohnt war, nahm ich einen Stein auf und warf ihn halbherzig in seine Richtung, um ihn mir wenigstens andeutungsweise vom Leib zu halten.

Denkste, Burkhard! Der Erfolg blieb diesmal aus und verkehrte sich in ein gefährliches Abenteuer. Der Hund ließ sich nämlich nicht abschütteln, sondern kam jetzt erst recht mit wütendem Gebell auf mich zu. Der Steinwurf zuvor und mein Stecken, den ich drohend schwang, ließen ihn zwar Abstand halten, außerdem war er noch alleine, aber das sollte sich bald ändern. Durch sein drohendes Gebelle hatte er die anderen Hunde alarmiert und die eilten ihm jetzt zu Hilfe.

Die Herde muss ziemlich groß gewesen sein, denn plötzlich kamen vier Hunde auf mich zugeschossen, allesamt so groß wie ein ausgewachsener deutscher Schäferhund. Sie erkannten sofort die Situation, umstellten mich, nun zu fünft, von vorne und zogen mit angsteinflössendem Bellen und fletschenden Zähnen den Halbkreis um mich immer enger, nur auf der Lauer nach einer Lücke in meiner aussichtslosen Verteidigungsposition, die ich mit meinen wilden Schlägen in ihre Richtung nur noch kurze Zeit würde halten können.Meine Schläge machten sie nur noch wütender und ich ahnte, nein, ich wusste, dass ich verloren war. Ich schrie wie ein Wahnsinniger, schlug wie ein Besessener um mich, weil nur die Reichweite des Stockes sie noch von meinem Körper trennte, in den sie reinbeißen würden, wenn ich mir nur die kleinste Blöße lieferte. Nur noch einige Augenblicke, und einer von ihnen würde mich erwischen und dann würden auch die anderen über mich herfallen und mich zerfleischen.

Der Kampf hatte sich derart zugespitzt, dass ich Todesängste ausstand. Ich war mittlerweile mit dem Rücken gegen einen Baum gedrängt worden, der mich sowohl davor schützte, von hinten angegriffen zu werden, als auch verhinderte, dass ich mich weiter zurückziehen konnte, um vielleicht aus der Gefahrenzone zu kommen.

In dieser aussichtslosen Lage hörte ich von weitem schon sich nähernde Pfiffe und Rufe. Sie stammten von dem Schäfer, der durch den Lärm aufmerksam geworden und nun angerannt kam, ein Mann in Stiefeln, mit breitem Ledergürtel und einem Knüppel in der Hand, mit dem er sofort, als er die Hunde erreichte, kräftig auf sie eindrosch. Die Hunde stieben unter den Schlägen auseinander und ließen von mir ab. Das war Rettung in allerhöchster Not.

Natürlich war ich verantwortlich für den Angriff. Ich hätte mich zurückziehen sollen, als der erste Hund kam. Er hatte die Aufgabe, die Herde zusammenzuhalten und zu schützen, und das tat er ausgezeichnet, wie ich am eigenen Leibe zu spüren bekommen hatte. Er konnte nicht wissen, dass ich der Herde keinen Schaden zufügen wollte. Für ihn war ich ein Eindringling in sein Revier, der ich erst recht wurde, als ich mit dem Stein nach ihm warf.

Ich hatte auf meinen Reisen die Erfahrung gemacht, -besonders in der Türkei,- dass ich mir Hunde besser vom Leib halte und da tat ein Steinwurf in ihre Richtung immer seine Wirkung. Hier aber, bei diesen Hunden, die eine Aufgabe und ein fest umrissenes Revier, die Herde, hatten, und keine umherstreunenden Hunde waren, zeigte sich eine andere Wirkung.

Ich zitterte noch am ganzen Leib und bedankte mich von ganzem Herzen bei diesem Mann, der mich vor etwas bewahrt hatte, das ich mir gar nicht weiter ausmalen möchte.

Der Einarmige in Lettland

Im meinen Notizen, die ich gerade durchlese, herrscht ein schönes Durcheinander. Hatte ich auf meiner Afrikafahrt noch ordentlich Tagebuch geführt, benutzte ich das dicke Heft, das ich auf meiner Europatour mitgenommen hatte, für alle möglichen Eintragungen und hatte bald keine Lust mehr, regelmäßig Buch zu führen. Später, nach ein paar Jahren, war es angefüllt mit Notizen, mit Gedanken, Aufsätzen, angefangenen Geschichten und Bemerkungen über dies und das und lag irgendwo in einer Kiste und gammelte vor sich hin.

Jetzt suche ich darin nach Stoff für mein Geschichtenbuch und finde gerade die Worte „puhelin" und „talraune". Ich liebe bestimmte fremde Wörter, und deshalb hatte ich mir diese beiden notiert.

„Puhelin" ist finnisch und heißt Telefon. In Warschau, auf einem Campingplatz, lagerte neben mir eine finnische Familie, die mich hörte, als ich gerade Flöte spielte. Die Frau kam mit ihrem Kleinkind zu mir, um dem Kind die Töne näher zu bringen. Ich bot dem Kleinen die Flöte an und er sog an ihr, anstatt in sie hineinzublasen. Da sagte die Frau: „Puh, Halla, puh". Das waren für mich die ersten finnischen Worte und ich wusste, was sie bedeuteten und sie klingen mir immer noch angenehm in den Ohren.

Auf meiner Fahrt nach Finnland hörte ich dann das Wort „puhelin" für Telefon und dachte mir: das ist auch so ein Ding zum Hinein-pu*h*-sten.

Auf der Fahrt dorthin kam ich auch durch Lettland. Dort heißt Telefon „talraune". Mir ging sofort das deutsche Wort „raunen" durch den Kopf, ein Wort, dass für geheimnisvolles Flüstern steht.

Die Verbindung Lettlands zu Deutschland wurde mir zum ersten Mal bewusst, als ich mir das Geld näher anschaute. Ich traute meinen Augen nicht, die Ein-, Zwei-, Fünf- und Zehnpfennigstücke sahen auf der Seite der Zahlen genauso aus, wie unser Geld, nur etwas kleiner. Es gab sogar ein Zwanzigpfennigstück, das wie der Groschen aussah, ein kurioser, ungewohnter Anblick für mich, das Geld heißt aber nicht Pfennig, sondern Santims. Weitere Verbindungen Deutschlands zum Baltikum erkannte ich in Estland, wo die Post Post heißt, mit dem gleichen gelben Signalhorn darüber, und die Polizei Politsei und der Brotzopf Strietzel genannt wird.

In Riga, der Hauptstadt von Lettland, traf ich auf einer Parkbank im Zentrum einen alten Letten, der eine Milchkanne voll Suppe neben sich stehen hatte. Er sprach noch ein bisschen Deutsch, das er bei der lettischen Division gelernt hatte, die unter deutschem Kommando im zweiten Weltkrieg „gegen die Bolschewiki" gezogen war, Richtung Sankt Petersburg. Auf einem der Pfahlwege, die das „venezianische", spätere Leningrad begehbar machen, ist er von einer Granate getroffen worden, die ihm den Arm abgerissen hat. „Hauptmann war blöde", erzählte er, denn sie hatten die ungefährlichen Seitenstege, „auf denen wir schwankten wie getrunken", verlassen und stattdessen den beschossenen Hauptsteg bezogen, und da ist es dann passiert.

Er fragte mich, wie ich lebe und ich erzählte ihm, dass ich mit dem Fahrrad nach Finnland will und mein Geld mit Flötespielen verdiene. Da beklagte er sich, dass ein Dieb ihm seine Mundharmonika gestohlen habe und er sich keine neue leisten könne. Für den abgeschossenen Arm habe er zwar das eiserne Verdienstkreuz zweiter Klasse erhalten, aber bekommen tut er von den Nachfolgern derer, für die er seinen Arm hingehalten hat, nichts, weil er darüber keine Dokumente besitzt. Seine Kinder wollten damals auch Mundharmonika lernen, aber daraus ist dann nichts geworden.

Ich hatte zufällig eine kleine „Schnuffelrutsche", wie der Berliner zur Mundharmonika sagt, dabei und freute mich darüber, dass ich sie ihm schenken konnte. Er erzählte mir noch, dass es keine Stadt gäbe, die, wie Riga, 60% Ausländer beherberge, meist Russen, die vor sieben Jahren (1991) einfach „nicht mit nach Hause gegangen" seien, und Lettland habe nur zwei Millionen Einwohner. „Ihr mit euren zwei Millionen Türken bei 70 Millionen Einwohnern habt ja so gut wie nichts an Ausländern" spielte er auf die ihm wohl bekannte Ausländerfeindlichkeit bei uns an. Als ich ihn auf die Ähnlichkeit des Geldes hinwies, sagte er: „600 Jahre deutsche Verwaltung, kaum zu übersehen".

Am liebsten würde ich ewig reisen und nur auf *diese* Weise Geschichte lernen, so was vergesse ich nie.

Die Märchenerzählerin

In Durlach, einem schönen alten Städtchen bei Karlsruhe, gibt es alljährlich einen mittelalterlichen Weihnachtsmarkt. Dort bieten Handwerker und Gaukler ihre uralten Kenntnisse, Fähigkeiten und Geschicklichkeiten feil.

Als ich so durch die Reihen schlenderte, vorbei an einem Seiler, an einer Kerzengießerei und einem Schmied, der gerade mit einem Blasebalg die Kohleglut in der Esse anfeuerte, kam mir ein Weinverkäufer in mittelalterlicher Kleidung entgegen. Er trug einen langärmeligen ledernen Wams und ebensolche Hosen, spitze, weiche Lederschuhe, hatte eine fesche Kappe mit Feder auf dem Kopf und sprach mich an: "Du, Recke, möchtest du auch einen Becher Wein trinken?" Der Recke lehnte dankend ab, weil es noch früh am Tage war.

Ich ging also weiter und kam zu dem Stand einer Märchenerzählerin. Stand ist nicht ganz richtig, es war eine kleine Bühne mit Bankreihen davor, auf denen schon ein paar Kinder hockten, manche alleine, andere mit ihren Eltern oder einem Teil davon.

Die Märchenerzählerin bot eine resolute und doch liebevolle Erscheinung. Sie trug langes, dunkles Haar, ein dunkelblaues Kleid, das ihr bis zu den Füßen reichte und oben am Kragen und an den langen Ärmeln mit weißen Rüschen besetzt war. Sie hatte üppige, rote Lippen, große, anziehende, leuchtende Augen und um ihren Mund spielte ein kaum merkliches Lächeln. Da in den Bankreihen noch etwas Unruhe herrschte, -es kamen noch Besucher hinzu-, und die Zeit, die auf der großen Bühnenuhr den Beginn der nächsten Vorstellung anzeigte, noch nicht herangerückt war, stand sie mit verschränkten Armen da und wartete. Als Uhr und Beginn der Vorstellung übereinstimmten und auf einer Bank immer noch nicht Ruhe herrschte, richtete sie ihren Blick auf diese Stelle. Sie gab ihren Augen Worte mit auf den Weg: „Ich fange erst an, wenn ihr still seid." Und es ward Stille.

Das Märchen handelte natürlich von einem König, dessen Tochter und von einem Prinzen, der um die Tochter freite. Dazu musste der Prinz Aufgaben lösen, den genauen Inhalt weiß ich nicht mehr, ich war fasziniert davon, wie sie mit Gestik und Mimik untermalte, was sie erzählte. Sie ahmte nicht die Handlung nach, sondern deutete immer nur kurz und bündig an, worum es ging. Nichts war überflüssig, kein Wort, keine Geste.

Ich sehe noch vor mir, wie sie einen Brief des Königs verlas. Sie hatte keine Papierrolle, aber sie hielt sie doch mit der linken Hand, und mit einem Streich der rechten öffnete sie diese nicht sichtbare Rolle und verlas die Ankündigung des Königs mit herrscherhafter Stimme und Betonung.

Sie brauchte keine Requisiten, sie zauberte sie in die Vorstellung der Zuschauer, das war ihre Kunst. Sie erzählte laut und deutlich, nicht zu langsam, nicht zu schnell, und sie sprach alle an. Sie bewegte sich kaum auf der Bühne, aber ihre Stimme schwang durch die Handlung, eilte auf dem Pferde davon, bangte mit der Prinzessin, herrschte mit dem König und löste mit dem Prinzen mutig die Aufgaben.

Ich kam nicht umhin, dieser Märchenerzählerin hinterher meine Begeisterung mitzuteilen.

Ein anderes Gesicht

Ich schaue gerne in schöne Gesichter, sie faszinieren mich. Schönheit von Menschen ist nicht etwas äußerliches, also nicht allein eine ästhetische Angelegenheit, sondern sie hat etwas mit Ausstrahlung zu tun, mit dem, wie die Augen von innen herausstrahlen. Die Augen sind das Zentrum des Gesichtes, das Wort „Gesicht" drückt das schon aus, es ist eine Bildung von „sehen".

Es besteht ein Zusammenhang zwischen all den Teilen eines Gesichtes. Und schön ist für mich dann ein Gesicht, wenn alle diese Teile von der Natur her zusammenwirken und nicht durch Kontrolle gelenkt werden, wenn also ein Mensch aus vollem Herzen und vollem Munde lachen oder auch weinen kann.

Ich erlebte einmal eine Frau ganz nah, von Angesicht zu Angesicht. Ich saß ihr gegenüber auf dem Boden. Wir waren beide Teilnehmer eines Naturerfahrungs-Seminars, das über ein paar Tage im Wilden Kaiser in Österreich stattfand.

Der Leiter hatte jeden von uns einen Partner wählen lassen und wir hatten die Aufgabe, uns diesem Partner gegenüberzusetzen und ihm im Wechsel fünf Minuten lang von uns zu erzählen. Der andere sollte nur zuhören und wir sollten uns dabei anschauen.

Die Partnerin, der ich gegenüber saß, war nicht die Partnerin meiner Wahl, sondern sie hatte mich gewählt, weil die Person, die ich wählen wollte, schon einen anderen gefunden hatte. So ergab es sich, dass ich dieser Frau gegenüber sitzen musste.

Ich schreibe *musste*, weil ich es bei freier Wahl nicht getan hätte. Sie wusste natürlich von meinen Hemmungen und hatte Verständnis dafür. Je mehr sie erzählte, desto mehr konnte ich ihr offen in die Augen schauen. Sie hatte auch gelernt, mutig ihr Gegenüber anzusehen. Folgendes erfuhr ich:

Sie hatte vor Jahren einen Urlaub in Bolivien verbracht und reiste mit Rucksack und öffentlichen Verkehrsmitteln durch die Gegend, um Land und Leute kennenzulernen.

Sie war noch jung damals, mittlerweile mochte sie so um die 40 gewesen sein.

Auf einer dieser Fahrten hatte sie vorne neben dem Fahrer gesessen, weil dort der Blick nach draußen am besten ist.

Da ich Einzelheiten der Erzählung vergessen habe, weiß ich nur noch, dass der Bus von der Strasse abkam, die Böschung runter rollte und irgendwo gegen knallte.

Sie flog mit dem Gesicht durch die Frontscheibe. Die Splitter verletzten sie so sehr, dass sie sich mehreren Gesichtsoperationen unterziehen musste. Die gesamte Gesichtspartie unterhalb der Augen war entstellt und konnte nur durch Hauttransplantationen von ihrem eigenen Körper notdürftig wieder hergestellt werden.

Fast jeder von uns hat ein solches Gesicht irgendwo schon einmal gesehen, aber wohl meistens von Weitem und dann schaut man eher verstohlen dorthin, weil man genau weiß, dass Anstarren sich nicht gehört, denn es verletzt den Anderen.

Nun saß ich dieser Frau mit diesem entstellten Gesicht direkt ganz dicht gegenüber und schaute ihr in die Augen. Ich schaute ihr in die Seele, die sie in diesem Gespräch geöffnet hatte.

Nein, sie war nicht hässlich, denn Hass hatte sie nicht in sich. Sie bat mit ihren Augen darum, als Mensch betrachtet zu werden, der unschuldig sein schönes Antlitz verloren hat und nun mit dem zusammengeflickten, entstellten Gesicht weiterleben muss. Welche Kraft gehört dazu! Ich habe diese Frau bewundert.

Wer sich bindet, ist leer im Zentrum

Ein merkwürdiger junger Mensch, der Sebastian. 18 Jahre war er damals alt, lebte mit seinen acht Halb-Geschwistern, seinem leiblichen Vater und seiner Stiefmutter als ältestes der Kinder in den Pyrenäen, wo ich ihn kennenlernte.

Er ging immer seinen eigenen Weg, sonderte sich ab oder wurde abgesondert, jedenfalls spürte ich deutlich seinen Alleingang.
   Offensichtlich hatte er unter der Trennung seiner Eltern sehr gelitten. Er sprach wenig, und da er stark war, verrichtete er immer die schweren körperlichen Arbeiten, er war ein Naturbursche mit roten Backen, in sich gekehrt, scheu und hielt sich auf Festen immer zurück, kam nie aus sich heraus.
   Die Familie, in der er lebte, war unter den Menschen, die in diesem Gebiet lebten, ein Mittelpunkt. Wir, die wir in einem weiten Kreis um sie herum wohnten, besuchten sie oft, bei ihnen wurde die Post für uns alle hinterlassen, Barbara, die Mutter dieser acht Kinder, war offenherzig und frisch, Patrice, ihr Mann und Vater von neun Kindern, schnitzte die besten Messer der Gegend und beide veranstalteten die schönsten Feste, wenn Geburtstag oder wieder mal ein Kind auf die Welt gekommen war.
   Sie lebten, wie wir alle, ohne Strom und daher wurde alles mit der Hand gemacht. Sebastian war der Tüchtigste von ihnen, aber aufgrund seines sonderbaren Verhaltens bekam er nicht die Anerkennung, die ihm gebührte. Irgendwie gehörte er nicht zu der Familiengemeinschaft oder fühlte sich nicht dazugehörig.
   Einmal streifte er durch die Gegend, ich weiß nicht mehr genau, warum, jedenfalls kam er ziemlich dicht an meiner Hütte vorbei, wo ich ihn sah und ansprach. Ich hatte keine Ahnung, ob er das immer tat, wenn er mit jemandem sprach: er schaute an mir vorbei, als ich ihn grüßte und näher an ihn herantrat. Er grüßte auch, schaute mich aber immer noch nicht an.
   Vielleicht war ihm das gar nicht bewusst, und so machte ich ihn vorsichtig darauf aufmerksam, indem ich darauf hinwies, dass ich Menschen, mit denen ich spreche, gerne dabei in die Augen schaue.
   Er entsprach sofort meinem Wunsch und schaute mich an.
Wir kamen ins Gespräch, ich weiß noch, dass es keine Belanglosigkeiten waren, die wir austauschten, denn ich höre ihn noch deutlich die

Worte sagen: „Qui s'attache, est vide au centre", wer sich bindet, ist leer im Zentrum.

Sebastian ist zweisprachig, sein Vater Franzose, seine Mutter Deutsche, er sprach also auch in meiner Sprache, so gut oder schlecht, wie ich in seiner Sprache reden konnte, wir glitten von einer Sprache in die andere, aber diesen Satz sagte er auf französisch, weshalb ich ihn auch hier so zitiert habe. Ich glaube noch in Erinnerung zu haben, dass er erwähnte, der Satz stamme von dem Mystiker oder Propheten Kalil Gibran, von dem ich auch einmal etwas gelesen hatte.

Dieser Achtzehnjährige Außenseiter hatte eine starke Überzeugungskraft in seine Worte hineingelegt, er sprach sie aus als einer, der gezwungen war, sein Zentrum, vielleicht seine ursprüngliche Familie oder seine Mutter, zu verlassen und es in sich selbst zu suchen. Nun glaubte er, mit diesem Ausspruch eine Rechtfertigung für seine Bindungslosigkeit gefunden zu haben.

Dieser junge Bursche hat mir mit seinem Glaubenssatz zu denken gegeben, bis ich Jahre später erkannte, dass auch ich aus meinem Zentrum herauskatapultiert worden bin, bevor sich in mir mein eigener Mittelpunkt entwickeln konnte, und dass mein Alleinleben, meine Schwierigkeiten in der Beziehung zum anderen Geschlecht, meine Unfähigkeit, in einer Beziehung zu leben, damit zusammenhängen.

Wer sich bindet, ist leer im Zentrum, das war eine These, die ich akzeptierte, ich nahm sie von Sebastian an, weil uns ein ähnliches Schicksal verband. Auch ich hatte diesen Satz als Rechtfertigung für mein Außenseiterdasein benutzt, und im Grunde aus der Not eine Tugend gemacht: Ihr alle, die ihr in einer Bindung seid, seid leer im Zentrum, ich, der ich keine Bindung habe, habe mein Zentrum gefüllt.

Was eine Not war, habe ich immer so dargestellt, als ob es eine freiwillige Entscheidung gewesen sei. Und immer habe ich die Ehe verteufelt und auch für mich nachweisen können, dass sie nichts für mich ist, denn wo ich auch hinschaute, ging sie in die Brüche.

Damals kam mir der Spruch sehr gelegen, ich brauchte ihn zur Stärkung, um in meiner Bindungsunfähigkeit überhaupt Freude am Leben zu haben, um mutig alleine durch das Leben gehen zu können. Ich hatte das nicht so gewählt, *es* ist so gekommen.

Zum ersten Mal habe ich verstanden, anhand des Zitats von Sebastian, dass wir Menschen nicht nach einer Ideologie leben, sondern die Ideologie aus unserem Leben entsteht, daß wir uns uns unsere Weltanschauung, unsere Leitsätze nach unserem Leben zurechtbasteln und unser Sosein damit rechtfertigen, uns sozusagen einen theoretischen Überbau über unser Leben zimmern, um ein schützendes Gedankengebäude über uns zu haben.

Damals habe ich noch geglaubt, dass jeder Mensch, der sich bindet, tatsächlich leer im Zentrum ist. Das stimmt heute für mich nicht mehr. Heute sehe ich, dass zwei Menschen durchaus in einer Bindung etwas finden können, das zur Stärkung des eigenen Mittelpunktes beiträgt, und das keiner für sich alleine finden kann: das *Wir*.

Mienchen

Ich habe Mienchen nie gesehen, noch nicht einmal auf einem Bild, trotzdem habe ich mir ein Bild von ihr gemacht aus den Dingen, die sie umgaben, als sie noch lebte.

Vor vier oder fünf Jahren war es, als ich an ihrem Haus hier in meinem Städtchen vorbeifuhr und mir jemand mitteilte, dass das Haus „geplündert" werden könne.

Es sollte abgerissen werden, und all die Sachen, die sich noch im Haus befanden, sollten auf den Sperrmüll. Ich also hin mit meinem Handwagen und rein.

Oh, was lag da alles rum, halt alles, was ein älterer Mensch im Laufe seines Lebens so angesammelt und angeschafft hatte. Vieles war schon in blaue Säcke zum Abtransport gepackt, vieles lag verstreut auf dem Teppich, weil schon andere gesucht hatten, Kleidungsstücke, Wäsche, Handarbeitswerkzeug, Gehäckeltes, Schreibkram, Fotos, Nippes... Für ihre Enkelkinder hatte sie kleine Spielsachen aufgehoben, die herumlagen.

Natürlich gab es auch Möbel und Waschmaschine, Küchengerätschaften, eben alles, was zu einem Haushalt gehört.

Ich fand eine Postkarte, die ihre Nichte ihr aus Afrika zugeschickt hatte. Vorne ist eine Lehmhütte abgebildet, vor der ein paar Schwarze stehen. Mit „Liebes Mienchen" ist der Text überschrieben, deswegen habe ich diese geschichte auch so genannt. An den Wänden hingen Bilder und Fotos, von denen mich einige, die eine Ballettänzerin darstellten, besonders faszinierten. Es handelte sich dabei um Mienchens Tochter, wie mir jemand erzählte.

Ich habe das, was ich als schön empfand und gebrauchen konnte, herausgeschleppt und nach Hause gefahren. Einen Schuppen gab es auch, der mir viel Holz zum Verfeuern lieferte. Aus dem Garten buddelte ich die schönsten Blumenzwiebeln heraus, die jetzt in meinem Garten weiterblühen.

Vier Wochen später war alles platt: Haus weg, Garten weg, Schuppen weg. Noch ein paar Wochen später war ein Weg neben dem Grundstück angelegt, das Grundstück mit frisch gesätem Gras bewachsen und von Mienchens Haus und Garten nichts mehr da. Hier hat die Geschichte sich besonders beeilt, Gras über Mienchens materielle Vergangenheit wachsen zu lassen. Aber hier, in dieser Geschichte, lebt sie noch weiter.

Judith, die jüdische Frau aus Kellen

Vielleicht heisst sie gar nicht Judith, ich nenne sie nur so, weil Judith ein ausgesprochen jüdischer Name ist.

Judith ist eine Erscheinung meiner Kindheit, eine Frau, die schwarz gekleidet war, einen schwarzen Schleier über ihrem eleganten Hut trug, ebenso schwarze, durchbrochene Handschuhe, einen schwarzen Mantel, schwarze Seidenstrümpfe und Schuhe. Über ihrem Arm hing eine schwarze Handtasche. Ich habe diese Frau nie anders gesehen als in schwarz. Sie fiel auf durch ihr besonderes Äusseres, sie stach hervor aus der gewöhnlichen Kleidung der Bevölkerung. Ich wusste, dass Schwarz die Kleidung Trauernder ist.

Ich kam als Dreijähriger 1947 in den Ort Kellen bei Kleve am Niederrhein, der meine eigentliche Heimat werden sollte. Als ich 1954 auf das Gymnasium in die grosse Stadt kam, fuhr ich mit dem Rad zur Schule. Auf diesem Weg begegnete ich Judith oft. Sie fiel mir aber nicht nur wegen ihrer schwarzen Kleidung auf, sondern weil sie auf eine bestimmte Art und Weise lief. Ihr Gang war gehetzt. Sie blickte sich verstohlen um, als werde sie verfolgt. Eine Hand hielt sie vor ihren Schleier, als ob er ohne diese Haltung herunterrutschen und ihr Gesicht preisgeben würde.

Ich spürte, dass diese Frau nicht normal war, dass etwas nicht stimmte. Sie schien es immer sehr eilig zu haben und verschwand in einem herrschaftlichen Haus, das etwas zurückgelegen an der Hauptstrasse stand.

Ich wusste damals nichts über Juden, nichts über das, was mit ihnen unter der Herrschaft des Naziregimes geschehen war. Ich wusste nicht, dass diese Frau eine Jüdin war, dass sie Schreckliches erlebt haben musste.

Zu dieser Zeit stand noch in unserem Bücherregal ein kleines Büchlein mit Juden-Witzen. An einen dieser „Witze" kann ich mich noch erinnern: Eine reiche Familie hatte einen Diener namens Johann, der auch den offenen Kamin zu versorgen hatte. Eines Abends sass der Hausherr vor dem Kamin, blickte in die verlöschenden Flammen und befahl dem Diener: „Johann, lege er bitte noch einen Juden nach!".

Ich war nicht grausamer als meine Mitschüler, aber so ahnungslos, dass ich diesen „Witz", ohne mich zu schämen, in der Schule weitererzählte. Ich habe über diesen „Witz" gelacht. Ich verstehe heute nicht mehr, wieso ich darüber lachen konnte. Vielleicht habe ich mir das garnicht wirklich vorgestellt, so wie ich mir die Grausamkeiten in Märchen ja auch nicht wirklich vorgestellt habe, ich hatte derartiges nie erlebt. Ich kann mir mein Lachen nur so erklären, dass in der Erwachsenenwelt um mich herum unterschwellig noch weiter Antisemitismus herrschte und mir in meiner Kindheit ein sehr negatives Bild über Juden vermittelt wurde, das es mir erlaubte, zu lachen, wenn so ein Jude wie ein Stück Holz im Kamin nachgelegt wurde.- So werden die Wurzeln für Feindbilder gelegt.

Zuhause wurde nicht über das Leid der Juden gesprochen, meine Eltern schwiegen damals über den grausamen Tod der Juden und über das Leid und die Schmerzen der wenigen Überlebenden, von denen nur ein geringer Teil noch in Deutschland geblieben war. Sie, Judith, war eine von ihnen, und ich habe unwissentlich über den Tod ihrer Angehörigen gelacht, während sie krank geworden ist vor Schmerz und Leid.

Jahrzehnte später erfuhr ich die volle Wahrheit und konnte diese Frau in einem anderen Licht sehen. Ich fragte mich, warum meine Eltern geschwiegen hatten. Heute ist es mir klar: Im besten Falle aus Scham. Aber warum haben sie das Büchlein noch im Regal stehen lassen? Aus Nachlässigkeit - Unachtsamkeit - Versehen? Ich kann mir nicht vorstellen, dass sie daran gehangen haben.

Möglicherweise haben sie nie reingeschaut. Mein Vater war in der Partei, aber ich weiss nicht, wie weit er in der Reichsprogromnacht beteiligt war an der Hetze gegen die Juden und der Zerstörung ihrer Wohnungs- und Geschäftseinrichtungen und ihrer Synagogen. Ich glaube eher nicht, da er zu der Zeit Zahnmedizin studierte und wohl kaum Gelegenheit gehabt haben dürfte, sich politisch zu betätigen. Ich weiss nicht einmal.

Meine Mutter war christlich erzogen worden, ihr Leitspruch war: ora et labora, bete und arbeite. Sie machte mir den Eindruck, als ob sie litt, still litt und schwieg, weil ihr in einer Ehe die Harmonie heilig war, die sie nicht durch Widerspruch zu ihrem Mann zu verletzen wagte. Und so wurde alles, was Widerspruch erzeugt hätte, unter den Teppich gekehrt.

Als ich Ende der sechziger Jahre in den Sog der allgemeinen Rebellion geriet und in mir gesellschaftliches und historisches Bewusstsein erwachte, waren meine Eltern schon tot, und ich konnte nie mehr mit ihnen über die Vergangenheit sprechen. Aber ich las in Büchern über die KZ's, über den Widerstand im Warschauer Ghetto, über das Frauenorchester in Auschwitz, ich las die Geschichte des Konzerns von Mengele, dessen Landmaschinen ich heute noch zuweilen über die Strassen fahren sehe, ich las das Tagebuch der Anne Frank und erfuhr auf diese Weise, warum Judith, diese Frau in Schwarz, so war, wie sie war. Und jetzt sehe ich sie vor mir und weiss, wie sehr sie damals gelitten hat.

Buch 2
Kleine Geschichten
von meinen Reisen
und aus meinem Leben

Inhaltsverzeichnis

Meine erste Reise 78
Da kann ich doch was draus machen! 81
Der Hammer unter der Erde 83
Noch ein Schlag 84
Stockdunkel 85
Auf allen Vieren 88
Wir schlachten 91
Feuer! 94
Scherben bringen Glück 97
Ich bekomme einen Künstlernamen 100
Geld stinkt nicht!? 102
Ein Trommelabend 104
Angeheuert 107
Ein Starenschwarm 113
Zusammenarbeit 115
Das lügst du, Bube 116
Ein Gewitter in Norwegen 117
Pistole und Handschellen 119
Bei der Polizei in Rumänien 121
Annäherungsversuche 123
Die Amsel 125
Der Zaunkönig 130
Die blinde Maus 132
Ein Schlaflied für den Hasen 134
Die diebische Elster 135
Zwei Kuckucke 136
Klatsch! 137
Geisterfahrer 139
Mein erstes Honorar 140

Die Selbstmord-Kiste *141*
Kutsche Matrikelnummer??? *144*
Ein Stempel und ein Knall *146*
Spuren der Vergangenheit *148*
„Da is nix mehr los" *152*
Das war knapp *154*
Keine Heldentat *156*
Eine Schranke *157*
Aus der Schule geplaudert *158*
Der verflixte Mast! *162*
Zauberrhythmus *164*
Eine Reise nach innen *168*
Die innere Stimme *171*
Zwei abenteuerliche Sommercamps *174*
Ein Schrecken im dunklen Wald *178*
Der erste wirkliche Kuss *180*
Eine seltsame Radtour *182*
Ein besoffener Baron *184*
Ich werde verhaftet *185*
Wassertreten *188*
Die Torten rutschen *190*
Ente á la presse *191*
Multifunktionsgerät *193*
Das verlorene Zicklein *195*
Der Schornsteinfeger kommt *197*
Zwei Raubüberfälle *200*
Inwendig - Auswendig *205*
Die Schlusslichter *207*

Meine erste Reise

Das Reisen habe ich von meinem Vater geerbt, der ein Talent fürs Zelten hatte. Ich erinnere mich noch, dass er zuhause ein Überzelt entworfen, genäht und in der Badewanne imprägniert hat, das selbst den stärksten Unwettern an der Nordsee standhielt.

Ich sah an der Küste dort bei einem tosenden Gewittersturm Zelte wie Papierfetzen davonfliegen, unseres blieb stehen, dank einer einfachen, aber genialen Konstruktion: statt der festen Textilschlaufen an den Rändern und Ecken zum Befestigen an den Erdnägeln hatte er starke Gummischlaufen angebracht, die durch ihre Elastizität nachgaben, anstatt zu reißen. Ich habe später diese Idee für meine Spezialplane bei meinen Radtouren übernommen.

Camping fand ich wunderbar, immer draußen sein, herrlich. Meistens zelteten wir an der Nordsee. Dorthin trieb es mich auch, als ich sechzehn oder siebzehn war und mein Vater im Krankenhaus lag. Das war *die* Gelegenheit. Ich habe ihn natürlich gefragt, und so trampte ich mit einem Freund an die Nordsee, nachdem wir alles Notwendige in Rucksäcken zusammengepackt hatten, Zelt, Schlafsack, Pass, etwas Geld und Proviant.

Wir wollten auf eine Insel in der Schelde kurz hinter Antwerpen, die irgendwer uns aus irgendeinem Grunde empfohlen hatte. Da wir früh aufgebrochen waren, kamen wir schon am Nachmittag in der großen Stadt an und begaben uns direkt in den Hafen, von dem aus Fischkutter losschipperten. Mit unserem Klevse-Platt vom Niederrhein, das mit dem Holländischen viel Ähnlichkeit hat, fragten wir uns nach einem Kutter durch, der uns bis Yersike, so heißt die Insel, mitnehmen würde.

Wir fanden tatsächlich einen, aber wir durften nur unter der Bedingung übersetzen, dass wir mithalfen. Wir heuerten also an, trugen unsere Sachen in einen Raum unter Deck, in dem lauter Schiffstaue, Ölzeug und Stiefel lagerten, zogen uns das wetterfeste Zeug an und stiefelten auf Deck, wo uns der ganze Ablauf des „Raubzuges" gezeigt und wir für unsere Aufgabe eingeteilt wurden. Mein Freund war stärker als ich, er musste beim Netze rausziehen helfen, ich hatte einen ruhigen Job vorne an der Spitze des Bugs, wo ich darauf achten musste, dass wir uns immer zwischen den Holzstangen bewegten, die in regelmäßigen Abständen im Wasser staken. Der Wellengang, der von der Nordsee in die Scheldemündung hineinschwappte, ließ den

Kahn ganz schön schaukeln, und ich seh noch, wie mein Freund grün im Gesicht wurde und seinen Teil von unserem Vesper auf der Tramptour unfreiwillig der Nordsee spendierte.

Es war schon dunkel, Nebel zog über dem Wasser auf, ich musste scharf spähen, um die Pfähle noch zu erblicken, aber der Kapitän kannte sein Route, ich war nur auf den Posten gestellt worden, um eine Aufgabe zu haben.

Der Fang war reichlich, der da aus den Netzen einfach an Bord auf die Planken gekippt wurde. Beim Aussortieren mussten wir später mithelfen, meinem Freund ging es mittlerweile wieder besser. Ich erinnere mich noch an Stachelrochen, vor denen wir gewarnt wurden. Spät in der Nacht durften wir in der Kammer mit den Tauen und dem anderen Zeug schlafen.

Sehr früh am Morgen, als es noch dunkel war, kamen wir in dem kleinen Hafen der Insel an und verließen den Kutter. Wir hatten unser erstes Abenteuer bestanden. Jetzt kam die Frage: wo übernachten?

Die Insel war rundum gegen die Nordseestürme durch einen hohen Deich geschützt. Da wir Ebbe und Flut kannten, schlugen wir unser Zelt oben auf der Krone des Deiches auf. Mit einer Taschenlampe leuchteten wir den Platz ab, befanden ihn für gut und schlugen unser Zelt auf.

Irgendwann musste ich raus, es war immer noch dunkel, ich leuchtete mit der Taschenlampe über den Deich, als der Lichstrahl auf zwei funkelnde Punkte stieß, die mir Angst machten, ich dachte, da streunt ein gefährliches, wildes Tier herum, aber es entpuppte sich als eine harmlose Katze. Ich schaute noch schnell auf das Wasser und bekam den zweiten, diesmal noch größeren Schrecken, die Flut war fast bis zum Rand des Dammes gestiegen!. Aufgeregt weckte ich meinen Freund, zeigte ihm die Bescherung, und so machten wir uns aus Angst vor einer Überflutung an den Abbruch unserer Herberge.

Es dämmerte, wir hatten gerade angefangen, die ersten Zeltnägel herauszuziehen, als eine kleine Schar von Jugendlichen zu uns kam und uns erst mal beruhigte, das sei eine Springflut, sagten sie und die ginge schon wieder zurück, wie wir nach einer Weile selbst beobachteten.

Die holländische Jugend, ich wusste das von meinen vielen vorherigen Besuchen in diesem Land, ist gegenüber uns Deutschen nicht, und wenn, dann nur durch die Erzählungen und Erfahrungen ihrer Eltern, wegen des Hitlerüberfalls auf die Niederlande mit Ressentiments behaftet, daher begegneten diese Jugendlichen uns nicht als Deutschen, sondern eben neugierig und aufgeschlossen von Jugend zu Jugend. Ein Mädchen mit dem schönen Namen Ineke, in das ich mich sofort verliebte, lud uns anderntags auch gleich zu sich nach Hause zum Essen ein. Wir verbrachten auf dieser Insel eine fröhliche, unbeschwerte Woche, an die ich gerne zurückdenke.

Da kann ich doch was draus machen!

Auf meiner Rucksackwanderung lief ich auch durch Polen. Wenn ich so unterwegs war, habe ich nicht nur die schöne und abwechslungsreiche Landschaft betrachtet, sondern auch immer Ausschau gehalten nach etwas Nützlichem, mit dem ich mir die Zeit vertreiben konnte. Mal fand ich die verschiedensten Stoffteile, wusch sie, schnitt sie zu Karos, umsäumte sie und nähte sie zu einer kleinen Fahne zusammen, die ich dann als meine „Europafahne" bezeichnete, weil sie in Europa entstanden ist.

Ein andermal waren es Wollreste, die ich von verlorenen Handschuhen oder Pullovern auftrennte und daraus einen Rand für meine Mütze webte, mit einfachen Mitteln, die ich auch unterwegs fand.

Wie ich also durch Polen laufe, komme ich in eine Gegend, in der noch vor nicht allzu langer Zeit Schafe geweidet hatten, die Stacheldrahtzäune entlang der Straßen sind voller Schafwollreste, verlockend, da kann ich doch was draus machen! Also abgerupft und in eine Tüte gepackt.

Nach zwei Tagen ist meine Plastiktüte voll. Jetzt muss ich daraus Wolle spinnen. Ich hatte irgendwo mal gesehen, wie das gemacht wird, von Hand, also ohne Spinnrad oder jegliches Werkzeug. Ich säubere die Schafswolle von schmutzigen Teilen, wurschtele sie ineinander und durcheinander, bis alles schön verheddert ist und fange an einer Stelle an, durch Zupfen und Verzwirbeln die Wolle zu einem dünnen Faden zu spinnen, achte darauf, dass er nicht reißt und mache so lange, bis ich aus dem Inhalt der Tüte ein ansehnliches Knäuel „gesponnen" habe. Jetzt habe ich schöne Wolle, naturbelassen, sie riecht noch so richtig nach Schaf und hat verschiedene Farbtöne, von dunkelweiß bis dunkelbraun. Was mache ich jetzt damit? Bald finde ich eine Antwort. Gerade pflückte ich mir ein paar Kräuter als Beilage für mein Mittagessen, als ich neben ein paar Steinen einen Hammer liegen sehe. Zu allem Überfluss liegen dicht daneben auch noch zwei kleine, verbogene Stangen aus einem starken Kupferdraht. Sie haben genau die Länge von Stricknadeln.

Ich begebe mich mit meinen Funden auf die Straße und hämmere erst mal die Stangen gerade, dann schleife ich die Enden auf dem Asphalt spitz und schon ist mein Werkzeug fertig, ich besitze jetzt echte Stricknadeln, die ich noch ein wenig mit Erde poliere, und schon kann ich mich an die Arbeit machen. Was ich gestrickt habe? Es war noch ein wenig kalt, manchmal, besonders in der Nacht und am Morgen froren meine Knie etwas, so kam ich auf die Idee, mir Knieschoner zu stricken, das Stricken hatte ich schon als kleiner Junge von meiner Schwester gelernt und mich auch später mit Schals und ärmellosen Pullovern in Übung gehalten.

Als die Knieschoner fertig waren, war ich richtig stolz und sie sahen wunderschön aus und wärmten bestens.

Als ich zwei Jahre später für eineinhalb Jahre in einer Hütte in den Pyrenäen lebte, habe ich sie wieder aufgetrennt und mit Hilfe meiner Schwester, die mich einmal für zwei Wochen dort oben besuchte, zu einem pulloverähnlichen Gebilde verarbeitet. Die Wolle reichte natürlich nicht dafür, aber ich hatte einen ganzen Sack rohe Schafwolle bekommen und die verzwirbelte ich jetzt zu Strickwolle, und meine Schwester verstrickte meine aufgetrennten Knieschoner aus Polen zusammen mit dieser Wolle zu einem wärmenden Kleidungsstück, das ich gerade anhabe, weil Februar ist. Ich erkenne noch genau die Wolle aus Polen von den Stacheldrahtzäunen.

Der Hammer unter der Erde

Auf eben derselben Wanderung kam ich -noch in Deutschland- irgendwo in der Nähe von Recklinghausen an. Außerhalb der Stadt, in einem kleinen Wäldchen, schlug ich mein Nachtlager auf, breitete meine Schlafmatte aus, spannte die Plane über mich und legte mich in meinen Schlafsack. Meinen Kopf bettete ich auf einen kleinen Sack, in den ich alle nicht benutzten Kleidungsstücke stopfte, da ich ohne Kopfkissen nicht schlafen kann. Des Nachts muss wohl mein Kopf vom „Kissen" runtergerutscht sein und so lag ich denn mit dem Ohr auf der Erde, nur getrennt davon durch die dünne Matte.

Am Morgen wachte ich plötzlich durch einen fürchterlichen Schlag auf, der von unten her gegen mein Ohr haute, ungefähr so, als wenn jemand aus dem Inneren der Erde in einem riesigen Raum mit einem Vorschlaghammer mit aller Wucht ganz dicht unter meinem Ohr gegen den Erdboden schlägt, auf dem ich schlafe.
Ich wusste erst nicht, ob ich träume, aber da ich unterwegs immer sehr schnell wach werde, hörte ich noch das Nachklingen, das Dröhnen dieses Schlages und wurde ganz hellhörig. Aber es blieb danach still.

Ich konnte mir den gewaltigen Krach nicht erklären und war in heller Aufregung. Ich beruhigte mich erst, als ich nach dem Aufbruch einer Frau begegnete, der ich von meinem akustischen Erlebnis berichtete und die mich mit wenigen Worten aufklärte: „Da ist ein Stollen eingebrochen, das war alles hier Kohlerevier!" Dann zeigte sie mir die Risse an den Häusern, die alle von den inneren Erdrutschen herrühren.

Ich werde diesen Schlag nie vergessen.

Noch ein Schlag

riss mich aus dem Schlaf, an einem Fischteich im Fränkischen, in einer wahren Idylle. Heiße Sonne, strahlend blauer Himmel, ein kleiner Teich, neben mir ein blühender Kirschbaum, und ich noch ganz voll der Eindrücke, die ich auf der fast beendeten einjährigen Radtour durch Europa gewonnen hatte. Ich befand mich hier in heimischen Gefilden.

Ich lag im Gras und träumte, hörte den Vögeln zu und genoss die Stille. Um nicht in der Sonne zu verbraten, hatte ich mein Rad hinter meinen Kopf gestellt, so bot es mir mit den Radtaschen etwas Schatten.

Ich hatte mich mit dem Gesicht nach unten auf meine Arme gelegt. Himmlische Glückseligkeit, was kann es Schöneres geben, als nur so dazuliegen und sanft ins Nirwana überzuwechseln!

Und in dieser Glückseligkeit traf mich plötzlich ein Schlag auf meinen Hinterkopf. Ich hatte noch nie zuvor solch einen Schlag bekommen, und erst recht nicht im Schlaf. Die beiden Raubüberfälle, die ich überstanden habe, geschahen, während ich wach war.

Als ich jetzt davon wach wurde, dachte ich natürlich sofort an einen Überfall, an einen Schlag mit der Keule von hinten über meinen Schädel und erwartete räuberische Stimmen. Ich war erschreckt, verwirrt und obwohl der Schlag von hinten kam, wie *v o r* den Kopf gestoßen.

Aber es waren keine Räuber mit Keule und Sack, das schwer bepackte Rad war umgefallen und mit der Querstange genau auf meinen hinteren Schädel gefallen.

Auch dieser Schlag hat sich mir tief in den Kopf eingeprägt.

Stockdunkel

Norwegen ist voller Tunnels. Es gibt extra eine Tunnelkarte für Autofahrer. Als Radfahrer wusste ich nichts davon, als ich vor diesen großen und oft sehr langen Bergmäulern stand.

Ich wusste nicht, dass die Tunnels für Radfahrer verboten sind, dass ich also auf der Straße davor eigentlich gar nicht hätte fahren dürfen. Irgendwo muss ich immer sowohl Hinweise darauf übersehen als auch irgendwelche Abzweige oder Umfahrungen verpasst haben, und als ich dann davor stand, wollte ich natürlich dadurch, weil, zurück fahre ich nur, wenn's kein Vorwärts mehr gibt, und hier gab's ja eines.

Blut und Wasser habe ich bei einigen geschwitzt, während ich mein Rad dichtgedrängt an der Tunnelwand entlangschob, die Fahrgeräusche der Autos und Laster hallten zehnfach von den Wänden zurück. Zwischen mir und den dahinbrausenden Vehikeln war manchmal nur eine Handbreit Platz, und das ging zuweilen einen ganzen Kilometer lang. Es gab ja keinen Radweg, nur einen vielleicht dreißig bis fünfzig Zentimeter breiten Steg, der zum Notausgang führte, manchmal fehlte auch dieser.

Irgendwann hatte ich wohl mal wieder nicht aufgepasst und fuhr plötzlich auf einer Straße, auf der mir überhaupt kein Auto mehr begegnete, weder von vorne noch von hinten. Ich bin zwar meiner Straßenkarte gefolgt, aber die war wohl schon ein bisschen älter, sodass in ihr die neue Straße noch nicht eingezeichnet war, die zu fahren ich eigentlich beabsichtigt hatte. Ich fuhr also auf der alten Straße und war ganz alleine auf ihr. Nach etwa fünfhundert Metern sah ich von Weitem schon einen Tunnel. Ach du Scheiße, schon wieder so'n Ding, aber ich dachte, wenn's hier so leer ist, wird es sicher unproblematisch. Hustekuchen! Als ich vor dem schwarzen Loch stand, war da überhaupt kein einziges Licht zu sehen.

Soweit ich kucken konnte, alles Nacht. Vor dem Eingang stand ein kleines Schild: 300m. Auch war nirgends ein weißer Strich in der Mitte oder an den Seiten zu sehen. Wie das Maul eines drohenden Ungeheuers stierte mich die Tunnelöffnung mit den herausragenden Zacken aus dem nur grob behauenen Gestein an.

Jetzt war guter Rat teuer. Ich war mir nicht bewusst, dass ich mich auf der falschen Straße befand, andererseits war mir schon klar, dass was nicht stimmte. Zurück? Nie, dann schon lieber ins Dunkel gestürzt, sind ja nur 300 m, vielleicht sehe ich nach ein paar Metern

schon das weiße Licht des Ausgangs schimmern. Licht am Rad hatte ich allerdings nicht, weil ich immer schon im Schlafsack liege, bevor es Nacht wird. Eine Taschenlampe besaß ich auch nicht, wofür?, tagsüber war es hell, abends leuchtete mein Feuer und nachts schlief ich.
Ein bisschen mulmig war mir schon zumute, als ich aufstieg, in die Pedalen trat und mich von dem Ungeheuer verschlucken lies. Nach ein paar Metern jedoch musste ich wieder absteigen.

Ich hatte mir das als eine schnelle Angelegenheit ausgemalt. Die Straße war bis zum Tunnel gerade, also wird's der Tunnel dann wohl auch sein, aber dass es plötzlich immer dunkler in dem Gang wurde, damit hatte ich nicht gerechnet, und zwar wurde es nach etwa 20, 30 Metern so dunkel, dass ich nicht mal mehr die Hand vor den Augen sah. Ich merkte gar nicht, dass der Weg eine leichte Krümmung machte, vorsichtshalber war ich nämlich in der Mitte der Straße losgefahren, und da der Lichtstrahl vom Eingang die Krümmung nicht mitmachte, war's plötzlich zappenduster.

Hm, was, wenn jetzt plötzlich ein Auto kommt und mich zu spät bemerkt? Ich wusste nicht mehr, wo ich mich befand, links, rechts oder in der Mitte. Langsam tappte ich mich vorwärts, die eine Hand am Lenker, das Rad vor mich herschiebend, die andere Hand wie einen Scheibenwischer vor mir her durch die Luft fuchtelnd, damit ich nicht gegen irgendeinen von diesen Zacken stieß. Besonders hoch war die Wölbung nicht. Meine Füße schlichen und schlürften über den Boden, damit ich auch ja jeden runtergefallen Brocken erspüre und die Wand erfühle, bevor ich dagegenlaufe. Mein ganzes Tastgefühl war in den Finger- und Zehenspitzen. Und dann lief ich doch gegen die Wand. Aber das war nicht so schlimm.

Diese Schwärze vor Augen, diese innere Anspannung! Mir schien, ich sähe mehr, wenn ich die Augenlider schlösse, was ich dann auch ab und zu tat, weil ich mich so besser auf meinen Tastsinn konzentrieren konnte.

Ich hatte ja schon einmal eine Nachtwanderung im Wald mitgemacht, aber, obwohl es sehr dunkel war, gab es doch Orientierungspunkte, den Himmel, der weniger schwarz als der Wald war und Lichtungen und Wege, die ebenfalls eine hellere Schattierung aufwiesen, aber hier im Tunnel gab es gar keinen Anhaltspunkt.

Ich lief noch vorsichtiger. Die Wand, es war die linke, gegen die ich gelaufen war, weil ich mich so sehr darauf konzentriert hatte, nicht gegen die rechte zu stoßen, hatte mir ja immerhin gezeigt, wo's *nicht* langgeht. Ich kam nur viertelschrittweise voran. Es dauerte eine Ewigkeit, bis ich plötzlich einen kleinen Lichtschimmer erblickte und erleichtert aufatmete. Ich habe vorher noch mal bei dem Rumfuchteln mit den Händen gegen ein paar Zacken gehauen, aber, weil ich mich jetzt nur noch fußlängenweise vorwärts tastete, stieß ich nicht mehr gegen die Wand.

Als ich dann endlich draußen war, dämmerte mir das Ganze Drumherum, die Straße war tot, und ich bedaure nicht, das erlebt zu haben, sonst hätte ich ja schließlich diese Geschichte nicht schreiben können.

Auf allen Vieren

Während ich die Tunnelgeschichte schrieb, erinnerte ich mich an eine Begebenheit, die sich in den französischen Pyrenäen zugetragen hatte. Wie schon an anderer Stelle berichtet, lebte ich dort in einer Hütte auf fünfzehnhundert Meter Höhe, ohne jeglichen Komfort und fühlte mich dabei sehr wohl. Die Nachbarn lagen weit verstreut ringsumher, manche ein paar hundert Meter weiter, manche mehr als einen Kilometer. Die meisten hatten ein Gemisch aus Stein- und Holzhäusern, die sie sich aus den Ruinen der ehemaligen Bauerngehöfte mühevoll wiederhergestellt hatten, irgendwelche Tiere, wie Ziegen, Pferde, Hühner, und Katzen und Hunde sowieso, und einen Garten, aus dem sie sich ernährten. Zum Teil waren sie sogar Grundstückseigentümer.

Mehrheitlich waren sie Freaks, die in den siebziger Jahren die ländliche Idylle in der Abgeschiedenheit gesucht und hier gefunden hatten. Viele der Kinder sind hier geboren, nach alter Art. Natürlich gab's im Garten nicht nur essbare Kräuter, sondern auch rauchbare, das Klima war günstig für so ein paar Hanfstängel.

Weiter oben, im sogenannten „Ramonat", lebte eine Familie, die ich oft besuchte. Der Weg dorthin war weit, führte über einen kleinen und einen etwas größeren Wasserlauf, schlängelte sich immer einen Hang entlang, führte hoch und runter und das letzte Stück ging steil bergauf.

Es wurde oft „gefeiert", dann wurde ein Feuerchen gemacht, die Trommeln wurden herausgeholt, eine Gitarre, ich zückte meine Flöte oder meine Mundharmonika und dazu gab es etwas zu essen, zu trinken und ein paar Joints machten die Runde.

Eines Nachmittags feierten wir etwas ausgiebiger als sonst, wir waren ganz schön bedusert und bekifft und es ging bis spät in den Abend hinein. Draußen war es stockdunkel, am Feuer hatten wir das nicht so mitbekommen. Langsam musste ich mich auf den Heimweg machen.

Taschenlampen mit Batterien waren ein Luxus, den es hier nicht gab, einerseits waren die Batterien zu teuer und verpönt, andererseits wusste man sich zu helfen: es gab die sogenannte Dosenlampe, eine leere Konservendose ohne Deckel, die in der Mitte der Hülle ein Loch bekam, sodass eine Kerze dadurch gesteckt werden konnte. Die untere Hälfte der Kerze wurde mit der Hand festgehalten, die obere Hälfte ragte in die Dose hinein und gab, wenn sie angezündet war, ihren

Lichtschein nach vorne ab. Es durfte nur kein Wind hineinblasen. Mit so einem Ding machte ich mich also, mit etwas wackeligen Knien auf den Heimweg.

Nicht nur, dass mir die Lampe gar nichts nützte, denn ich musste sie immer waagerecht halten, weil sie sonst nicht funktionierte, sie hielt auch nicht lange, denn das Stück Weg, das beim Herkommen noch steil bergauf ging, führte jetzt ebenso steil bergab, ich stolperte, als ich den Hang runter lief und fiel auch gleich hin, sodass ich den Rest runterrollte und der Lampenschein sich von mir verabschiedete. Da lag ich nun und musste zusehen, dass ich irgendwie nach Hause kam.

Es war wirklich stockdunkel, kein Mond, keine Sterne erleuchteten die Nacht, Wolken verdüsterten den Himmel noch zusätzlich, und in mir war auch nicht gerade heller Tag.

Der Weg war schmal, rechter Hand war der Abhang, links ging es bergauf. Ich sah nicht die Konturen der Bäume, der Sträucher, der Felsen, die ich alle gut kannte, alles verschmolz zu Dunkelheit und Schwärze. Ich war gezwungen, auf Knien und Händen weiterzulaufen, um nicht den Abhang runterzusausen.

Die erste Etappe bis zu dem kleinen Fluss war noch recht einfach, ich hörte das Rauschen, kam bis dahin, überquerte ihn mit Händen und Füssen, es waren Steine und Baumstämme darübergelegt, aber danach sah es finster aus für mein Weiterkommen. Ich sah den Weg nicht, konnte ihn nur fühlen, und so glitten meine suchenden Hände immer über den Boden, um die plattgetretene Fläche und die abfallende Kante zu ertasten. Wie ein blinder Hund auf allen Vieren lief ich durch die Gegend, und ich kam auch zuhause in meiner Hütte an, aber fragt nicht wie und wann!

Es gab eine Stelle, an der ich einen Hang hochklettern musste, auf dem der Weg, also eine schmale, plattgetretene Fläche gar nicht existierte; die einen Wanderer liefen mal so rum, die anderen anderswo entlang und dann tat der Regen sein Übriges, verwischte die Spuren und so kam es, dass ich mich an dieser Stelle verlief und suchend in der Gegend umherirrte und überhaupt nicht mehr wusste, wo ich war. Ich hatte völlig die Orientierung verloren.

Ich kannte die Gegend gut und fand mich bei Tag immer zurecht, aber hier und jetzt war ich aufgeschmissen. Irgendwo und irgendwann bin ich auf einen größeren Weg gestoßen, den, als ich ihn entlangkrabbelte, an einer Felsformation wiedererfühlte, aber er war weit weg von meiner Hütte und ich musste schon Stunden unterwegs gewesen sein. Jedenfalls kam ich des Morgens, als es dämmerte und ich die Gegend sehen konnte und auch wieder nüchtern war, völlig verdreckt, übermüdet und zerzaust in meiner Hütte an, wo ich nicht lange fackelte, sondern mich gleich in den Schlafsack legte und dort in einen Tiefschlaf verfiel, aus dem ich erst gegen Abend wieder erwachte.

Wir schlachten

Wo ich schon mal in den Pyrenäen bei den Freaks bin, kann ich auch gleich die Geschichte erzählen, wie wir eine Kuh und eine Ziege schlachteten. Hier machte jeder alles selbst.

Robert, seine Frau und seine vier Kinder hatten außer einem Pferd und einem Hund, und der Katze natürlich, auch ein paar Ziegen und eine Kuh. Diese Kuh, ein altes, klappriges, mageres und halb blindes Wesen mit milchig glasigen Augen war jetzt reif für den Kochtopf und die Verwurstung.

Robert lockte sie zu seiner prachtvollen Hütte aus Holz und Lehm, streute ein paar Hände voll Maiskörner vor sie hin und wartete mit einem Vorschlaghammer auf den günstigen Augenblick.

Die Kuh freute sich angesichts des schönen Futters, neigte ihren Kopf und fraß die Körner. Dies war der Moment, in dem Robert den schweren, langen Hammer schwang und ihn mit einem kräftigen Schlag der Kuh genau auf die Stirnplatte unterhalb der Hörner setzte. Sie brach sofort zusammen. Noch ein Schlag auf dieselbe Stelle und sie war tot. Ein Stich in die Halsschlagader ließ das Blut in eine darunter gestellte Schüssel laufen.

Wir mussten jetzt den toten Kuhleib auf den Rücken drehen, damit Robert das Fell an den Beinen und den Bauch entlang einschneiden und wir es von dem Tier lösen konnten.

Als das geschehen war, machte sich seine Frau daran, die Fleischreste von dem Fell zu lösen, es sollte später in ihrer Hütte als Teppich ausgelegt werden. Wir schnitten derweil den Bauch auf und holten die meterlangen Därme und anderen Innereien heraus. Der Darm war noch voll und musste geleert und gesäubert werden, da sollte nämlich die Blut- und Leberwurst rein.

Das war eine ziemliche Schufterei und Schweinerei, aber endlich hatten wir das Ding soweit. Ich weiß nicht mehr alle Einzelheiten dieser Metzelei bzw. Metzgerei, es war schon spät geworden, Roberts Frau hatte den Kessel draußen angeheizt, auf ihm kochte gerade der erste Wurstbrei.

Ich verließ die Familie und den Tatort und bekam später von dem vielen Eingemachten, dem Verwurschteten und auch von den Schinken, die in der Hütte unter dem Kamin zum Räuchern und Trocknen hingen.

Als Kind habe ich schon einmal bei einer Schweineschlachtung zugesehen und solch leckere Wurst gegessen, außerdem habe ich mich damals riesig über die aufgeblähte Schweinsblase gefreut, die man uns zum Fußballspielen geschenkt hatte.
Ich schämte mich gar nicht, diesmal bei der Tötung zugesehen und bei der Leichenfledderei mitgeholfen zu haben.

Etwa um die gleiche Zeit machten wir uns daran, eine Ziege zu schlachten. Üblich war hier, Ziegen, von denen jeder ein paar und manche noch mehr besaßen, nicht zu töten, wenn sie geschlachtet wurden, sondern sie durch einen gezielten Stich mit einem äußerst scharfen Messer in die Halsschlagader ausbluten zu lassen. Das sei die beste Methode, wurde mir versichert, als ich Einwände machte. Die Tiere würden ganz ruhig dastehen, bis sie, fast ausgeblutet, umfielen.

Na, da war ich gespannt, hatte aber auch Befürchtungen, dass die Ziege leiden würde.

Robert holt also die zur Schlachtung vorgesehene Ziege aus dem Stall und bindet sie an einen Baum, dann nimmt er mich mit nach unten, wo er sein Messer wetzt. Es muss sehr scharf und vor allen Dingen sehr spitz sein, sagt er und führt seinen Daumen prüfend über Klinge und Spitze. Da er noch nicht zufrieden ist, schärft er es noch ein paar Mal, dann befindet er es für gut.

 ir gehen zu der Ziege zurück, die, ohne dass sie es ahnt, auf ihren Tod gewartet hat. Er umarmt jetzt das Tier, das noch nichts argwöhnt, denn die beiden kennen sich, aber es ist eine Judasumarmung, denn er muss den Kopf des Tieres festhalten, um genau zu treffen.

Die Ziege soll nicht mitkriegen, dass sie in den Hals gestochen wird, deshalb soll alles sehr schnell gehen. Robert zielt, sticht zu und- sticht daneben, kurz unter die Halsschlagader. Diese Ader schaut bei den Ziegen etwas heraus, etwa wie bei Krampfadern, ist ziemlich hart und kann wegrollen, wenn die Spitze nicht spitz genug ist oder wenn der Schlächter die Ader nicht trifft.

Offensichtlich ist dem Robert die Ader weggerollt, weil sein Messerstich daneben ging. Das Tier bäumt sich auf, schreit sich den Schmerz aus der angestochenen Kehle und stößt wild mit dem Kopf um sich.

Wir müssen die Ziege zu fassen kriegen, Robert gerät nicht in Panik, aber ich spüre, dass er das Tier nicht länger leiden lassen will und treibt zur Eile. Er umklammert den Kopf des tobenden Tieres, ungeachtet der Hörner, ich soll den Rücken festhalten, es gelingt uns schließlich, die sich Aufbäumende und Wehrende festzuhalten, sodass Robert sein Messer erneut zücken und es ihr in die Halsschlagader stechen kann. Ich war fertig, das Schreien klingt mir noch heute in den Ohren, ein Todesschrei ist unvergesslich.

Langsam beruhigt sich die Ziege, sie steht da, das Blut schießt im Rhythmus des noch klopfenden Herzens aus ihr heraus auf den Boden, wo es erst ein kleines Rinnsal bildet und dann versiegt. Nach ein, zwei Minuten bricht sie zusammen.

Ich hatte mit dem Tier mitgelitten und war gleichzeitig Mitverursacher seines Schmerzes, weil ich bereit war und auch mithalf, es sterben zu lassen.

Ich war nicht nur bereit, es sterben zu lassen, es starb für mich, denn der Braten sollte das Essen für mein Abschiedsfest sein!

Bald hatte ich meinen inneren Konflikt überwunden, das Bild des Schmerzes wurde schwächer, Roberts Fehlstich war ja nicht beabsichtigt und aus Sadismus entstanden, sondern höchstens aus mangelnder Übung, und dass es Ziegenfleisch zu meinem Fest geben sollte, das war mir recht, ich mochte das Fleisch von den Tieren, die hier immerhin ein recht gutes Leben hatten. Dass die Ziege einen recht schlechten Tod miterleben musste, das tut mir heute noch leid.

Feuer!

In Dänemark schickte mir eine Frau die Feuerwehr auf den Hals. Das kam so:

Als ich Mitte April von Deutschland hoch nach Finnland fuhr, war es noch kalt. Da der Frühling etwa mit der gleichen Geschwindigkeit nach Norden zog, wie ich, fuhren wir also ständig gemeinsam.
Überall die gleiche Kälte, manchmal Schnee, Frost, kalte Sonne, die Birken immer im gleichen Knospenstadium. Abends, wenn ich mein Rad in den Wald schob, wo es windgeschützt war und Holz gab, machte ich als erstes ein schönes Feuer, trocknete meine verschwitzten und manchmal durchnässten Kleider und wärmte mich so richtig durch. Dann erst baute ich mein Lager auf und verbrachte einen gemütlichen Abend bei den knisternden und lodernden Flammen.

Wenn ich morgens aufwachte und aus dem Schlafsack kroch, sammelte ich Holz und zündete wieder ein Feuer an, bereitete mein Frühstück und genoss den behaglichen Schein und die Wärme der brennenden Äste. Danach wärmte ich meine Flöte über den Flammen und spielte ein paar Melodien, die mir einfielen, und es klang im Wald so voll, dass ich dachte, in einer Kathedrale zu sein. Manchmal spielte ich mit dem Kuckuck um die Wette.

Ich hatte gelernt, mit Feuer in der Natur umzugehen. Meine Feuerstellen waren außen immer von brennbarem Material gesäubert, wenn ich Steine fand, legte ich sie drumherum, wenn nicht, machte ich eine Kuhle. Die Feuer waren meist klein, wenn meine Sachen nass waren, musste ich größere machen. Wenn ich eine Feuerstelle verließ, wartete ich, bis sie abgebrannt war und schüttete noch meinen letzten Rest Wasser darüber und benässte sie zusätzlich noch mit dem mittlerweile in mir umgewandelten Kaffe. Wenn ein Gewässer in der Nähe war, oder Schnee lag, was meistens der Fall war, warf ich die verkohlten Stücke hinein und verließ den Platz so, wie ich ihn vorgefunden hatte.

In den nordischen Ländern liegt im Mai in den Wäldern meist noch Schnee, der Boden ist gefroren und die Bäume sind nass. Ich fürchtete keinen Waldbrand. Aber als ich dann meinen nördlichsten Punkt erreicht hatte und oben bei Haparanda am Baltischen Meer umkehrte und durch Schweden zurückfuhr, fuhr ich dem Frühling entgegen und es wurde jeden Tag merklich wärmer und auch trockener. Dazu blies auch manchmal ein heftiger Wind.

Jetzt musste ich vorsichtiger sein mit den Flammen, besonders mit den Funken, die manchmal ganz schön von der Feuerstelle nach oben stoben und vom Wind in alle Richtungen geblasen wurden.

Auf dem Boden dort liegt meist eine dicke Schicht von Nadeln, Moosen oder kleinen Holzstücken, die, wenn sie trocken sind und Feuer fangen, das Feuer schnell in ein Lauffeuer verwandeln.

Einmal hatte ich vergessen, einen freien Grenzwall drumherum zu ziehen und prompt breiteten sich die kleinen Flammen, zusätzlich noch durch einen starken, wirbelnden Wind entfacht und in alle Richtungen getrieben, derart schnell aus, dass ich es mit der Angst zu tun bekam und wie ein Gestörter, wie Rumpelstilzchen um das Feuer herumrannte und tanzte und versuchte, die Flammen auszutrampeln. Es gelang mir gerade noch im letzten Augenblick, nicht auszudenken, was passiert wäre, wenn ich die Kontrolle verloren hätte. Die Wälder hier sind schier unendlich! Ich fuhr weiter über Norwegen nach Dänemark. Dort hatte ich eine Nacht unweit einer ruhigen Straße im Wald verbracht.

Ich war vorsichtig genug, das Feuer nicht an meinem Platz, sondern direkt am Straßenrand zu machen. Ich sammelte also Holz, schichtete es zu einem kleinen Tippi auf und entzündete es. Das Holz war noch feucht, es hatte zuvor geregnet und entwickelte einen ganz gehörigen Qualm, der um so mehr wurde, je größere Holstücke ich auflegte. Regelrechte Qualmwolken legten sich über den Wald und wurden vom leichten Wind in Richtung eines Hauses getragen, in dem eine Frau wohnte.

Diese Frau hatte, alarmiert wegen der dunklen Rauchwolken, sofort die Feuerwehr angerufen und kam, bevor diese mich erreicht hatte, zu mir an den Platz, wo ich gemütlich frühstückte. Ich dachte, wenn das Feuer erst mal so richtig brennt, dann wird der Qualm schon aufhören.

Die Feuerstelle hatte ungefähr den Umfang von nicht mal einem halben Meter. Die Frau schimpfte mit mir, sagte, sie habe die Feuerwehr angerufen und erzählte von einem Waldbrand, der hier vor kurzem gewütet hatte. Sie war aufgebracht und wollte, dass ich das Feuer sofort lösche.

Ich erklärte ihr, dass ich keine Gefahr erkenne, dass ich das Feuer extra hier am Rand angezündet habe und vorsichtig bin und auch zur Not meine Wasserflasche immer daneben stehen habe, die ich ihr zeigte.

Sie ließ sich nicht beruhigen und daher löschte ich das Feuer, indem ich die Hölzer auseinander legte.

Kurz darauf kam die Feuerwehr, nicht angebraust, sondern fast gemütlich angefahren, ohne Blaulicht und Tatütata. Die Männer sprangen heraus, grüßten uns freundlich, sprachen mit mir, beruhigten die Frau und fanden das Ganze irgendwie amüsant. Um aber dem Willen der Frau genüge zu tun, holten sie einen Eimer, füllten ihn mit Wasser und gossen ihn über die qualmenden Reste meines ehemaligen Frühstücksofens. Die Frau war jetzt zufrieden. Ich konnte ihre Angst verstehen, denn ihr Haus stand in der Nähe und so manches Anwesen ist bei einem Waldbrand zerstört worden, und nicht nur das Anwesen.

Seitdem bin ich noch vorsichtiger geworden, aber Feuer im Wald mache ich nach wie vor.

Ich habe sogar die Anerkennung meiner Vorsicht von Förstern bekommen, die mich im Wald am Feuer entdeckten und mich gewähren ließen.

Scherben bringen Glück

Im vorigen Jahr, 2003, habe ich dort, wo ich lebe, meine Bilder und anderen Objekte ausgestellt. Favoriten waren meine Mosaikbilder. Ich möchte hier ihre Entstehungsgeschichte erzählen.

Vor langer Zeit, es ist schon fast zwanzig Jahre her, trampte ich mit einer damaligen Geliebten nach Portugal. Lindoso war unser erstes Ziel, ein Ort im Norden, nicht unweit der spanischen Grenze. Wir fanden dieses mittelalterlich anmutende Dorf, indem wir von der Hauptstraße abbogen und einem Flusslauf bergauf folgten. Es war genauso und noch viel schöner, wie die Berichte, die wir darüber gehört hatten.

Eine steinerne, abgewetzte, enge Treppe führte hoch in den Ort, der von einer alten, mit Moos, Flechten und wildem Wein bewachsenen Mauer umgeben war. Drinnen standen uralte Häuser aus hiesigem Gestein mit dunklen, noch handgefertigten Ziegeln, die Gassen waren wie schon vor tausend Jahren gepflastert, ein plätschernder Brunnen schmückte den Platz in der Mitte, und, man höre und staune: kein Auto donnerte durchs Dorf, es war einfach nicht möglich, mit einem Auto in diesen Ort hineinzufahren, alle mussten ihren Wagen draußen lassen. Wie schön war dieser Anblick!

Ich glaube, hier begann die Geschichte meiner Mosaikbilder. Ich fand dort meine ersten bunten Scherben, die ich in einer Seitentasche meines Rucksackes verstaute. Es kamen im Laufe dieser Reise noch viele hinzu. Die einen erblickte ich auf Marktplätzen, auf denen auch das farbenprächtige portugiesische Geschirr angeboten wurde, andere fand ich in einem ausgetrockneten Flussbett, durch das wir eine kleine Weile gewandert waren. Zuhause packte ich meine Fundstücke in eine kleine Kiste.

Später reiste ich nach Marokko und kam mit einem kleinen Beutel voller Scherben zurück, vom Strand, von Marktplätzen, wo auch immer aufgesammelt. Auch diese Bruchstücke ehemaliger Tassen, Teller, und Kacheln wanderten in die Kiste, sorgfältig getrennt von ihren portugiesischen Geschwistern.

Als ich Jahre später eine Wanderung nach Osteuropa unternahm, fand ich gleich zu Beginn meiner Reise irgendwo hinter Nürnberg ein paar blaue Scherben und so entschloss ich mich, diesmal nur Porzellan- und Kachelstücke von eben dieser Farbe zu sammeln. Meinen schönsten Fund machte ich in der Ukraine, wo plötzlich vor mir auf einer Brücke ein zerbrochener Teller lag, das Blau leuchtete mir schon von weitem entgegen und ich fuhr darauf zu, als ob ich einen Schatz entdeckt hätte.

Manchmal geschah es, dass ich beim Verlassen meines Lagerplatzes gleich zu Beginn des Tages auf der Straße einen blauen Scherben fand. *Der* Tag war schon gelaufen, soll heißen, dass ich in gehobener Stimmung meine Wanderung oder Radtour fortsetzte.

Ich kann es niemandem verdenken, der zuhause achtlos sein altes Geschirr zerdeppert, sich an den Kopf zu fassen, wenn er hört, dass ich glücklich war, den zehnten Teil dessen, was andere wegwerfen, auflesen zu können, aber so war es. Auf Reisen, wie ich sie unternommen hatte, gelten andere Maßstäbe. Ich hatte, nach einer unliebsamen Erfahrung mit einem Fotoapparat, nie mehr ein solches Gerät auf meine Reisen mitgenommen, meine Erinnerungstücke waren anderer Art, wie zum Beispiel diese Scherben, ja, sie waren für mich wie Fotos, die außerdem den Vorteil hatten, dass sie kein Geld kosteten. Mit dem Platz in meinem Rucksack, der vollbepackt war, bekam ich allerdings, nach einer Weile des Sammelns ernsthaft Probleme. Kurzerhand räumte ich um und reservierte eine Seitentasche für meine blauen Funde.

Auf dem Weg durch die ehemalige DDR traf ich in einem Wald auf einen Scherbenhaufen, der aus weggeworfenem, zerdeppertem Polterabendgeschirr bestand. Eine wahre Fundgrube, mindestens zwei Stunden wühlte ich in dem kleinen Berg, bis meine Rucksacktasche voll war. Auch diese Fundstücke kamen später in die Kiste zuhause zu den anderen Schätzen.

In England watete ich einmal durch einen knöcheltiefes Flussbett, weil ich vom Ufer aus Teile eines Tellers entdeckte, die ich unbedingt haben wollte. Ich entdeckte dabei noch mehrere blaue Scherben, die alle schon mit Algen bedeckt waren.

Auf meiner Radtour durch Europa war Spanien meine ergiebigste Fundstätte. Blau, blau, blau, in allen Farbtönen, die mein Herz begehrte, alte und moderne Bruchstücke. Auf so manchen meiner Mitbringsel waren Reiter aufgemalt, Bäume, alte Häuser, Landschaften, natürlich Blumen und Ornamente.

Am Meeresstrand der Bretagne las ich sie unterhalb einer Restaurantkette auf, den Scherben nach zu urteilen, mussten hier Generationen von Kellnern kaputtes Geschirr gleich runter ins Meer geworfen haben, wo es von den Wellen fein geschliffen und abgerundet wurde. Meine Begeisterung beim Suchen und Finden erreichte hier einen Höhepunkt. Auch das kam in die Kiste, die mittlerweile zu klein war und gegen eine größere ausgetauscht werden musste.

Unterwegs hatte ich mir immer ausgemalt, wie ich aus den Scherben eine Tischplatte herstelle. Als meine Reisejahre allmählich zu Ende gingen und ich wieder sesshaft wurde, änderte ich meinen Plan und machte Bilder daraus.

Das erste gestaltete ich aus den Scherben, die ich in Marokko gesammelt hatte, das zweite wurde mit den Fundstücken aus Portugal gefüllt, in das dritte fügte ich die blauen Scherben aus Europa. Alle Bilder enthielten die Geschichte meiner Reisen, von so manch einer Scherbe wusste ich noch genau, wo und unter welchen Umständen ich sie gefunden hatte, die Bilder waren mein Fotoalbum.

Ich glaube, diese ungeschriebenen Geschichten strahlten dem Betrachter auf der Ausstellung entgegen und überbrachten ihm eine Botschaft, die ich unbewusst verschlüsselt mit eingegossen hatte: Die Farbenfrohheit und Lebendigkeit, die ich auf meinen Reisen in fremde Länder erlebt hatte, und dazu noch meine Lust und Freude bei der Gestaltung dieser Mosaikbilder.

Ich bekomme einen Künstlernamen

Diese Frau war unnachgiebig, sie musste es sein, sie ließ mich nicht gewähren und ich musste vor ihren Augen meine winzige Feuerstelle, auf der ich mir am Morgen einen frischen Kaffee gekocht hatte, mit meinem Trinkwasser löschen.

Sie hatte recht, denn sie war von der Naturschutzbehörde und war sogar befugt, Personalien aufzunehmen, die ich ihr geben musste, weil sie sonst über Funk die Polizei gerufen hätte.

Sie hatte deshalb recht, weil ich mich in einem Naturschutzgebiet in der Mecklenburgischen Seenplatte befand, in dem Lagern und Feuermachen verboten ist, und ich tat beides. Es hatte schon einen Monat lang nicht mehr geregnet, es herrschte Alarmstufe 3 oder 4, jedenfalls die höchste Waldbrandgefahrenstufe.

Mein Feuer war ja winzig und tief in einer Sandkuhle, trotzdem, ich musste einsehen, das sie recht hatte.

Sie zückte also ihren Protokollblock. Nachdem ich das Feuer gelöscht hatte, gab ich ihr meinen Pass und sie notierte sich alles. Sie gab mir einen Durchschlag, den ich nur überflog. Später las ich mir diesen Zettel noch einmal durch und musste plötzlich schallend lachen. Und zwar deshalb:

Unten ist ein Ausschnitt aus meinem Pass abgelichtet, den die gute Frau für ihr Protokoll benutzt hat. Sie hat das, was *unter* 13. als Augenfarbe steht, nämlich GRÜN - GRAU als *über* 14. stehend gelesen, und, da sie wohl ausschloss, dass ich einem Orden angehöre, angenommen, ich hätte einen Künstlernamen. So las ich also in der Durchschrift unter meinem Namen Burkhard Rühl den Zusatz: **Künstlername** „Grün-Grau".

Das könnte ja auch so ungefähr hinhauen, denn vieles, was ich anhatte, war tatsächlich grün-grau, um in der Natur nicht so sehr aufzufallen. Ich werde daran denken, wenn ich einmal Künstler bin, mich so zu nennen. Vermutlich habe ich deswegen keinen Bußgeldbescheid bekommen, weil sie hinterher von ihren Kollegen ausgelacht worden ist.

Geld stinkt nicht!?

Gleich zu Beginn möchte ich die kurze Geschichte von der Entstehung des geflügelten Wortes in der Überschrift erzählen. Warum? Das wird später deutlich.

Im alten Rom gab es schon Pissoirs. Sie hatten keinen Abfluss, sondern es standen dort große Krüge. Waren sie voll, wurden sie ausgewechselt. Den Inhalt verkaufte der Kaiser Titus, d.h. seine Angestellten taten das in seinem Auftrag, an Gerber und andere Händler, die das Zeug zur Behandlung von Rohmaterialien verwendeten. Die Gerber z. B. brauchten es zum Weichmachen des Leders. (Heutzutage pinkelt ja noch der schlaue Fuchs auf seine Bergschuhe, wenn sie ihn vorne drücken).

Dem Sohn des Titus gefiel das nicht, für ihn war dieses Geschäft eines Kaisers nicht würdig, es war ihm zu „anrüchig", auf deutsch gesagt: es stank ihm zu sehr.

Was tat der Kaiser daraufhin? Er nahm das Geld aus den Einnahmen des verkauften Kruginhaltes, trat vor seinen Sohn und sagte: „Riech mal dran". Der Sohn verstand nicht, worum es ging und roch daran. „Riechst du was?" fragte Titus. „Nein" antwortete der Sohn. „Siehst du, mein Sohn, **Geld stinkt nicht**, und dies ist das Geld, das ich für die vollen Krüge bekomme.

In der Mitte des letzten Jahrzehnts des vorigen Jahrtausends, -ich schreib das (2003) nur deshalb so historisch, um mal zu empfinden, wie weit entfernt sich das anhört -, also, 1994 wanderte ich durch Polen und einen kleinen Zipfel der Ukraine. Zu der Zeit herrschte in beiden Ländern galoppierende Inflation. Das zeigte sich in Polen unter anderem daran, dass ich mindestens jeden Tag einen Geldschein irgendwo in der Gegend liegen sah, entweder einen 100 oder einen 500 Sloty Schein. Münzen gab es weder in Polen noch in der Ukraine. Ein Brot kostete damals zwischen zehn und fünfzehntausend Sloty.

Ich hob die Scheine zwar immer auf, was sich als klug erwies, warf sie aber weg, sobald ich sah, dass sie die niedrigsten Werte hatten. Einmal sah ich wieder so einen Schein, zusammengerollt wie eine Zigarette in einer Hecke stecken. Ich entrollte ihn der Erwartung, eine Eins oder eine Fünf mit zwei Nullen zu sehen. Die erste Zahl war eine 5, dann rollte ich weiter, eine Null, dann noch eine Null und noch eine und noch eine und noch eine. Das waren fünf Nullen hinter der fünf, also fünfhunderttausend Sloty, ich konnt's gar nicht fassen! Aber viel war es trotzdem nicht, die Zahl war nur sehr hoch, aber immerhin.

Die Story mit dem dicken Schein sollte nur zeigen, dass in Polen Inflation herrschte. Dann kam ich in die Ukraine, da war es noch schlimmer. Wahrscheinlich hatte man dort früher auch so unendlich hohe Zahlen auf den Scheinen, sodass sich die Regierung entschloss, neues Geld zu drucken. Es hieß „Kupon" und fing bei eins an. Die Scheine sahen aus wie einfaches, leicht lesbares Spielgeld, etwa wie das vom Monopoly-Spiel. Ich sah nun fast jeden Tag Folgendes:

Wenn auf dem Land jemand mal nötig sein großes Geschäft erledigen muss, dann tut er das da, wo's ihn drückt, wenn's keiner sieht. Da ich viel übers Land gefahren bin, sah ich die Häuflein zu Hauf. Die Krönung dieser kleinen Erhebungen war meistens ein Ein-, Zwei- oder Drei-Kupon-Schein, im Klartext: Die Leute haben sich ihren Po mit diesem wertlosen Geld abgeputzt, entweder, weil sie nichts anderes, oder genug davon in der Tasche hatten, etwa wie wir die Papiertücher, oder sie taten es aus Protest, weil es nichts wert war, ich vermute eher letzteres.

Jedenfalls kann ich in diesen hier beobachteten Fällen dem Titus nicht recht geben.

Ein Trommelabend

Ja, das war was! In anderen Geschichten habe ich schon von den Hippies auf Gomera erzählt. Sie kamen von überall her. Es waren junge Leute, die leben wollten, wo und wie es ihnen gefällt, ohne große Ansprüche an Konsumgüter, aber mit hohen Ansprüchen an ein selbstverwirklichtes Leben. An Gomera hatten viele Gefallen, ist es hier doch fast immer warm bis heiß, man kann, wenn man aufpasst, am Strand, in der sogenannten Schweinebucht, billigen Pensionen oder weit draußen in der Landschaft sein Lager aufschlagen, lernt schnell Gleichgesinnte kennen, hat viele Kontaktmöglichkeiten, trifft sich auf der Terrasse des kleinen Einkaufszentrums, sitzt abends ums Feuer, ...

Unter den Hippies gibt es viele Musiker. Abends oder manchmal auch tagsüber dröhnt irgendwo eine Trommel, dann spielt jemand in den Dünen Tinwistle oder auf der Terrasse Querflöte oder abends mit Hut davor Gitarre, es klingt und tönt immer irgendwo. Das Haschisch oder Gras, das hier die Runde macht, trägt noch seinen Teil zu dieser Stimmung bei.

Ich bin kein Hippie, dazu bin ich schon zu alt, aber ich habe eine Vorliebe für sie und lebe auch vorübergehend, d.h. seit fast einem Jahr in ihrer Art, ich reise als flötender Straßenmusikant durch Europa.

Weil ich sowohl gerne Flöte spiele als auch trommele, suche ich immer Menschen und Orte, die etwas mit Musik zu tun haben.

Da ist ein Ire, Will heißt er, der wunderschön auf seiner irischen Zinnflöte (Tinwistle) spielt, das klingt, besonders am Abend, wenn ich in meinem Schlafsack am Strand liege und der Brandung lausche, von seinem Platz in den Dünen her so köstlich zu mir herüber, dass ich nur noch Ohr bin, versunken und weggetragen von den Melodien in das süßeste Nirwana. Manchmal hockt irgendjemand am Strand und trommelt einen afrikanischen Rhythmus, der in mir Erinnerungen an meine Radreise dorthin wachruft.

Einmal treffe ich Will, und wir versuchen, zusammen etwas auf der Flöte zu spielen; da ich eine Blockflöte habe, ist das nicht ganz einfach, die beiden Flöten haben unterschiedliche Tonsysteme, aber ein bisschen geht es schon. Wir helfen mit einem kleinen „Pfeifchen" nach, da geht es schon besser, scheint es uns zumindest. In dieser guten Stimmung hören wir plötzlich vom Strand her Getrommele. Wir machen uns auf den Weg dorthin und treffen ein paar Hippies, wirklich

Langhaarige und manche auch mit Gewändern bekleidet. Sie machen gerade ein Feuer und trommeln sich ein.

Es mögen vielleicht so zehn sein, die da um das stärker werdende Feuer sitzen. Mittlerweile ist es auch schon dunkel und die Trommeln formieren sich langsam zu einem gemeinsamen Schlag. Fast jeder hat eine Trommel mitgebracht, Will hat vorsorglich seine Kongas mitgenommen. An einer Stelle in dem Getrommele mischt er sich ganz sacht mit seiner Flöte ein, die Trommler hören die Töne, nehmen sich etwas zurück, Will versteht diese Aufforderung, kommt mehr aus sich heraus, wird wieder leiser und die Trommler schlagen sich wieder in den Vordergrund, werden schneller. Die Rhythmen sind stark, aber es fehlt ihnen die Spannung, es reicht nicht, Spannung nur durch laut und leise, langsam und schnell zu erzeugen.

Da ich nicht wenig in meinem Leben getrommelt habe und es auch liebe, leihe ich mir von jemandem eine Djembé, mir juckt es schon die ganze Zeit in den Fingern. Will reicht mir das Pfeifchen, das er gerade angezündet hat, es war der richtige Augenblick.

Ich setze mich auf die vor mir liegende Trommel und lausche den Rhythmen. Die Wellen schlagen auf den steinigen Strand und beim Zurückströmen reißen sie Unmengen von Steinen mit, ein ständiges Aufbrausen und Kullern begleitet uns. Ich suche eine Möglichkeit, mich einzumischen. Ich liebe es, vom Gleichklang abzuweichen und Schläge dort zu platzieren, wo sie nicht erwartet werden. Aber zunächst trommele ich nur ganz leise mit, schlage mich ein in das Tamtamtam und bin auch bald drin. Der Rhythmus ist einschläfernd, jetzt bereite ich mich darauf vor, im gleichen Takt, aber mit anderer Betonung der Schläge dazwischen zu hauen. Ich warte auf eine günstige Gelegenheit, ich darf mich ja nicht verhauen, sonst bring ich alles durcheinander. Jetzt schlage ich zu, habe meinen eigenen Rhythmus gefunden, den ich innerlich schon vorbereitet hatte. Die anderen nehmen mein Dazwischenhauen wahr, werden etwas leiser, um mir mehr Raum zu verschaffen, sie haben mich angenommen. Nach kurzer Zeit werde ich leiser und verfalle wieder in den Gleichklang der anderen.

Aber ich habe sie aus der Reserve gelockt, jetzt tun sich andere hervor, zeigen, was sie können, trommeln drauf los, was das Fell hält, jeder nach seiner individuellen Art und doch zusammen.

Aufeinmal ist Spannung in der Musik, ja, jetzt wird es Musik, lebendig, jetzt kommen wir in Fahrt, überbieten uns gegenseitig, lassen dem, der sich besonders gekonnt hervorhebt, Platz, hören mehr zu und wechseln so ständig den Rhythmus, behalten aber alle den gleichen Takt. Ja, wir sind taktvoll und fühlen uns zusammengehörig: Wir spielen.

Voller Befriedigung krieche ich spät abends, nein, nachts, in meinen Schlafsack.

Angeheuert

In Cartagena an der spanischen Costa blanca hatte ich mich schon nach einem Zimmer umgesehen, um eine Weile hier zu leben. Die Stadt war allerdings sehr stinkig, ein Schleier von Abgasen lag in der Luft, den ich nicht mochte. Aber ich war noch unentschieden.

Ich hatte in der Stadt einen Deutschen kennengelernt, der hier lebte und mit dem ich mich gut verstand. Es war noch früh am Tag, ich wollte mich mit meinem neuen Bekannten zum Frühstück treffen, hatte aber noch Zeit, so fuhr ich mit meinem Rad am Hafen entlang, um mir mal das Treiben dort anzuschauen.

Da sehe ich die deutsche Flagge von einem Bootsmast wehen und fahre darauf zu. Nicht, dass ich ein Fan der bundesrepublikanischen Farben bin, aber ich unterhalte mich gerne in meiner Sprache, besonders in fremden Ländern, wenn ich sie lange entbehren musste. Zwar hatte ich meinen Landsmann hier, aber der war mit einer Spanierin liiert und wenn sie bei unseren Zusammentreffen dabei war, mussten wir englisch sprechen.

So kam es also, dass ich den Mann, der auf dem Boot werkelte, ansprach. "Wohin geht denn die Reise"? „Nach Teneriffa", kam die knappe Antwort. "Au, da wollte ich schon immer hin", führe ich die Unterhaltung fort. „Wann geht's denn los?" frage ich, und höre: „Morgen, wenn du mitfahren willst, musst du um 12 hier sein." „Das kommt jetzt aber schnell, das muss ich mir erst mal durch den Kopf gehen lassen."

Ich fuhr zu meinem Bekannten, wir frühstückten, und dann verabschiedete ich mich von ihm, ich hatte mich entschieden. Zwei Stunden später fuhr ich zu dem Segelboot, kletterte über die Planke, begrüßte den Käpt'n und teilte ihm meinen Entschluss mit. Er stellte mich seiner Frau und seinem sieben-jährigen Sohn vor, der gerade auf einer echten Schiffschaukel saß und hin und her schwang und berichtete ihnen, dass ich der neue Passagier sei, der mit nach Teneriffa käme.

Sie führten mich auf dem Boot herum, einem etwa zwanzig Meter langen Einmaster mit einem sehr hohen Mast und herabgelassenen Segeln, der hintere Teil des Bootes war mit einem Tisch und Bänken ausgestattet. „Das ist unser Essplatz bei schönem Wetter", ließ sich die Frau vernehmen. Anschließend stiegen wir über ein paar Stufen herab in das Innere. Wir durchschritten einen kleinen Salon mit gemütlicher

Sitzecke und eingebauter Küche und gelangten danach in die Schlafkojen, die alle, bis auf eine, mit Kleidungsstücken, Tüten und Spielzeug belegt waren. „Da schläfst du", unterbrach er die Führung und, indem er auf die freie Spitze zeigte „da kommt dein Fahrrad hin". Auf dem Weg zurück öffnete er eine Nebentür des Salons, die zum Schlafgemach der Familie führte. Eine große Matratze, bequem für drei Personen, füllte den Raum aus, Radio, Fernseher, Regale, alles vorhanden. Da ging noch eine kleine Tür vom Salon ab, hinter der sich die Toilette mit der Dusche befand.

Oben angekommen, unterhielten wir uns noch ein wenig. Dabei fand ich heraus, dass dieses Ehepaar, sie, eine echte etwa 40 jährige Gomansche, also eine Nachfahrin der Ureinwohner von Gomera, er, ein erfahrener, um die 50 Jahre alter Hamburger Schiffer mit Kapitänspatent, sein Geld damit verdiente, dass es im Sommer auf Mallorca Touristen zu einem mehrtägigen Segeltrip mit Kost und Logis einlud und im Winter, das war jetzt, nach Teneriffa segelte, um dort zu leben, wo beide zuhause waren. Das Boot hatte auch einen Motor, der eingesetzt wurde, wenn der Wind zu schwach war. Der Junge ging sowohl in Mallorca als auch in Teneriffa zur Schule. Wir machten noch aus, dass ich einen bestimmten Betrag pro Woche zu zahlen hatte, -die genaue Fahrtdauer wollte er nicht nennen, das hinge vom Wetter ab- und natürlich mithelfen musste, dann verabschiedeten wir uns bis zum nächsten Tag, an dem ich um zehn Uhr erscheinen sollte.

Ich war pünktlich zur Stelle, als erstes musste ich mein Rad verkleinern, Vorderrad und Lenker abbauen, und dann wurde mein Drahtesel in der Spitze des Bootes unter Deck verladen.

Bis Ceuta, der spanischen Enklave in Marokko, schipperten wir gemütlich dahin, es war herrlich, immer in Küstennähe auf dem Wasser zu leben, das Wohnen und Arbeiten auf einem Segelschiff kennen zu lernen, eingeweiht zu werden in die Geheimnisse der Handhabung von Segel, Leinen, Winden, Maschine, Versorgung, Kochen, kurz, in das Leben auf einem Segelschiff.

„Karimata" hieß das Boot, es war siebzig Jahre alt und robust, im Inneren gemütlich und in der Koje zwar eng, aber heimelig.

Der Herd war eine bewundernswerte Besonderheit. Was auch immer das Ehepaar kochte, nichts fiel von dem Gasofen herunter, denn er war auf einer Querachse gelagert, die ihn immer, egal bei welchem Seegang, in waagerechter Stellung hielt. Wenn wir im Schiffsbauch am Tisch saßen, nahm ich die Schwankungen nach einer Weile nicht mehr wahr, denn alles um uns schwankte mit und dann sah es immer so aus, als ob alles andere still stand und nur der Herd schwankte, mal nach vorne, mal nach hinten kippte und ich dachte, jeden Augenblick muss doch der Topf oder die Pfanne herunterfallen. Aber nein, selbst später, auf dem Atlantik, als es hohe Wellen schlug, blieb alles auf seinem Platz. Ein Zauberherd!

Solange wir auf dem Mittelmeer schwammen, war die Küste immer in der Nähe, ich sah die Landstriche und Städte an mir vorüberziehen, hin und wieder legten wir an, um auf einem Markt einzukaufen, zu bummeln oder am Strand entlang zu laufen.

Klausi, so hieß der kleine Bengel, war ein aufgeweckter Junge, spielte gerne mit mir und hatte sich auf Anhieb in meinen kleinen Teddy Karlheinz verliebt, mit ihm vertrieb ich mir die freie Zeit, ich spielte auch ein bisschen Lehrer, bastelte mit ihm und brachte ihm ein paar Zaubertricks bei. Eines Abends kam er an meine Koje, gab mir einen niedlichen, herzlichen, Gutenacht-Kuss, und verabschiedete sich auch von meinem Teddy, der neben mir lag, mit den Worten: „Gute Nacht, kleiner Bär, schlaf schön ein, träume von die Nacht, schlaf ein, kleiner Bär, schlaf ein".

In Ceuta kam plötzlich Sturm auf, hier treffen sich Mittelmeer und Atlantik, die Wellen schlugen mit ungeheurer Gewalt gegen die Hafenbefestigung. Alle Nasenlang las der Käpt'n von einem ständig kreischenden Gerät den Wetterbericht ab mit Meldungen über Seegang, Wellenhöhe, Stärke, Richtung und voraussichtliche Dauer des Windes usw... Wir saßen fest.

Eine ganze Woche hielten wir uns dort auf. Während dieser Zeit wurde ich von dem Paar zu einem Festessen eingeladen, dass die Hafenbehörde aus irgendeinem Anlass veranstaltete. Ich kam mir wie verloren in dem Haufen von schicken Anzügen, Fliegen und Krawatten vor, small talk ist nicht mein Fall, ich hielt mich an das Büffet, das hervorragend war. Wir machten auch einen Ausflug nach Gibraltar, es war schon eigenartig, hier auf der spanischen Halbinsel englisches Territorium vorzufinden, Linksverkehr und nordeuropäische Gesichter, irgendetwas war hier fehl am Platz. Auch den Affenfelsen schauten wir uns an, aber der riss mich nicht vom Hocker.

So ging die Wartezeit vorüber, nach einer Woche legten wir los Richtung Tanger, der Sturm hatte sich etwas beruhigt, die Wellen waren aber noch ganz schön hoch.

In Tanger gab es wieder Sturmwarnung, eine Weiterfahrt war unmöglich. Das ging in den Geldbeutel. Aber Tanger hat einen großen, sehenswerten Markt, wir kauften ordentlich ein, ich lernte Chirimoia kennen, eine grüne Frucht, die auf ihrer Hülle Scheinblätter hat und in ihrem Inneren das köstlichste Fruchtfleisch birgt, das ich jemals zu Munde bekam. Ich ging auch ein paar Mal in Teestuben, wo es den süßen Chay Nana, den marokkanischen Pfefferminztee gibt.

Wir wurden langsam ungeduldig, mussten aber warten. Nach einer Woche war es dann soweit, wir konnten die Segel hissen und auf den Atlantik zusteuern, aber immer noch waren die Wellen viel höher als das Schiff, sie waren jedoch so breit und weich, dass wir keine Angst haben mussten, zu kentern. Eine Küste war bald nicht mehr zu sehen, nur noch Meer, rings um uns herum nur wogendes Wasser, ein Eindruck, den ich nicht vergessen. werde.

Miteinmal kam Sturm auf. Jetzt wurde es ernst, nicht für das Schiff, aber für uns. Da wir ständig mit den Segeln und Leinen, den Winden und anderem Zeug beschäftigt waren, also immer auf die von allen Seiten heftig wehenden Sturmböen reagieren mussten, waren wir gezwungen, an Deck zu gehen und immer eine Weile dort zu arbeiten. Bei dem Sturm ging das nicht ohne Absicherung, wir mussten uns also bei der Arbeit auf Deck mit einer Zehnmeter-Leine anseilen. Das Schiff schwankte ganz schön hin und her, -der Leser wird schon bemerkt haben, dass ich der Fachsprache nicht kundig bin,-, die Wellen schlugen aber nicht über uns zusammen, die Absicherung diente dazu, dass wir, sobald das Schiff von einem der riesigen Wellenberge mit seinem ganzen Gewicht herunterfiel, -ich schätze, das sie mehr als zwanzig Meter hoch waren-, dabei nicht in der Luft hängenblieben und das Schiff ohne uns weiterfuhr. Die beiden erzählten mir an diesem Abend, dass sie eine Frau kannten, die, nicht angeleint, gerade auf so einem Wellenberg in die Kajüte treten wollte, als ihr Schiff ins Wellental herunterfiel und es ihr unter den Füssen weggerissen wurde, sodass sie im Wasser landete und nicht mehr gesehen war. Suchen kann ein Schiff in solch einer Lage nicht mehr, Wendemanöver sind da nicht möglich. Ich hatte natürlich ein bisschen Angst, aber ich vertraute dem Kapitän.

Als sich der Sturm gelegt hatte, bekam ich die Aufgabe, ein Segel zu flicken. Ich tat das sehr fachmännisch, mit Ahle zum Vorstechen, dicker Nähnadel und festem Seemannsgarn, das ich zwar nicht gesponnen, aber immerhin verarbeitet habe, nachdem mir gezeigt wurde, welche Stiche ich zu machen hätte. Es machte mir auch großen Spaß.

Es war aber immer noch sehr windig, und so kam der Kapitän auf die Idee, ein zusätzliches Segel zu hissen. Das Ding heißt Spinnaker, wird mit Verbindungsstangen am Mast befestigt und reicht weit über den Bug hinaus. Ich spürte die enorme Zugkraft sofort, wir hatten allerdings einige Probleme beim Hissen, weil es sich schon aufblähte, bevor es richtig befestigt war, das war harte Arbeit.

Ich war dauernd beschäftigt. Auch in der Küche gab es einiges für mich zu tun: Tischdecken, Abwaschen, Kartoffeln schälen und vieles mehr.

Fische haben wir auch gefangen, Bonitos, kleine Thunfische, die wir mit weit auslaufender Schnur und Haken mit kleinen Fischen daran hinter uns herzogen, wenn sie angebissen hatten. Die Schnur war bestimmt so an die siebzig Meter lang, und es dauerte immer eine Weile, bis sie eingezogen war. War das jedes Mal ein Festessen, und die beiden verstanden, zu kochen! Dummerweise hatte sich einmal eine Möwe den Köder geschnappt und wir schleiften sie hinter uns her, ohne es zu merken. Als wir die Leine einholten, war sie schon tot.

Eines Nachmittags kam Klausi aufgeregt angelaufen: "Da vorne schwimmen zwei Delphine", und tatsächlich, neben dem Bug, ihn auf eine lange Strecke begleitend, schwammen zwei Delphine, als ob sie mit dem Schiff um die Wette schwimmen wollten.

Am schönsten waren die morgendlichen Frühstücke und die Abendessen draußen bei Kerzenlicht, nachdem der Sturm nachgelassen hatte. War das eine Ruhe, ein Frieden, wie gerne möchte ich das wiedererleben! Und wenn morgens die Sonne aufging und sich rot im Meer spiegelte, war das eine Farbenpracht! Rings um uns nur Wasser, blauer Himmel und Sonne oder Sterne, nichts anderes sonst, und das im Dezember, ich konnte mir gar nicht vorstellen, dass in ein paar Tagen Weihnachten sein sollte. Aber es war so, und auch Silvester verbrachte ich auf dem Schiff, und beide Male gab es ein besonderes Festessen. Zu jeder täglichen Mahlzeit wurde sowieso Wein serviert, die beiden waren keine Kostverächter und zum Jahreswechsel gab es natürlich Sekt.

Gegen Ende, als Teneriffa in Sicht war, durfte ich sogar für eine kurze Weile das Steuerruder in die Hand nehmen, aber ich konnte das nur, weil es geradeaus ging, ich spürte die Kraft des Schiffes in dem Rad, da ich doch ein bisschen ausgleichen und minimale Veränderungen vornehmen musste. Prompt wich ich ab und es gelang mir nicht,

Kurs zu halten. Das war aber nicht weiter schlimm. Der echte Steuermann übernahm wieder das Ruder und nach einer halben Stunde landeten wir im Hafen von Teneriffa.

Ich musste zum Abschluss des Segeltrips noch die rostigen Stellen auf Deck abscheuern und überstreichen. Mein Rad hatte von dem Salznebel, obwohl es unter Deck geschützt verstaut war, ganz schön Rost angesetzt, da kam einige Arbeit auf mich zu. Nach Begleichen der Rechnung verabschiedete ich mich von der Karimata und seiner Besatzung und musste mich auf Teneriffa erst mal wieder an Land gewöhnen.

Ein Starenschwarm

Ich denke gerade an einen Starenschwarm, den ich einmal lange beobachtet habe.

Ich fuhr mit meinem Rad den Altmühlweg entlang, von der Donau heraufkommend. Kurz vor Eichstätt schlug ich mein Lager auf. Ein herrliches Plätzchen! Dicht daneben war ein ausgebaggertes Lehmloch, das mit dem klarsten Grundwasser gefüllt war. Ich konnte richtig baden und sogar schwimmen. Danach kundschaftete ich die Gegend aus und fand eine kleine Bauschuttablagerung, aus der ich schöne Scherben heraussammelte.

Abends, nach dem Essen, saß ich am Feuer und spielte Flöte. Die Sonne war noch nicht untergegangen, schickte aber schon einen rötlichen Schein über das Land.

Oben am Himmel zeigte sich ein dunkler Fleck, der immer näher kam: ein Starenschwarm. Ich hatte so etwas noch nicht aus der Nähe und noch sie so lange beobachtet; wie fasziniert, gebannt schaute ich auf das, was diese Vögel da in der Luft anstellten.

Ich weiß nicht, wie viele Vögel das waren, jedenfalls waren es eine ganze Menge, wenn sie zusammenflogen und auf mich zukamen, war eine sehr große Fläche vor mir dunkel.

Bei dem Versuch, ihre Flugbewegungen zu beschreiben, ziehe ich gerade mit meinen Händen ihre Linien nach und denke mir, wenn ich diese Linien auf ein Zeichenblatt auftrüge, dann wären es geschwungene, anmutige, geschmeidige Linien, aber dieses Bild ist unvollkommen. Jetzt sehe ich Bilder von den Arm- und Handbewegungen einer indischen Tänzerin, aber etwas dabei ist doch anders: Die Tänzerin bildet eine sichtbare, körperliche Einheit, während zwischen den einzelnen Staren noch ein Raum besteht, der jeden vom anderen trennt, und doch tun sie etwas, was auch die Tänzerin macht, sie bewegen sich als *ein Organ.*

Ein dichter Pulk fliegt jetzt auf mich zu, zieht plötzlich in einem eleganten Bogen wieder hoch, beschreibt eine weiche Kurve, teilt sich, fliegt auseinander und trifft etwas später an einer anderen Stelle in geschwungenen Formationen wieder zusammen, bildet sich neu, die Form des Gebildes ist fließend, verschmilzt ineinander, schwirrt als Ganzes in einer großen Schleife durch die Lüfte, teilt sich aufeinmal in kleinere Gruppen, einzelne Vögel trennen sich ganz von dem

Schwarm, es sieht aus, als sei er ausgefranst, aber plötzlich treffen sich alle wieder in einem geordneten, wohlgeformten, wie eine schnelle Wolke dahinsegelnden Schwarm.

So ziehen sie ihre Kreise, schießen durch die Luft, trennen, treffen sich, fliegen wieder auseinander, umschreiben kleine und große Bögen, stoßen herab wie ein umgekehrter riesengroßer Wassertropfen und machen kurz vor der Erde eine Kehrtwendung nach oben, ziehen wieder auseinander und kommen am Ende immer wieder zusammen. Sie tun das alles mit solch einer Leichtigkeit, solch einer Geschlossenheit und Geschmeidigkeit, dass ich mich frage: wie machen sie das, welche Kraft befähigt sie dazu, dies alles gemeinsam zu machen, welchem Kommando gehorchen sie, wer ist ihr Leitvogel, wer hat da zu sagen, wer gibt die Richtung an?

Ich finde darauf keine Antwort, außer der: sie sind ein Schwarm, sie sind *ein* Organ, dessen einzelne Zellen sich zwar auch individuell bewegen können, die aber auch zu einem Ganzen zusammengehören.

Ich empfinde ihren Flug als lebendige Malerei ohne Pinsel, ohne Leinwand, oder wie einen Tanz in der Luft. Jetzt weiß ich, warum Stare so genannt werden.

Zusammenarbeit

In Nigeria sitze ich so am Straßenrand im Schatten, es ist zu heiß zum Fahren. Wie ich mich so umschaue, fallen meine Blicke zu Boden und nehmen zwei kleine Käfer wahr. Erstaunlich, was die machen!

Sie haben irgendwo zwischen den Gräsern und Holzstückchen eine kleine Kugel gefunden, ich weiß nicht, woraus sie besteht, vielleicht haben sie sie auch selber hergestellt, jedenfalls sind die beiden Käfer gerade dabei, diese Kugel irgendwo hin zu rollen.

Das ist natürlich in dem Urwald, den sie in diesem für mich winzigen Gestrüpp vorfinden, gar nicht so einfach, man stelle sich vor, zwei Menschen wollten eine riesengroße Kugel alleine durch den wirklichen Urwald vorwärts bewegen!

Also diese zwei Käferlein stellen sich dabei jedenfalls sehr geschickt an. Die Kugel ist etwa so groß, wie sie selber. Wenn sie nun gegen ein Hindernis anstoßen, hebt der eine mit einem seiner Beinchen das Hindernis, ein Ästchen oder einen starken Grashalm hoch, stemmt sich dagegen, bis es nach oben hin ausweicht oder nachgibt, und dann rollt der andere die Kugel ein Stück weiter. Wenn etwas auf dem Boden liegt, wo die Kugel nicht einfach so rüberrollt, drücken beide zusammen, bis sie darüber hinwegrollt. Das muss man sehen, wie sie gemeinsam mit ihren vorderen Füßchen die kostbare Fracht nach vorne schieben, drücken, rollen, heben, Umwege suchen und finden, sich vom Boden mit den hinteren Füßchen abstemmen und sich Millimeter für Millimeter vorwärtsarbeiten, und das alles ohne vorherige Absprache oder Diskussion, ohne sich zu streiten oder von einem Chef herumkommandiert zu werden. Sie sind weder Herren noch Sklaven, sondern sie arbeiten aus beiderseitigem Interesse und zu gegenseitigem Nutzen zusammen.

So geht das mühevoll, aber in einer herrlich zu beobachtenden Zusammenarbeit den kurzen Weg entlang, den ich sie beobachtet habe.

Das lügst du, Bube

Dies ist eine kleine Geschichte, die nicht unterwegs geschehen ist, sondern anderswo, nämlich in der Schule, auf dem Gymnasium. Ich war vielleicht so in der Quarta oder Untertertia, wie das damals hieß, und wir lasen im Deutschunterricht Wilhelm Tell mit verteilten Rollen. Jeder von uns hatte das gleiche Büchlein vor sich liegen.

Keinen von uns interessierte der Stoff, besonders deshalb nicht, weil er wie ein Drehbuch zu einem Theater und nicht wie eine Geschichte geschrieben war, abgesehen davon kannten wir die Apfel-Story schon. Und jetzt sollten wir das auch noch gemeinsam lesen!
Der Lehrer bestimmte die Rollenverteilung. Ich bekam irgendso eine popelige Person, die irgendwann mal ein oder zwei Sätze zu sagen hatte.
Jeder konnte sich vorher ausrechnen, wann er dran war, und sich dementsprechend kürzer oder länger mit anderen Sachen beschäftigen. Ich konnte mich länger in ein Buch unter dem Tisch vertiefen, musste aber natürlich den Fortgang des „Theaters" im Auge behalten. Ich hatte aber dennoch wegen der spannenden Lektüre unter dem Tisch nicht aufgepasst, und, als ich meine Zeilen hätte vorlesen müssen, herrschte Stille in der Klasse. Deshalb schrie mich der Lehrer an:

"*Rühl, du schläfst ja!*"

Da ich aber die Seite mit meinen Zeilen schon aufgeschlagen und mir meinen Text angestrichen hatte, wusste ich sofort, was ich zu lesen hatte, und las laut meinen Text vor: *„Das lügst du, Bube!"*

So klangen meine Worte wie eine Erwiderung auf des Lehrers schimpfende Ermahnung. Da war natürlich der Teufel los in der Klasse, alles johlte und gröhlte vor Lachen, selbst der Lehrer, der selten lachte, war heiter gestimmt. Er konnte mir ja auch schlecht böse sein.

Ein Gewitter in Norwegen

Wenn man von Oslo rauf nach Lillehammer fährt und dann westlich nach Bergen abbiegt, kommt man auf eine Höhe von ungefähr 1500 Meter. Ich befand mich auf dem Anstieg, es regnete und regnete, war kalt und windig. Aber ich fror nicht, denn das Schieben und die Regenkleidung hielten mich warm. Es war noch hell, lange würde es nicht mehr dauern, bis die Nacht hereinbrach. Aber vorher gab der Himmel noch einmal her, was in ihm steckte: ein Gewitter, das sich gewaschen hatte.

Angst vor Gewitter habe ich schon, wenn ich ihm ungeschützt ausgesetzt bin, ich begebe mich dann in das Unvermeidliche, genieße auch irgendwie diese entfesselte Naturgewalt, aber angenehmer ist's natürlich, wenn ich geschützt bin.
Dieses Gewitter hier überraschte mich, es kam plötzlich, wie das so in den Bergen ist. Jetzt musste ich mich beeilen, konnte mit einem Lagerplatz nicht mehr wählerisch sein, bog also rechts in eine Mulde ein, aus der gerade die letzten Schafe den Hang rauf flüchteten. Das war nicht vertrauenerweckend. Die ersten Blitze zuckten schon, noch in einiger Entfernung zwar, aber bald würden sie über mir sein. Es grummelte auch schon dahinten und rollte hörbar heran. Ich also geschwind mein Rad befestigt und die Plane darüber gezogen. Ich hatte einige Schwierigkeiten mit den Zeltnägeln, weil der Boden recht steinig war. Derweil war das Gewitter fast über mir, und als ich endlich auf meiner Matte saß und den Schlafsack um mich gehüllt hatte, ging's richtig los. Es war nicht der Wind, der eigentlich nicht an Stärke zugenommen hatte, sondern Blitz und Donner hatten eine derartige Intensität, dass ich glaubte, meine Augen würden verblitzt werden und meinen Ohren würde das Trommelfell platzen.
Die Blitze hatten rote Leuchtkraft, die so stark war, dass ich dachte, sie wären reines Feuer oder Glut. Der Stützstab für den hinteren Bereich der Plane, er ist aus Plastik- war etwas verrutscht. Just in dem Augenblick, wo ich diesen Stab umfasste, um ihn wieder zurechtzurücken, schoss ein Blitz über mir aus den Wolken hervor, dass alles um mich in rotglühendes Licht getaucht war, ich ließ vor Schreck den Stab los, weil ich dachte, der Blitz hätte in ihn eingeschlagen, er kam mir glühend rot vor! Dazu krachte es wirklich ohrenbetäubend vom Himmel, die kalten Schallwellen der explodierenden Himmelsgewalten kamen mit klirrendem Echo von den Fels-

wänden der Berge zurück und schienen sich alle in meiner Mulde zu treffen. Der felsige Boden schluckte nicht die krachenden Schläge, sondern erbebte unter den Erschütterungen, die ich deutlich spürte. Das waren wirklich *harte* Schläge, die der Himmel da verteilte.

Trotz allem war ich gefasst und nicht in Panik geraten. Ich hatte schon auf einer Wanderung durch die ehemalige DDR ein Gewitter erlebt, bei dem ich keine Gelegenheit hatte, mich unter eine Plane zu verkriechen, ich ging, ohne es zu wollen, vor der Gewalt der Elemente in die Knie. In Lettland überraschte mich mal ein aus heiterem Himmel heraufziehendes Gewitter, während ich auf einer Wiese lag und schlief, ich dachte, da ist neben meinem Ohr ein Böllerschuss losgegangen.

Hier war ich ja immerhin noch etwas geschützt, meine Plane schloss ja auch mein Fahrrad mit ein, und sie ist aus einem Kunststoffmaterial. Aber die Feuerblitze und die Donnerschläge gingen über das Gewohnte hinaus und ließen mich doch ganz ehrfürchtig werden. Hier finde ich das Wort *ehrfürchtig* angebracht, denn ich zollte dieser Gewalt alle Ehre und fürchtete mich auch vor ihr.

Pistole und Handschellen

Wer durch Polen wandert, sollte es tunlichst vermeiden, Zäune zu missachten, sonst ergeht es ihm wie mir.

Ich laufe durch eine Gegend, in der auf einmal alles eingezäunt ist. Wo soll ich denn jetzt meine Kräuter für mein Mittagessen herholen, wo soll ich Rast machen? Also, nicht lange gefackelt und über den Zaun gestiegen, jenseits davon schnell die kleine Plane aufgebaut, als Schutz gegen die Sonne, es war sehr heiß, und dann gesammelt.

Meine Hauptmahlzeit bestand meistens aus einer Tomate, einem Apfel, einer Scheibe Brot, alles schön in meinem Topf zerkleinert und mit Olivenöl übergossen. Dazu Salz, etwas Wasser, und wenn es sie gab, den Saft einer halben Zitrone. Jetzt fehlten nur noch die Kräuter: Löwenzahn, Schafgarbe, Spitzwegerich, Giersch, Gänseblümchen, was ich gerade so fand, alles schön kleingeschnitten und untergemischt.

Ich lief, wegen der Hitze mit entblößtem Oberkörper und nur mit einer Badehose bekleidet, über die eingezäunte Wiese und pflückte Gemüse in mein Töpfchen.

Das muss einem Bauern, der mit dem Traktor vorbeikam, eigenartig vorgekommen sein, ich hatte mir nichts dabei gedacht.

Wie ich nun so schön unter meiner Plane hocke, die köstlichen Happen mit der Gabel in meinen Mund führe und sie mir genüsslich einverleibe, sehe ich neben mir von hinten einen Schatten heranschleichen, zu dessen Verursacher ich sogleich meinen Kopf hebe, aber anstatt vielleicht in das Antlitz einer Kuh zu schauen, blicke ich direkt in den Lauf einer Pistole, die eine Hand gezückt hat, an der zwei Handschellen baumeln. Als ich noch höher schaue, sehe ich einen ganzen Polizisten und neben ihm einen Bauern, genau den, der mich beim Vorüberfahren beäugt hatte.

Ich war nicht wenig erstaunt, fühlte ich mich doch unschuldig. Wie ein Verbrecher muss ich nun gerade nicht geschaut haben, eher wie ein erschrockenes Kind, dass um die Gefahr einer Waffe weiß, aber sie gar nicht mit sich in Verbindung bringt.

Jetzt hieß es, die Sache aufzuklären. Ich grüßte die beiden erst mal freundlich und fragte den Staatsdiener in Uniform, warum er hier sei. Ich versuchte es in Englisch und hatte Glück, der Mann war etwas kundig in dieser Sprache und er trug mir die Anschuldigungen des Bauern vor.

Das Missverständnis konnte schnell aufgeklärt werden, ich zeigte natürlich bereitwillig meinen Pass, vermischte meine Erklärung mit den polnischen Brocken, die ich mittlerweile unterwegs gelernt hatte, zeigte ihnen, was ich hier mache, wie ich reise und wo ich schlafe. Ich konnte ihr Misstrauen restlos beseitigen.

Der Bauer ging miteinmal fort, ich unterhielt mich noch ein bisschen mit dem Polizisten und dann stand der ursprüngliche Ankläger wieder vor uns und überreichte mir mit einer entschuldigenden Geste eine Tüte, in der er mir von seinem Zuhause etwas zu essen mitgebracht hatte: Brot und gebratene Fleischstücke. Ich bedankte mich herzlich und dann verabschiedeten wir uns.

Aber Zäune habe ich seitdem nicht mehr missachtet.

Bei der Polizei in Rumänien

Auf der Wanderung durch Rumänien bin ich von einem jungen Typen überfallen worden. Geld und Pass waren weg, damit war meine Reise zuende. Mein erster Weg führte zur Polizei nach Brashov.

Ich stand noch unter Schock und war völlig genervt, als die Polizeibeamten mich verhörten. Ich hatte am Ende den Eindruck, als hätte *ich* ein Verbrechen begangen.

Ich hatte natürlich keine Hoffnung, dass der Räuber geschnappt würde, meine Absicht bei der Polizei war auch nicht, sie zur Verfolgung zu veranlassen. Ich wusste, dass man den Verlust eines Passes bei der Polizei melden muss, damit man ein Ersatzpapier für die sofortige Ausreise und mit diesem Papier wiederum von der deutschen Botschaft eine Fahrkarte und etwas Taschengeld für die Heimfahrt bekommt.

Aber ich wollte noch etwas bei der Polizei: kostenlos übernachten, der Überfall saß mir noch zu tief in den Knochen, als dass ich in der selben Nacht, wie immer, draußen hätte schlafen können. Ich brauchte also einen Schlafplatz, an dem ich mich sicher fühlen konnte, und da war die Polizei genau die richtige Stelle.

Ich bekam ein Zimmer für mich alleine in einem oberen Stockwerk und schlief nach vielen Gedanken endlich ein. Die Nacht war ruhig, aber der Morgen bescherte mir einen Film, der sich beim Blick aus dem Fenster draußen auf den Innenhof wie auf einer Leinwand abspielte. Ein Lustspielfilm war es nicht, das sag ich gleich.

Ich wachte durch ein eigenartiges Geräusch auf, es hörte sich an wie ein starker Wasserstrahl, der irgendwo gegen prallte. Ich war noch nicht hellwach und daher zu wenig neugierig, um aus dem Bett ans Fenster zu gehen, dass tat ich erst eine Weile später, nachdem das Spritzgeräusch unangenehm wurde, es schien auf Blech oder so was gerichtet zu sein und klang aggressiv. Ich kroch also aus dem Bett, schob die Vorhänge vor, schaute raus und traute meinen Augen nicht:

Da stand ein Kastenwagen, so wie ein R4 damals, an dem hinten eine von den beiden Türen geöffnet war, das heißt, sie war nur immer zeitweilig offen, aber als ich gerade zum ersten Male hinschaute, war sie geöffnet. Davor, in einem Abstand von vielleicht fünf Metern stand ein Polizist in grauer Uniform und richtete den Schlauch in die Türöffnung. Jetzt sah ich auch, wie stark der Strahl war, denn wenn der Polizist mal kurz die Tür traf, dann trommelte es im Stakkato gegen das Blech. Er zielte in eine bestimmte Ecke des Wagens. Mir war klar, dass hier keine Wagenwäsche durchgeführt wurde, aber ich wusste noch nicht genau, was hier abläuft.

Jetzt griff eine Hand von innen an die offene Tür und zog sie zu. Aha, da ist also ein Mensch drin. Ich konnte mir gar nicht vorstellen, dass man mit einem derartig starken Strahl auf einen Menschen zielt. Aber der hier tat es.

Das mit dem Wasserstrahl stellte sich als Flop heraus, dem Menschen dadrin gelang es immer wieder, die Tür zu schließen. Jetzt wurde mir auch so langsam der Sachverhalt klar: Die hatten jemanden in den Wagen gesperrt, hier hergefahren, und kriegten ihn jetzt nicht raus und nun versuchten sie es auf diese Weise.

Der Polizist war nicht alleine, im Hintergrund standen so an die zehn weitere. Plötzlich wurde es still. Das Wasser war abgestellt worden.

Aus der Reihe der anderen Uniformierten trat jetzt einer hervor, der, ohne Übertreibung, eine drei bis vier Meter lange Eisenstange in der Hand hielt und damit auf den Wagen zu ging. Dort angekommen, öffnete er die eine Tür und stieß diese Stange blind in das Wageninnere, um diesen Menschen herauszutreiben. Ich weiß nicht, wie viele Male er zustieß, es war entsetzlich, aber ich konnte meinen Blick nicht abwenden. Die übrigen Polizisten waren inzwischen immer näher gekommen. Als der Mann -ich hatte bisher nur eine Hand gesehen und ging einfach davon aus, dass es ein Mann war,- von innen die Tür öffnete, rannten alle zehn wie der Blitz in Deckung. Danach ging das Stangenstoßen weiter, jedoch nicht mehr lange, denn plötzlich sprang ein Riesenkerl, nur bekleidet mit einer kurzen, dünnen Stoffhose, aus dem Wageninneren auf den Hof, stürmte in Richtung eines Gebäudes, rannte durch die Eingangstür und verschwand im Inneren. Der ganze graue Haufen unter Rufen und Brüllen hinterher. Als sie alle drinnen waren, hörte ich Scheibenklirren.

Dann war es still. Der Film war zu Ende, nein noch nicht ganz: Später, etwa gegen Mittag, als ich nach draußen ging, überquerte ich eben diesen Hinterhof. Da lag auf einer Bank der Riese mit seinem kahlen Kopf, über und über mit Pflastern beklebt und schlief.

Ich habe die ganze morgendliche Szenerie als ungeheuer brutal empfunden. Darüber hatte ich den Überfall, bei dem ich selbst Opfer war, fast vergessen.

Annäherungsversuche

Wenn man so, wie ich, durch ein fremdes Land fährt, dann fallen einem besonders die originellen Dinge auf, Dinge, die es bei uns nicht gibt oder die man bei uns noch nicht gesehen hat. Auf meiner Radreise um Großbritannien herum und in Schweden entdeckte ich zwei eigenwillige Erscheinungen, von denen ich hier berichten möchte:

Ich spielte oben in Schottland in einer Stadt, ich glaube, es war Perth, in der Einkaufsstraße Flöte. Normalerweise habe ich mich nach einem Solo"konzert" in einer Stadt meist in ein nettes Café verdrückt und dort einen kleinen Teil der Einnahmen verprasst.

Das tat ich diesmal nicht, denn gleich in der Nähe stand eine Bank, auf der eine junge Frau saß und ein Buch las. Sie hockte ziemlich am Rand der Bank, sodass ich noch genug Platz hatte für mich, meine Essensdose, den Brotbeutel und einen Apfel.

Ich hielt es nicht für nötig, zu fragen, ob ich mich neben sie setzten dürfe, ich tat es einfach und grüßte sie auch nicht, -sie war so sehr in ihr Buch vertieft-, packte meine Essenssachen aus und langte ordentlich zu.

Sie war jung, diese schöne Maid, vielleicht so um die zwanzig, hatte zwei lange, sauber geflochtene Zöpfe und ein ländliches Kleid an, dazu Kniestrümpfe und einfache Halbschuhe. Ihre Haartracht rahmte ein hübsches Gesicht mit vollen Lippen und großen Augen ein.

Die junge Dame ließ sich nicht aus der Ruhe bringen, schaute nicht einmal zu mir herüber, obwohl ich da so dicht neben ihr ganz schön mit Messer, Brettchen, Brot, Butter und Käse herumfuchtelte. Offensichtlich konnte sie ihren Blick nicht von dem Buch lösen. Selbst, als ich ihr frecherweise meinen Apfel auf das aufgeschlagene Buch legte, rebellierte sie nicht!

Sie las auch gar nicht in dem Buch, sondern hatte nur ihre Augen auf die Seiten gerichtet, und das tut sie heute, nach etlichen Jahren, wahrscheinlich immer noch, und immer noch starrt sie mit totem Blick auf die selben Seiten des bronzenen Buches, das auf ihrem bronzenen Schoss liegt.

Auf meinem Rückweg von Finnland nach Schweden sah ich im Vorüberfahren irgendwo in der Mitte des Landes an einer Bushaltestelle ein Mädchen stehen, es hielt sich mit einer Hand an einer der vorderen

Stangen fest, an denen der Regenschutz für die Wartenden angebracht ist, neigte sich etwas, auf einem Bein stehend, das andere angewinkelt nach hinten gestreckt, gegen die Straße vor und lachte mit seinem fröhlichen Gesicht die Vorübergehenden und -fahrenden an. Die blonden Haare waren zu einem Pferdeschwanz gebündelt, der das Mädchen, es mag vielleicht so siebzehn gewesen sein, sehr pfiffig aussehen ließ. Der blauweiß quergestreifte Pulli und die Jeans untermalen die gute Figur.

Das Mädchen zog unwillkürlich meinen Blick an sich, ich war so gebannt, dass ich noch einmal kehrt machte und direkt auf es zufuhr. Nein, ich wollte das junge Fräulein nicht ansprechen, ich wollte nur sehen, ob es wirklich aus Kunststoff war. Ja, war es, und zwar so echt und lebendig, dass ich nur gestaunt hab, nicht nur über die Idee, sondern auch über die künstlerische Gestaltung. Ein gelungener Streich!

Noch eine Amsel

Ich bin immer bedenkenlos mit meinem Rad durch die Gegend kutschiert, ohne für ein späteres Zuhause zu sorgen, ich dachte, da findet sich sicher was, wenn ich zurück bin,. Es fand sich immer etwas, wo ich unterkommen konnte, ich habe Freunde, die wussten wo.

Einmal landete ich für drei Jahre in einem Gebäudekomplex, der leer stand, einer ehemaligen Wirtschaft mit der gerade noch lesbaren Aufschrift „Zur Linde". Das Gelände dahinter war romantisch verwahrlost, genau das Richtige für mich.

Wie ich eines Tages so zwischen den vielen Obstbäumen wandelte, die dort wuchsen und gediehen, lag unter einem Baum ein ziemlich angeschlagenes Vögelchen, mit einer schorfbedeckten kleinen Glatze auf dem ebenso kleinen Schädel und einer verkrusteten Verletzung an einem Auge.

Hilflos piepste es, zuckte mit seinem zitternden Körperchen und versuchte, sich vom Boden zu stemmen. Ich nahm es auf und legte es in einen Karton, tat Gras hinein und überlegte, was ich ihm zu fressen geben könnte. Ich hatte noch Müsli mit Bananen und Kirschen auf dem Tisch, vom Frühstück, also nahm ich einen Zahnstocher, piekste ein Bananenstückchen auf und hielt es vor seinen Schnabel.

Was war ich verwundert, als dieses elende kleine Wesen seinen Schnabel bis zum Rachen aufsperrte und das dargereichte Futter verschlang! Ich gab ihm solange, bis es satt war, und das hat ganz schön lange gedauert.

Ich dachte zuerst, das Vögelchen sei ein aus dem Nest geworfener Star, aber wenig später musste ich doch einsehen, dass es eine Amsel war. Sie war ja, gemessen an einer ausgewachsenen, ein Winzling, die Flügel waren gerade mal ein bisschen zu erkennen, die Schwanzfedern nur im Ansatz und das Schnäbelchen war, wie bei Küken, fast wie zwei spitze Lippen. Aber fressen konnte sie! Alle halbe Stunde war sie hungrig, die kleine Amsel. Ich musste meinen Tagesrhythmus ganz auf sie einstellen, konnte nur kurz mal weg, um meine eigenen Sachen zu erledigen und dann wollte sie schon wieder was haben.

Aber immer nur Bananen und Kirschen? Ich wusste ja, dass Amseln Regenwürmer fressen, also suchte ich im Garten einen kleinen heraus und spießte auch ihn auf. Sie wollte ihn verschlingen, aber der Wurm kroch ihr immer wieder aus dem Schnabel, er war eindeutig zu lang, so musste ich ihn zerteilen und ihr Stück für Stück eintrichtern. Puh, da hatte ich mir was vorgenommen!

Aus dem einen Wurm wurden im Laufe der nächsten acht Wochen so um die *zweitausend*, ich habe sie nicht gezählt, nur überschlagen. Es gab im ganzen Garten kein Fleckchen Erde mehr, das ich nicht mit dem Spaten umgewühlt hatte. Und das reichte nicht, ich fing wieder von vorne an. Später, so nach zwei Wochen, verschlang sie zu jeder Mahlzeit drei, vier ganze Würmer, und sie wuchs von Tag zu Tag.

Ich befestigte quer über den Karton einen geraden Ast, weil ich mich erinnerte, das Vögel auf Ästen schlafen, wie Hühner auf der Stange, und abends setzte ich sie darauf. Später bekam ich irgendwoher einen großen Käfig, da setzte ich sie abends rein und deckte den Vogelbauer immer mit einem Tuch zu und sagte ihr vorher gute Nacht. Sie brauchte, wie kleine Kinder, immer etwas länger bis zum Einschlafen.

Als sie noch in der „Müslizeit" war, hatte ich manchmal ganz schön zu schaffen. Ich gab ihr ja immer zu Anfang die Bananenstücke und andere Obstteile aus meinem Frühstücksmüsli. Da es aber durch den aufgequollenen Haferschleim klebrig war, geschah es manchmal, dass ihre Federn beschmierten und verklebten. Das hatte fatale, wenn auch lustig anzuschauende Wirkung. Sie war von Anfang an sehr sauber und putzte sich oft das Gefieder, und wenn der Schnabel unter die verklebten und schon getrockneten Federteile geriet, saß sie fest und kam da nicht mehr heraus, so drehte sie sich ein paar mal in dieser jämmerlich verklemmten Haltung um sich selbst, fiel von der Stange und geriet in Panik. Einmal ist sie dabei vom Tisch gefallen. Na ja, lustig war das nicht, aber komisch sah es aus, wie sie sich da drehte, wie ein Hund, der sich in den Schwanz beißen will. Ich befreite sie aus ihrem Schnabelgefängnis und dann war wieder alles gut.

Sie wuchs und wuchs. Die Flügel wurden größer, die Schwanzfedern auch und so kam ich auf die Idee, sie für kurze Zeit immer wieder nach draußen zu setzen. Das gefiel ihr. Sie lief rum, schaute mit ihrem einen Auge dahin und dorthin, aber meistens blieb sie in der Sonne an einer Stelle hocken und rührte sich nicht vom Fleck. Dann holte ich sie wieder rein und gab ihr Futter. Später legte ich die Würmer auf den Boden und sie pickte sie auf. Da sie aber auf dem einen Auge blind war, -die Verletzung war jetzt ausgeheilt,- sah sie immer nur eine Seite, und das machte ihr zu schaffen. Eigentlich hätte sie sterben sollen, sie war die schwächste im Nest, ist von den anderen oder den Geschwistern am Kopf und dem Auge gehackt und dann rausgeschmissen worden. Alleine hätte sie keine Überlebenschance gehabt. Ich nahm sie auf, weil sie verletzt war und so jämmerlich piepste. Aber Mitleid ist nicht immer der beste Ratgeber.

Nun ja, ich hatte trotzdem meine Freude, denn sie war ein Wesen um mich herum, ich kümmerte mich um sie und ich tat das gerne. Ich war jetzt sozusagen ihre Mutter. Als sie von selber aus dem Karton klettern konnte, mit Hilfe der Flügel, kam sie manchmal frühmorgens an mein Bett und wollte Futter haben.

Als sie gut laufen und hüpfen konnte, machte ich mit ihr die ersten Erkundungsgänge. Ich zwang sie, hinter mir herzulaufen, indem ich einfach fortlief, stehen blieb und einen bestimmten Lockpfiff flötete. Den kannte sie nun schon und sie kam mir auch, zu Anfang zögernd, aber dann immer schneller, nachgelaufen. Später begleitete sie mich in den Garten und ich konnte ihr die Würmer hinwerfen.

Aber eines konnte ich nicht: ihr beibringen, wie Amseln Würmer aus dem Boden klopfen und selbständig Würmer suchen, ich bin ein Mensch und keine Vogelmutter, deswegen war sie abhängig von mir.

Öfter ging ich jetzt mit ihr im Karton zum Baden, oh, wie tat ihr das gut, so mitten im Bach, an einer seichten Stelle die Flügel im Wasser auszubreiten und auszuschlagen, das Köpfchen reinzutauchen und zu schütteln!

Bald, dachte ich, wird sie fliegen lernen müssen. Ich wusste nicht, dass Vögel das nicht üben müssen, sondern es können, wenn Flügel und Schwanzfedern ausgewachsen sind, aber ich warf sie einfach ein bisschen hoch und prompt knallte sie mit dem Schnabel zuerst auf den Boden. Sie war danach etwas benommen, erholte sich aber rasch.

Später, als sie größer war, nahm ich sie auf die Wiese und setzte sie auf einen Pfahl. Ich ließ sie solange sitzen, bis sie von selber herunterflog. Das war keine Glanzleistung, konnte es auch nicht sein, aber sie hat es geschafft. Zwar hatte sie Angst, denn sie versuchte erst, irgendwie anders da herunterzukommen, sich fallen zu lassen oder am Pfahl herunterzugleiten, in der Hoffnung, sanft zu landen, aber jedes Mal, wenn sie ein Beinchen am Pfahl herunterließ, flatterte sie aufgeschreckt wieder auf beide Beinchen zurück auf die kleine Plattform.

Irgendwann mal setzte ich sie in einen Baum. Von da flog sie dann herunter, sie flog, zwar nicht nach oben, aber sie hielt sich für kurze Zeit in der Luft und so wurde es von Tag zu Tag besser.

An dem Nebengebäude wurde gerade gebaut, ich konnte mir als Helfer ein paar Mark verdienen. Einmal hatte ich meine Amsel in den Garten gesetzt und sie vor lauter Arbeit vergessen, ich musste mich ja nach wie vor etwa alle halbe Stunde um sie kümmern, umgraben und Würmer suchen.

Ich war gerade an der Mischmaschine und schaufelte Sand ein, da kam ein Vogel neben den Sandhaufen geflogen, direkt neben mir. Es war meine Amsel! „Achja, entschuldige, hab dich ganz vergessen, aber wie bist du so alleine hergekommen? Du kannst ja schon richtig fliegen!" sagte ich zu ihr. Ich sprach sehr oft mit ihr, wie zu einem Kind.

Manchmal nahm ich sie mit auf eine große Wiese, warf sie in die Luft und schaute zu, wie sie flog und achtete auch darauf, wo sie landete, denn sie kam nicht zu mir zurück, sondern landete irgendwo im hohem Gras. Einmal hab ich ein oder zwei Stunden nach ihr gesucht, bis ich sie endlich fand.

Die Kopfwunde war auch verheilt, aber eine Glatze behielt sie. Nach so ungefähr sechs Wochen war sie fast ausgewachsen und konnte gut fliegen, bis hoch in die Bäume. Ich musste immer warten, bis sie wieder runterkam, manchmal wusste ich gar nicht, wo sie saß.

Einmal, das war die Krönung, nahm ich sie mit auf eine Weide, sie saß die ganze Zeit bis dahin auf meinem Finger, wo sie übrigens oft saß, und dann warf ich sie ganz hoch. Sie hob nämlich nie von alleine vom Boden ab. Oben in der Luft drehte sie eine ganz große Schleife und kam genau wieder auf meinen Finger zurück, den ich ihr schon entgegengestreckt hatte. Das war für mich ein besonderes Ereignis.

Ab und zu musste ich länger als eine halbe Stunde weg. Da nahm ich sie im Karton mit Deckel drauf und Löchern drin in meinen Radkorb und fuhr mit ihr einfach ins Städtchen. Ich hatte Würmer mitgenommen, sodass ich sie unterwegs füttern konnte. Dazu setzte ich mich auf eine Bank in einem kleinen Parkstreifen an der Stadtmauer, legte ein paar Würmer auf den Boden und ließ sie laufen.

Manchmal kamen Kinder, die sie Olga getauft hatten, nahmen sie für einen halben Tag in Pflege und ich hatte etwas mehr Luft.

Im September wollte ich weg, eine Woche in die Bretagne, ich musste Olga abgegeben. Ein Mann im Dorf hatte einen riesengroßen Käfig mit Wellensittichen, einer chinesischen Nachtigall und Kanarienvögeln. Ich besprach mit ihm eine mögliche Übernahme und er erklärte sich bereit, sie für immer zu nehmen. Ich gab sie ihm mit sehr schlechtem Gewissen, denn er hatte keine Würmer und ich wusste auch, dass er sich die Mühe nicht machen würde, die ich mir gemacht hatte. Ich wusste, dass meine Amsel, die Olga, zum Tode verurteilt war, es sei denn, ich hätte sie ewig behalten. Das konnte ich nicht. Sie starb auch tatsächlich bald darauf in ihrem neuen Käfig. Deswegen schrieb ich zu Anfang, dass Mitleid nicht immer ein guter Ratgeber ist.

Trotzdem glaube ich, dass sie bei mir, wenn auch ein kurzes, so doch ein schönes Leben hatte.

Der Zaunkönig

Ein paar Mal habe ich schon die Pyrenäen erwähnt, ich lebte dort für eineinhalb Jahre in einer kleinen Hütte aus Haselnussstecken. Neben meinen drei Eichenbohlen, die mein Bett bildeten, war ein quadratisches Fenster angebracht, das auf der Spitze stand. Ich hatte einen prachtvollen Ausblick auf den vor mir liegenden Wald und die dahinter sich erhebenden Berge, von denen einer in der Ferne immer mit Schnee bedeckt war. Um aber die Schönheit der Natur zu sehen, brauchte ich nicht immer so weit zu schauen, direkt oberhalb der Spitze meines Fensters spielte sich ein Naturschauspiel ab, das ich hier wiedergeben möchte:

Das Dach meiner Hütte schaute ein wenig über das Fenster hinaus, sodass der Platz darunter geschützt war. Die beiden Schrägen waren oben durch ein kleines Kantholz miteinander verbunden und von diesem Holz hing eine lange Schnur direkt vor meinem Fenster herab.

Oben, unter dem Giebel, baut gerade ein Zaunkönig sein Nest. Wenn er mit Gräsern, Schafwollresten oder Farnkrautstückchen und Moosteilen im Schnabel herbeigeflogen kommt, macht er immer halt an dieser Schnur, klammert sich an ihr fest, schaukelt dabei hin und her, wippt mit seinem Schwänzchen hoch und runter und fliegt dann nach oben, um sein neues Zuhause fertig zu gestalten.

Irgendwann ist es vollendet. Ich beobachte ihn die ganze Zeit von meinem Platz im Inneren der Hütte. Jetzt hängt er wieder an der Schnur, schaukelt hin und her, aber im Schnabel hat er etwas anderes: ein Lied trällert daraus hervor, das seiner Geliebten gilt, die aufeinmal auftaucht und abwartend auf einem Ast ganz in der Nähe hocken bleibt. Er will sie zu sich locken in sein Heim.

Er strengt sich sehr an, der kleine König, er pfeift das schönste Lied, das er kennt, fliegt plötzlich von der Schnur in das Nest, kommt wieder zurück, tiriliert und flötet, fliegt wieder zum Nest und wieder zurück, mit einem weiteren Lied auf dem Schnabel, und das geht so eine ganze Weile. Er zeigt damit seiner Auserwählten den Weg zu seinem Palast, will sie zur Königin machen und fordert sie nun auf, ihm zu folgen.

Und dann folgt sie ihm, in kleinen Schritten, immer näher hüpft sie auf dem Ast zu ihm heran, bleibt zögernd stehen, als ob sie erst noch ein Lied hören will, und er trällert und flötet wieder, was die Kehle hergibt, als sei's ein Hochzeitsständchen, fliegt in sein Nest und endlich folgt sie ihm hinterher und in ihrem gemeinsamen Gemach vermählen sie sich und bald wird der Zaunkönig mit seiner Zaunkönigin die Schar der munteren kleinen Sänger um ein paar Königskinder bereichert haben.

Die blinde Maus

Ich fahre mit dem Rad durch Wolfsbach, einem kleinen Sackgassendorf im Steigerwald, in dem ich wohne. Von Weitem schon sehe ich ein kleines, dunkles Etwas sich über die Dorfsraße entlangbewegen. Was mag das wohl sein?

Im Näherkommen werde ich eine Maus gewahr und denke, das gibt es doch nicht, am helllichten Tag eine Maus auf der Straße, in einem Bauerndorf, wo jede Menge Katzen herumstreunen, und dann promeniert sie auch noch durch die Gegend, als ob sie keine Feinde hätte! Da stimmt doch was nicht!

Und in der Tat, da stimmte etwas nicht. Als ich ganz dicht bei ihr war, huschte sie nicht etwa erschrocken weg, sondern krabbelte seelenruhig auf ein Wiesenstück zwischen zwei Häusern. Ich folgte ihr, wollte wissen, was da nicht stimmte, es war einfach zu spannend, eine Maus zu erleben, die da so angst- und sorglos durch die Gegend spazierte.

Dann entdeckte ich den Grund ihrer Sorglosigkeit: sie war blind. Ich fragte mich, wie es ihr wohl gelungen ist, so lange zu überleben, sie war ja eine ausgewachsene Maus. Auf dem Gras lief sie herum, schnupperte hier und da und ließ sich weder durch meine Gegenwart noch durch meine „Testversuche" stören. Ich bewegte nämlich meinen Arm ganz plötzlich über ihren Körper, vollzog auch sonst noch ruckartige Bewegungen, sodass ein zufällig die Szene beobachtender Dorfbewohner mich durchaus für verrückt hätte halten können. Aber der Maus war egal, was ich machte, sie verkroch sich nicht schreckhaft in ein Loch.

Dann fand ich eine mögliche Erklärung für ihr Überleben: Mäuse, die sehen können, erblicken ihre Feinde und huschen angstgejagt in Deckung. Dieses Davonrennen erzeugt in den Katzen wahrscheinlich erst den Jagdinstinkt und sie rennen der Wegjagenden hinterher. Die Maus hier sah keine Katzen und rannte daher bei deren Erscheinen auch nicht davon. Durch ihr Verhalten in der Blindheit löste sie in den Katzen auch nicht den Jagdinstinkt aus und diese ließen sie deshalb in Ruhe. Aber, wie gesagt, dies ist nur eine Vermutung.

Zu Fressen fand sie offensichtlich genug, sie sah nicht mager und unterernährt aus, ihre übrigen Instinkte, Gehör, Tast- und Geruchsinn waren offensichtlich noch in Ordnung. Die Katzen mögen bei ihrem Erscheinen gedacht haben: was klein und grau ist und keine Angst vor uns hat, kann nie und nimmer eine Maus sein.

Und so wird diese blinde Dorfmaus vielleicht sogar die älteste Maus sein, die je in Wolfsbach gelebt hat.

Ein Schlaflied für den Hasen

Ich bin mit meiner Flöte auf einen Hochsitz geklettert. Nachdem ich mich eine Weile umgeschaut hatte, kam ein Hase angehoppelt, machte am Rande eines Kornfeldes Halt, mümmelte an ein paar Halmen und begann dann, sich zu putzen.

Ab und zu hielt er plötzlich im Reinemachen inne, spitzte die Löffel in Richtung des verdächtigen Geräuschs und setzte dann seine Säuberungszeremonie fort.

Meinen Geruch und die wenigen Geräusche, die ich verursachte, konnte er nicht wahrnehmen, weil der Wind alles von ihm wegtrug.
Aber manchmal machte ich kleine, ruckartige Bewegungen mit dem Kopf oder dem Arm, -beide ragten über die Brüstung des Hochsitzes heraus-, die ihn aufmerken ließen. Sofort stellten sich seine Löffel hoch und in die Richtung des Wahrgenommenen.

Wie gut sich doch die Sinne ergänzen! Der Wind kann zwar Geruch und Geräusch wegtragen, aber nicht das Bild, das das Licht zu den Augen trägt, das muss man durch Verstecken verhindern.

Er ließ sich bei seiner Reinigung nicht stören. Zum Putzen seines Fells hatte er sich ein Stück nackter brauner Erde ausgesucht, das zwischen einem Feld und einer Wiese offen dalag. Als er mit Lecken und Reiben fertig war, nagte er sich noch die Nägel an seinen Hasenpfoten ab und legte sich dann nieder, indem er den Bauch auf die Erde drückte, den Kopf einzog und die Löffel über dem Rücken ausbreitete.

Leise begann ich, Flöte zu spielen, dann, ganz langsam, wurde ich lauter. Aber glaubt ihr, das hätte ihn gestört?

Eher im Gegenteil, ich glaube, ich habe ihm ein Schlaflied geflötet. Gute Nacht, Meister Lampe!

Die diebische Elster

Ein Fischreiher hat sich mit seiner Beute in die Lüfte erhoben. Ich sehe von meinem Rad aus während der Fahrt den Fisch, den er quer in seinem Schnabel hält.

Plötzlich schießt eine Elster zu ihm auf, direkt auf ihn zu, mit viel Geschrei und Gekrächze. Der Reiher ist viel zu plump und zu wenig wendig, als dass er seinen Flug beschleunigen oder in seiner Richtung ändern und der Elster dadurch ausweichen könnte.

So geschieht, was die kluge und im Gegensatz zu dem Reiher sehr kleine Elster geplant hatte und jetzt ausführt: sie hat vorher bei ihrem steilen, schnellen Aufflug schon gewusst, wie sie fliegen muss, um ihn zu treffen, und nun schießt sie also voll auf ihn zu und stößt beim Zusammenprall ihren wie eine Pfeilspitze wirkenden Schnabel mit aller Wucht in des Fischreihers Leib. Gekonnt!

Und weiter geschieht, was die Elster auch schon listig einkalkuliert hat: der Reiher stößt einen Schmerzensschrei aus und kommt dabei nicht umhin, den Schnabel zu öffnen. Dabei fällt der Fisch heraus, dem die Elster im Fall nach unten folgt.

Geschickt, kann ich da nur sagen. Wem gelingt es schon, einen Fisch zu fangen, ganz ohne Angel und dann noch hoch oben in der Luft!?

Die Elster hatte ob ihres angewandten Tricks meinen vollen Respekt.

Zwei Kuckucke

Gerade ertönen ihre ersten Rufe. Lange, bevor sie überhaupt beginnen, erwarte ich sie schon sehnsüchtig. Mit ihnen fängt für mich der Frühling an.

Ein Kuckuck ruft hier im Wald, in dem ich unter einer Buche mein Lager aufgeschlagen habe. Ich liebe seine Rufe und bin immer ganz hin und weg, wenn er ertönt. Es ist noch früh im Jahr, sie sind eben erst aus Afrika zurückgekommen.
Der hier, dahinten, ruft so herrlich zweimal Kuckuck, und es schallt und hallt so schön in dieser waldigen Halle, dass ich mit offenen Ohren seinen dritten Ruf erwarte, aber er ruft nur „Kuck" und dann ist Schluss mit der Herrlichkeit. Da habe ich aber gekuckt!

Ein anderer Kuckuck: jung ist er noch und ich glaube, dass er wie alle seine Artgenossen nur zur Paarungszeit seinen Ruf erklingen lässt und nicht in Afrika, wo sie so etwa im Juli hinfliegen, aber wer weiß?

Was sie dort machen, weiß ich nicht, ich kam nur deswegen darauf, weil der Kuckuck, den ich gerade höre, mir den Eindruck macht, als müsse er seinen Ruf erst noch üben, so klingt das jedenfalls, was er da von sich gibt

Er ruft zwar die erste Hälfte, das „Kuck" ganz schön schon und ordentlich, aber das zweite „Kuck" will nicht so recht gelingen, er rutscht dabei ein paar Tonstufen tiefer und bringt den Rest auch nur mit Krächzen in der Stimme hervor, sodass es sich wie im Stimmbruch anhört. Aber offensichtlich bzw. offenhörbar übt er noch, denn manchmal kommt auch das zweite „Kuck" schon ganz manierlich.

Er wird noch ein bisschen trainieren müssen, bis er damit eine Partnerin hervorlocken und diese ihr Kuckucksei in ein fremdes Nest legen kann.

Klatsch!

Das war schon frech, was ich mir da geleistet hatte, damals, so etwa 1970 in Spanien.

Ich war mit meiner Frau an die Costa brava getrampt. Was heißt „meiner Frau"? Obwohl wir verheiratet waren, empfand ich uns nicht als Ehepaar, wir gebärdeten uns auch nicht als Mann und Frau, sondern als Geliebte. Wir heirateten damals, um einen zinslosen Staatskredit zu bekommen, den wir sogar hätten „abkindern" können, bei drei Kindern wäre er getilgt gewesen.

Also, frisch verheiratet, machten wir unsere „Hochzeitsreise" in verschiedenen Kutschen mit verschiedenen Fahrern und kamen auch tatsächlich an einem sonnigen Strand am Mittelmeer an.

Wir schliefen dort am Meeresrand auf dem Sand in unseren Schlafsäcken und tingelten tagsüber mit unseren Rucksäcken am Meer entlang und durch das Städtchen, das sich einen kleinen Berghang hochstreckte.

In diesem Ort gab es auch eine Konditorei. Wir standen davor, das Wasser lief uns schon im Munde zusammen, wir schauten begierig die verlockende Patisserie an und entschlossen uns, zu schlemmen.

Meine Frau kaufte ein Sahnetörtchen. Wofür ich meine Peseten ausgab, weiß ich nicht mehr, spielt hier auch keine Rolle. Ihr Kuchen war obendrauf so richtig voll und satt mit Sahne belegt, und als sie draußen vor dem Laden so herzhaft reinbiss, strahlte sie über alle vier Backen und ließ anschließend den Happen genüsslich in ihrem Munde zergehen.

An dieser Stelle muss ich kurz einschieben, dass ich ein Liebhaber von Dick und Doof und Charlie Chaplin war und es noch bin. Ich empfand immer eine unbändige Freude und Befriedigung, wenn es in deren Filmen zu Sahnetortenschlachten kam, und besonders dann, wenn irgendwer irgendwem so eine ganze Torte mitten ins Gesicht klatschte und es von allen Seiten nur so herausspritzte. Wenn der Kuchen danach von seinem Gesicht runterfiel, war der arme Kerl völlig bekleckert und seine Augen guckten blöde aus dem süßen Schnee heraus und er stand da wie bedröppelt. Das fand ich ungemein lustig!

Ich weiß nicht, wie es kam, vielleicht fühlte ich mich gerade in dem Augenblick, sie den Leckerbissen zum zweiten Male vor ihrem Mund hatte und reinbeißen wollte, in solch einem Dick und Doof Film, jedenfalls haute ich von unten mit einer Hand kräftig gegen die ihre und -**klatsch**- hatte sie die ganze Herrlichkeit von Sahnekuchen in ihrem Gesicht, wie im Film, und es spritzte genauso wie bei Dick und Doof und sie stand auch genau so bedröppelt da wie in den Filmen. Nur fiel der Tortenboden nicht herunter, er blieb an ihrem Mund kleben.

Ich weiß nicht mehr, was danach kam, ob sie mir böse war, ob ich mich entschuldigt und ihr ein neues Stück gekauft habe, das habe ich alles vergessen, ich weiß nur mit Sicherheit, dass ich ganz schön frech war.
Ich *musste* es tun, da ging kein Weg dran vorbei.

Geisterfahrer

Wenn man, wie ich, von Karlsruhe aus westlich nach Frankreich fährt, kommt man auf einen wunderschönen Radweg, der entlang der Marne nach Süden oder Norden führt. Ich war unterwegs in die Pyrenäen.
Also, da ist links vom Fluss der schöne Radweg, auf dem ich gen Süden fahre, rechts davon erhebt sich ein Damm, der das Hinterland vor Überschwemmungen schützen soll. Auf diesem Damm ist ebenfalls ein Radweg.
Ich fahre so vor mich hin, genieße die Strecke, schaue hier hin und dort hin, sehe ein paar Radfahrer auf dem Damm und bin ganz in Betrachtung vertieft, als aufeinmal zwei Fahrräder nebeneinander auf dem Damm in rasender Geschwindigkeit nach Süden fahren. Das Eigenartige ist nicht die Geschwindigkeit, mit der sie sich bewegen, sondern die Tatsache, dass da *niemand* draufsitzt.
Geisterfahrer, ist mein spontaner Gedanke, und schon sind sie weg, nicht mehr zu sehen, so ein Tempo haben sie drauf. Das gibt's doch nicht! Wie kann das sein?
Ich überlegte und überlegte, schließlich kam ich auf des Rätsels Lösung. Diese Lösung schien mir plausibel, ich konnte sie nicht beweisen, aber es war die einzig mögliche Erklärung.
Ich versuche ja immer, einem mystischen Geschehen den Schleier zu entreißen, weil ich nicht an Geister und Götter glaube, und ich ruhe nicht eher, bis ich eine irdische Erklärung gefunden habe, und in diesem Falle ist meine Erklärung für die beiden Fahrräder auf dem Damm ohne Fahrer folgende: Hinter dem Damm, unten an seinem Fuß entlang, genau parallel zu ihm, für mich nicht sichtbar, führt eine Straße. Auf dieser Straße fuhr ein Auto, das oben einen Dachständer hatte, auf dem die zwei Fahrräder angeschnallt waren. Die Höhe des Dachständers traf sich genau mit der Höhe des Dammes, sodass es aussah, als führen die Räder auf dem Damm.
Der Zauber war mit dieser Erklärung gebrochen, die Geisterfahrer waren entmachtet und ich konnte mich anderen Gedanken und Eindrücken zuwenden.
Aber in meinem Kopfvideo fahren sie noch immer rum, was ich nicht als Festhalten an mystischen Erscheinungen bewerte, sondern als eine schöne Erinnerung.

Mein erstes Honorar

Ich war damals nicht nur frech, sondern manchmal auch ganz schön naiv.

Jetzt, wo so manch einer hier im Ort mich einen Künstler nennt und ich mich selbstherrlicherweise auch, habe ich keinen Künstlernamen. Vor ein paar Jahren noch hatte ich von einer Naturschutzwächterin durch ihre Verwechslung der Rubriken in meinem Pass den Künstlernamen „Grün-Grau" verpasst bekommen, ohne einer zu sein(s. S. 103). So ganz stimmt das nicht, denn ich hatte schon einmal eine Phase in meinem Leben, in der ich durch bildnerisches Gestalten meinem künstlerischen Streben Ausdruck verliehen hatte, das war während meiner Kellnerzeit im Schwarzwald.

Ich war damals angetan von der Pop-Art und verarbeitete in meinen Werken großzügig knallige Farben und Objekte, wie Glühbirnen, Gürtelschnallen, Knöpfe, Streichhölzer, Wäscheklammern und dergleichen.

Da ich begeistert zu Werke ging und auch fantasievoll war, schlug meine Chefin vor, ich solle doch in den Räumen des Hotels eine kleine Ausstellung machen. Das tat ich. Dazu lud ich die lokale Presse und den Rundfunk ein. Beide kamen. Am nächsten Tag erschien ein Artikel in der Zeitung, und im Radio erklang ein fünfminütiges Interview. Ich war mächtig stolz!

Etwa vierzehn Tage später erreichte mich ein Schreiben vom Badischen Rundfunk. Darin war die Rede von dem Interview und 75 DM.

Die beigefügte Zahlungsanweisung oder was das war, hätte ich nur bei der Bank einzulösen brauchen, wenn ich den Brief richtig gelesen hätte. Ich war aber der festen Überzeugung, dass ich diesen Betrag dem Rundfunk für seine Leistung, mich interviewt zu haben, schulde, füllte ein Überweisungsformular aus und schickte an seine Anschrift die ihm vermeintlich gebührenden 75 DM.

Wie überrascht war ich, als wieder 14 Tage später der Geldbriefträger an die Tür klopfte und mir 150 DM zusammen mit einem Brief aushändigte, in dem ich darüber aufgeklärt wurde, dass ich nicht etwas schuldig gewesen sei, sondern ein Honorar für das Interview bekommen hätte.

Ich habe mich natürlich riesig darüber gefreut, aber auch ein bisschen wegen meiner Naivität geschämt.

Die Selbstmord-Kiste

Beim Trampen sind uns schon manchmal sehr eigentümliche Menschen begegnet, um nicht zu sagen, kaputte Typen.

Ich meine nicht solche, wie den Kohlenhändler in Irland, der mir gerade in den Sinn kommt, wo ich unsere kostenlosen Langstrecken-Taxifahrer Revue passieren lasse. Dieser alte, kohlengeschwärzte Händler kutschierte uns, meinen Freund und mich, ein gutes Stück durch die irische Hügel- und Graslandschaft. Dabei erzählte er in seinem breiten Slang, dass er in seiner Jugend auch einmal von Dublin nach Killarnie getrampt sei. Wörtlich sagte er: „...I *tombed...*" und als ich fragte, was das bedeute, hob er seinen schmutzigen, von der Arbeit dick und breit gewordenen Daumen in die Höhe und wackelte mit ihm hin und her. Aha, er *daumte* also. Treffender Ausdruck!

Ihn habe ich in meinem Gedächtnis unter die Liebenswürdigen gespeichert. Den, von dem ich jetzt erzählen werde, nicht, der hat seinen Platz bei den kaputten Typen.

Ich hatte mit meiner damaligen Geliebten eine dreiwöchige Reise nach Marokko unternommen, per Anhalter, wie das unter unseres Gleichen damals so üblich war.

Auf der Rückfahrt sammelte in Malaga ein Tunesier von der Straße auf, der uns bis Zaragossa mitnehmen wollte. So ein Glück, fast durch ganz Spanien in einem Rutsch!

Also eingestiegen und losgedüst. Wir freuten uns, einen Orientalen als Fahrer zu haben, hatten wir doch so manches von Marokko zu erzählen. Wir tauschten viel aus, er gab uns seine Stories, wir erzählten ihm die unsrigen. Plötzlich, nach einer Weile des Schweigens, sagte er, nicht unweit von einer gefährlichen Kurve, die auf der einen Seite fast steil abfiel und auf der anderen Seite von einem hochaufragenden Felsenmassiv begrenzt wurde: „Dahinten in der Kurve fahr ich durch die Leitplanke den Abhang runter".

Hm, dachten wir, was hat der gesagt?, schauten uns ungläubig an und wussten nicht genau, ob wir richtig verstanden hatten. Er wiederholte seine Bemerkung von sich aus noch einmal mit anderen Worten, weil er im Rückspiegel unsere zweifelnden und fragenden Gesichter bemerkt hatte: „Ich mach Schluss mit meinem Leben in der Kurve dahinten, ich fahr da rechts runter."

Wir protestierten nicht, sagten nicht, er solle uns gefälligst vorher aussteigen lassen, nein, wir blieben ruhig sitzen, wir glaubten ihm nämlich nicht. Und wir hatten recht, uns von ihm nicht ins Bockshorn jagen zu lassen. Das ist bestimmt so einer, ging es uns durch den Kopf, der sich an unserer Angst weiden will oder so eine seltsame Art von Humor hat, über die wir vielleicht lachen sollten.

Witzig fanden wir das gerade nicht. Wir bezweifelten zwar seine Ankündigung, aber sie stand im Raum und erzeugte eine Spannung, die um so größer wurde, je näher die Kurve kam.

„Jetzt gleich, da vorne", sagte er trocken. Wir ließen uns aber nicht irre machen, er schien kein Selbstmordkandidat zu sein, und wir konnten uns auch nicht vorstellen, dass ein Mensch da auch noch andere, Unbeteiligte, mit reinreißen würde.

Ich meinte, Zeichen von Schwermut oder mangelnder Lebensenergie bei ihm bemerkt zu haben, aber was denkt und sieht man nicht alles, wenn ein Typ so was daherredet.

Die Spannung stieg, die Kurve kam,- und die Kurve ging. Ein Scherz, hatten wir uns doch gleich gedacht! Uns war aber nicht nach Lachen zumute. Er schwieg. Nach einer Weile fing er wieder damit an, mit ähnlichen Worten, vor einer ähnlichen Kurve, dass er's da vorne täte. Er tat's wieder nicht. Das Ganze wiederholte sich in immer längeren Abständen, sodass er uns über eine beträchtliche Strecke hinweg immer auf dem Laufenden hielt über seine bis jetzt noch nicht verwirklichte Absicht, den Karren mitsamt uns dreien entweder gegen einen Felsen knallen zu lassen oder in den Abgrund zu stürzen.

Er schreckte uns zwar immer wieder damit auf, aber wir hatten uns schon daran gewöhnt, es war irgendwie auch langweilig geworden. Was wir so zwischendurch redeten, weiß ich nicht mehr, vielleicht diskutierten wir mit ihm die Frage, warum er diese Gedanken hat. Aber kurz vor Zaragossa erwischte ihn die Rache des Schicksals:

Weiter vor uns stand mitten auf der Fahrbahn ein kleiner Fiat. Kein Sprit mehr, klagten die beiden Frauen. Liebenswürdig, wie Orientalen auch sein können, half er aus. Die Frauen fummelten noch etwas an dem Wagen rum, derweil wir wieder einstiegen. Ich weiß nicht, was unseren Fahrer bewogen hat, loszufahren, ohne zu berücksichtigen, dass das kleine Gefährt vor uns noch stand, vielleicht sah er es schon fahren, wer weiß, die Frauen waren mittlerweile auch eingestiegen, und wie zur Starthilfe krachte unser Auto plötzlich mit der Wucht des Anfahrens gegen das Heck des kleinen Fiat und gab ihm einen starken

Schubs. Niemandem war etwas geschehen, die beiden Vehikel sahen allerdings an den Stellen des Zusammenstosses etwas anders aus als vorher.

Irgendwann würde wohl die Polizei kommen. Das alles interessierte uns nicht mehr. Wir verließen den Möchtegern-Selbstmordkandidaten mitsamt seiner verbeulten Kiste, dankten und blickten zurück auf einen Mann, der jetzt erschüttert, verzweifelt und den Tränen nahe der Dinge harrte, die da kommen würden.

Kutsche Matrikelnummer???

Vor Kurzem las ich von Michener „Die Kinder von Torremolinos", und stieß dabei auf eine Stelle, an der er schildert, wie die langhaarigen Hippies, die damals nach Marokko wollten, sich in einem Grenzhäuschen die Haare abschneiden lassen mussten, dafür war eigens von der Regierung ein Barbier angestellt worden, und der hatte den ganzen Tag zu tun. Ich hatte das selbst an der marokkanischen Grenze erlebt, als ich mit drei Freunden 1968 dorthin mit einem alten klapprigen Mercedes-Diesel fuhr. Frisch geschoren kamen sie wieder heraus, die ehemals Langhaarigen und durften nun in das Land ihrer Träume reisen. Wir waren keine Hippies und hatten dieses Problem nicht.

Aber mit dem Ausfüllen der Formulare hatten wir einige Schwierigkeiten.

Was war das für eine Sprache, in der sie von uns wissen wollten, wann wir geboren sind, wo wir wohnen und wo wir hin wollten? Und dann all die Fragen bezüglich des Autos, wir verstanden erst mal gar nichts. Mein Freund wollte den alten Karren dort verscherbeln, das machten damals viele, die dann ohne Auto, aber mit viel Geld wieder zurück trampten, deswegen wollte sie an der Grenze alles genau wissen, damit keiner den Zoll umginge.

Da waren also all die vielen Fragen, die in einer Sprache an uns gerichtet waren, die wir erst nach mehrmaligem Durchlesen als unsere Muttersprache identifizierten. Nein, das war nicht die Sprache unserer Mutter, das war die Sprache unserer *Urgroß*mutter.

Ich erinnere mich nur noch an einen Ausdruck, der das Auto betraf, und zwar stand da das Wort: **Kutsche Matrikelnummer**. Was ist das? fragten wir uns. Einer kam auf die Idee, das sei die Immatrikulationsnummer unseres Studentenausweises. Aber das konnte es nicht sein, denn dies war die Sparte, die das Auto betraf. Endlich hatte einer die einleuchtende Übersetzung gefunden: Das ist das Autokennzeichen! Ja, tatsächlich, das wollten sie mit „Kutsche Matrikelnummer" wissen, klar, versteht doch jeder.

Dieses Formular hat die letzten 50 Jahre unbeschadet überlebt, ist immer wieder gedruckt worden, ohne dass sich jemand die Mühe gemacht hätte, es auf den neuesten Stand zu bringen, denn mit Pferdefuhrwerken überschritt schon lange niemand mehr aus Deutschland die so weit entfernte Grenze. Es könnte aber auch sein, dass das Lexikon, das irgendein Beamter in der Hauptstadt für dieses Formular benutzt hat, noch immer dasselbe ist, wie das, das seine kollegialen Vorväter benutzt haben.

Wie dem auch sei, wir trugen die Matrikelnummer unserer Kutsche ein und durften durchreisen in das Land, das wir dann lieben lernten.

Ein Stempel und ein Knall

Eine andere Geschichte fällt mir gerade ein, die sich an der türkischen Grenze zugetragen hatte. Wieder mit einem ollen Diesel der gleichen Firma, damals heißbegehrtes Taxigefährt in den orientalischen Ländern, waren wir, vier Freunde, diesmal unterwegs nach Persien.

Jetzt standen wir am türkischen Grenzübergang und begaben uns in das Zollhäuschen, um die Formalitäten zu erledigen. Hm, kein Mensch zu sehen. Der Schreibtisch stand da, alles offen, das Buch, die Stempelkiste, aber kein Beamter. Da wir scharf auf Trophäen waren und ganz schön frech, beraubten wir kurzentschlossen den türkischen Staat eines Stempels, von dem wir nicht einmal wussten, wozu er diente. Das war spannend, aufregend und abenteuerlich.

Niemand hatte etwas bemerkt, und als endlich ein Beamter kam und unsere Pässe stempelte, tat er das mit einem anderen, sodass er nicht gleich den Gestohlenen vermisste.

Als wir später, nach der Reise, nach Hause kamen und die Schule wieder begann, -wir waren alle Besucher eines Kollegs-, setzten wir ebenso frech den Stempel, für jedermann sichtbar, ins Klassenbuch, damit er dort für mindestens zwanzig Jahre verewigt sei.

Auf dieser Fahrt, wir befanden uns auf dem Heimweg, gab es mal einen gehörigen Knall, und das kam so:

Irgendwo in der Türkei hatten wir gerade getankt und wollten bei dieser Gelegenheit die Luft in den Reifen überprüfen. Da gab es so ein Prüfgerät, das wir vertrauensselig auf das erste Ventil aufsteckten. Au, da fehlte aber eine ganze Menge, dachten wir, pumpten gehörig Luft rein bis zur roten Marke und fuhren los. Nach ein paar Metern gab es aufeinmal diesen fürchterlichen, einer Explosion gleichenden Knall.

Ein Schuss? Wir warteten einen Moment und fuhren dann weiter. Niemand verfolgte uns, aber der Wagen schlingerte seit dem Knall so eigenartig, dass wir anhielten und nach den Reifen schauten. Da sahen wir die Bescherung. Der Reifen, den wir geprüft hatten, war geplatzt, wir hatten irgendetwas falsch gemacht.

Nun war aber nicht nur der Reifen, der unter sehr hohem Druck gestanden haben musste, geplatzt, sondern er hatte auch noch den darrüberliegenden Kotflügel weggerissen und zusätzlich noch den Einfüllstutzen für das Benzin. Da guckte nur noch das offene Leitungsrohr heraus, aus dem der Sprit herausschwabbte.

Was tun in der Not? Kurzerhand schnitzten wir einen Haselnussstecken zurecht, pfropften ihn auf das Rohr und fuhren weiter. Da wir uns auf der Rückfahrt befanden, hielten wir eine Reparatur für überflüssig. Erst am österreichischen Grenzübergang befahlen uns die dortigen Beamten zur Seite, betrachteten sich das Ganze ungläubig und zogen uns aus dem Verkehr. Sie ließen uns erst weiterfahren, bis wir in einer Werkstatt einen neuen Einfüllstutzen hatten anbringen lassen und vier neue Reifen aufgezogen waren, denn die alten liefen schon stellenweise auf den Stahldrähten, die erst zum Vorschein kommen, wenn das Gummi und der darunter liegende Textilmantel abgeschlissen sind.

Da war nix zu machen, wir kratzten unser letztes Geld zusammen und fuhren, erleichtert, nach Hause.

Spuren der Vergangenheit

Fast überall auf meinen Reisen begegnete ich Spuren, die das Hitlerregime bei seinem vergeblichen Griff nach der Weltmacht hinterlassen hat. Ich habe sie nicht gesucht, sondern fand sie am Weg.

In Rumänien traf ich auf eine solche Spur. Ich wanderte gerade durch ein Dorf, fand eine schöne Stelle am Waldrand, um zu rasten, packte alles, was ich dazu benötigte, aus und begann mit der Siesta.

Neugierig, zu erfahren, wer das wohl sei, kam eine Gruppe älterer Männer auf mich zu, Männer vom Land, unrasiert, ausgemergelt, Mütze auf dem Kopf, Arbeitskleidung am Leib, altes, ausgelatschtes Schuhwerk an den Füssen.

Wir begrüßten uns und sie setzten sich neben mich. Die Unterhaltung war beschränkt, aber woher ich kam und wohin ich ging, das konnte ich ihnen begreiflich machen.

Plötzlich sagte einer „*Ich will nach Hause*", in Deutsch, in meiner Sprache! Er wiederholte das noch zweimal.

Ich wollte wissen, ob er noch mehr deutsche Worte kennt. Nein, er kannte nur diesen einen Satz: „Ich will nach Hause". Natürlich war jetzt ich neugierig und machte eine fragende Geste, woraufhin er „Hitler" und „Armee" sagte. Dann sprach er in einer Mischung aus Rumänisch und der Sprache, die alle Menschen anwenden, wenn sie durch Sprachbarrieren getrennt sind, also mit Händen und Füssen und Stöckchenzeichnungen im Sand, unterstützt noch von seinen zwei Begleitern, aus dem ich etwa Folgendes herauslas:

Damals, während des zweiten Weltkrieges, war dieser Mann 17, 18 Jahre alt und wurde als rumänischer Soldat auf Grund des Paktes zwischen Rumä-nien und Deutschland in den Krieg nach Russland geschickt. Er ist nicht freiwillig mitgegangen, er musste. Der Gedanke an seine Heimat ließ ihn unterwegs nicht los, er wollte zurück in sein Dorf, zuhause wartete Arbeit auf ihn, und er hatte keine Lust, im Krieg zu sterben, er wollte leben, er war noch jung. So erfuhr er von deutschen Soldaten, was er sagen musste, um seinen Willen auf Deutsch kund zu tun, dabei lernte er die Worte „Ich will nach Hause".

Ich weiß nicht, wem gegenüber er diese Worte damals geäußert hat, die rumänische Regierung war ab 1941 profaschistisch, da dürfte er wohl bei seinen Vorgesetzten auf Ohren gestoßen sein, die für seinen Wunsch nicht nur taub waren, sondern sie bestimmt falsch ausgelegt hätten. Wie dem auch sei, für mich war dieser Mann, dieser ländliche Bewohner Rumäniens, damals, als er mitmarschieren musste, ein Vertreter der Jugend, die sich in ihrem Denken wohl nirgends auf der Welt voneinander unterscheidet, wenn sie gezwungen wird, Heimat und Hof zu verlassen und für fremde Interessen in einen Krieg zu ziehen, der nicht der ihre ist, die nichts anderes, denkt als dieses: „Ich will nach Hause".

In Polen, das ich durchwanderte, sprach mich in irgendeiner Stadt ein älterer Mann an, er hatte mir wohl angesehen, dass ich Deutscher bin, denn er ging zielstrebig auf mich zu und sprach gleich in meiner Sprache, nicht gut, aber ich konnte ihn verstehen. Er nahm mich mit und zeigte mir ein bestimmtes Haus.
Sinngemäß erzählte er mir, dass dort die Gestapo residierte, und dass er als Gefangener der Deutschen in einer Flugzeugfabrik für „die" arbeiten musste.
Ich spürte seine Verbitterung und dass er in mir einen Nachfolger dieser „die" erkannt hatte und mich an seine Geschichte und die unserer Väter erinnern wollte. Ich konnte nicht mehr tun, als ihm mein Bedauern auszusprechen, aber ich fühlte mich nicht schuldig.

In diesem Land stieß ich auch irgendwo auf ein riesiges Denkmal, auf dem ich die damalige Frontlinie aufgemalt sah, die genau an dieser Stelle verlief. Dazu waren nähere Angaben über die Gefallenen gemacht. Auch diese Tafel sollte die Erinnerung wach halten.

In Marokko, etwa um 1970 herum, schrieb mir ein damals schon älterer Mann, als er erfuhr, dass ich aus Deutschland komme, auf seine Hand eine mehrstellige Ziffer, zu der er erklärte, dass diese Zahl die Nummer des deutschen Regiments gewesen sei, in dem er damals gegen, ich weiß nicht mehr wen, gekämpft hatte, ich glaube, es war Frankreich. Ich habe vergessen, wie dieser Mann in die deutsche Armee gekommen ist.

Auf meiner Tour nach Afrika machte ich in Dara, einem syrischen Grenzort in einem kleinen Lokal Rast. Ein älterer Mann kam auf mich zu und setzte sich neben mich. Nachdem wir ein paar Worte gewechselt hatten, schrieb er auf seine Zigarettenschachtel die Zahl 122. Da ich damit nichts anfangen konnte, erzählte er mir, er sei im Zweiten

Weltkrieg in einem deutschen Regiment Soldat und dies seine Nummer gewesen.

Ein jugoslawischer Taxifahrer, der damals zwischen Damaskus und Amman hin und her pendelte, erklärte mir auf seine Frage, warum er hier sei, dass sein Vater wegen seiner SS-Zugehörigkeit Schwierigkeiten unter Tito gehabt hätte.

In Frankreich, der Normandie, sah ich vom Rad aus im Vorüberfahren, wie der Verlauf der damaligen Frontlinie durch besondere Steine am Straßenrand markiert ist. An einer bestimmten Stelle steht ein größerer Stein, auf dem zu lesen ist, dass hier, an dieser Stelle, vier Franzosen von der SS oder Gestapo, genau weiß ich das nicht mehr, überfallen und getötet worden waren.

In Neubeuren, einem kleinen Ort in Österreich, hängen im Kircheingang auf Metallplatten aufgezogene Fotos von Gefallenen der hiesigen Pfarrei, darunter sind die meisten Jugendliche im Alter von 17, 18, 19 Jahren, die aus den Bildern schauen, als ob sie gestern noch gelebt hätten. Bei ihrem Anblick bin ich richtig traurig geworden und musste meinen Tränen in der Kirche freien Lauf lassen. Die ganze Jugend dahin, für die Gier von Typen, die den Hals nicht voll kriegten. Die Jungs waren mir so nah, wie die Kinder von Freunden.

In Luxemburg fuhr ich auf ein Denkmal zu, auf dem Namen von Gefallenen eingemeißelt sind. Darunter steht: „Es möge nicht umsonst gewesen sein."

Über den Einarmigen in Lettland, den ich 1998 auf einer Parkbank in Riga antraf, habe ich eine besondere Geschichte geschrieben, hier sei nur erwähnt, dass er unter deutscher Führung gegen die damalige Sowjetunion kämpfen musste und ihm dabei sein Arm weggeschossen wurde. Er bekam dafür eine eiserne Medaille.
Ich stelle mir das gerade vor, wie er, mit vielleicht noch nicht ganz verheiltem Stumpf am Oberarm, leerem Ärmel seiner Uniformjacke, der unten umgeschlagen und mit einer Sicherheitsnadel am Jackett befestigt ist, damit der beim Gehen nicht so rumschlackert, mit Phantomschmerz vor dem Offizier steht, der ihm an seinem Revers rumfummelt, um ihm das billige, in einer Auflage von Hunderttausenden

gestanzte Metallkreuz anzuheften, weil der Verwundete das nicht mehr selber kann, dazu den Dank von Führer und Vaterland ausspricht und was von Tapferkeit, Mut, Treue und Pflichterfüllung daherleiert, weil er das mehrere Male am Tage tun muss. Der Einarmige ist daraufhin gezwungen, mit dem falschen Arm zu salutieren und wird in eine Zukunft entlassen, in der er nur noch halber Mensch ist. Vielleicht aber darf er sich noch freuen, dass er überhaupt mit dem Leben davongekommen ist.

In Norwegen, ich glaube, es war in Bergen, suchte ich eine Schlafstelle draußen, fand aber keine und schob mein Rad gerade um einen Häuserblock, der alleine auf einem freien Platz stand. Da kam der Hausmeister dieses Blocks auf mich zu und erzählte mir, als er meine Nationalität erfuhr, dass er damals nach Deutschland in Gefangenschaft mitgenommen wurde und dort arbeiten musste. Während dieser Zeit verliebte er sich in ein deutsches Mädchen, das er nie mehr vergessen hat. Er war nicht verbittert wegen der Gefangennahme, sondern darüber, dass er dieses Mädchen nicht hatte heiraten können. Nach den Gründen dafür habe ich mich nicht erkundigt, vielleicht hat er Sehnsucht nach seinem Zuhause gehabt, wo es ihm sicherlich nicht gut ergangen wäre, wenn er dort mit einer Frau aus eben jenem Land aufgetaucht wäre, das Norwegen übel mitgespielt hatte.

„Da is nix mehr los"

Im Regal meines Vaters stand ein kleines Büchlein mit „Witzen", das ich als etwa Zehnjähriger las, darunter waren auch sogenannte Judenwitze aus der Nazizeit.

Bei uns zuhause fiel kein kritisches Wort, ja nicht einmal ein unkritisches über die Vergangenheit, sie wurde totgeschwiegen, lebte nur noch im Bücherregal weiter. Trotz des Schweigens sickerten irgendwo irgendwelche rätselhaften Begriffe durch, vielleicht durch die Illustrierten, die mein Vater als Zahnarzt für sein Wartezimmer bezog, vielleicht durch unsere liberale Tageszeitung.

So sammelten sich in meinen Gedanken Fragen: Was war mit der Frau, die ich damals öfter sah, die in schwarzer Kleidung, mit schwarzem Hut, einem schwarzen Schleier vor dem Gesicht und schwarzer Stola durch die Straßen irrte, als ob sie verfolgt, gehetzt würde. Manchmal schimpfte sie plötzlich vor sich hin mit jemandem, der gar nicht da war. Von ihr hieß es, sie sei verrückt und eine Jüdin. Was waren Juden, was SA, was SS, was Reichskristallnacht, Auschwitz, Vergasung, KZ, was bedeutete das alles?

Zwanzig, dreißig Jahre später erfuhr ich Antworten, als die Zeit reif war und offen darüber gesprochen und geschrieben wurde. Ich las solange, bis ich Bescheid wusste. Ich sah vor meinem geistigen Auge die KZ's, die Baracken, die Gleise, auf denen die Viehwaggons angerollt kamen, die Rampe, auf der die Juden sich sammeln mussten und in arbeitsfähig oder Gaskammer aussortiert wurden, den Hunger, die Verzweiflung, die lebendigen Skelette und die toten in den Gruben, die Asche im Verbrennungsofen, den Qualm, der aus den Schornsteinen aufstieg, die Koffer voller herausgebrochener Goldzähne ...

Viele Jahre später, 1994, kam ich in die Gegend von Buchenwald und nutzte die Gelegenheit, mir die KZ-Gedenkstätte dort anzuschauen. Da ich mich kurz vor meinem Ziel verfahren hatte, fragte ich einen etwa 35jährigen Mann nach dem Weg.

„Nach Buchenwald wollen Sie? Da is nix mehr los, da hätten Sie 50 Jahre früher kommen müssen!"

Als ich dann dorthin kam, sah ich auf dem sonst offenen Gelände einen barackenähnlichen Bau, in dem Schautafeln Fotos von dem ehe-

maligen KZ und Szenen der Gräuel zeigten, die dort stattgefunden hatten. Bilder von der Befreiung waren auch zu sehen.
Ich schaute mir die Gleise an, die plötzlich endeten, und die verschiedenen Plätze, die mit erklärenden Schildern versehen waren. Baracken oder Häuser der Lagerleitung gab es nicht mehr, nur noch Grundmauern.
Ich setzte mich unter einen Baum und betrachtete mir die stummen Zeugen, die Reste der Vergangenheit. Über Erdhügel fuhr ein Junge mit seinem Mountenbike, der Ahornbaum über mir hatte seine Samen abgeworfen, hier und da waren Birken emporgewachsen. Die Bilder in meinem Kopf riefen die Vergangenheit wach, aber über letztere wuchsen Gras und Bäume.

Ich frage mich manchmal, wo ich gestanden hätte, wenn ich 50 Jahre eher auf die Welt gekommen wäre. Ich weiß keine Antwort darauf, ich bin froh, dass ich *jetzt* lebe.

Das war knapp

Ab und zu kam der Lumpensammler bzw. Schrotthändler in unser Dorf. Dort, wo wir wohnten, konnten wir auch einen Keller nutzen, in dem wir Kinder in einer kleinen Ecke gute und auch angerostete Metallteile aufbewahrten, die wir irgendwo gefunden hatten.

Wenn der Lumpensammler kam, rief er schon von Weitem: „Lompe, Isa, Altmatarialijen" und dazu schwang auch er eine Glocke. Sobald er hielt, holten wir schnell die Sachen aus dem Keller, zeigten sie ihm und waren gespannt, was er uns dafür gäbe. Altmetall war ein überaus wertvoller Rohstoff, wir bekamen sogar Geld dafür. Leichtes Zeug, wie rostige Nägel, Drahtstücke, Büchsen, Blechteile und dergleichen wurde abgeschätzt, schwere Eisenteile legte er auf die Handwaage, danach bemaß er den Preis und zahlte uns aus. Meistens gab's einen Groschen, manchmal zwei, selten fünfzig Pfennige, das war dann schon ein kleines Vermögen. Fuhr er dann weiter, hängten wir Jungs uns noch eine Weile hinten dran, indem wir uns irgendwie an der Klappe festhielten und ließen uns auf diese Weise ein Stück oder bis zur nächsten Biegung mitnehmen. Ich glaub, das war eine Mutprobe, bei der es galt, uns so von hinten ranzuschleichen, dass uns der Fahrer nicht erwischte.

Einmal war der Lumpenhändler wieder bei uns, ich hatte diesmal nichts anzubieten. Außer mir war seltsamerweise nur noch ein Mann zu sehen, wo die anderen Kinder rumzogen, weiß ich nicht, jedenfalls war ich aufeinmal alleine. Ich weiß noch, dass ich, als der Lastwagen anfuhr, eine Hand voll Gras abrupfte, mit ihr hinter den Lkw lief und schrie: "Ich hab noch was!" Was ich damit bezwecken wollte, ist mir nicht mehr klar, vermutlich wollte ich den Fahrer veräppeln, aber es kam anders.

An der hinteren Klappe angekommen, reckte ich mich hoch, um das vermeintliche Metall rüberzuwerfen. Der Fahrer hatte mich wohl gesehen und gehört, hielt kurz und fuhr dann zurück. Puh, wenn ich daran denke! Ich hatte nicht damit gerechnet, war noch ganz auf Vorwärts eingestellt und stolperte plötzlich über meine eigenen Beine, als der Karren zurücksetzte. Ich fiel hin und der ganze Schrottkarren fuhr langsam über mich hinweg.

Ich lag da aber unter dem Auto nicht etwa still und unbeweglich, nein, ich bin so gefallen, dass ich auf dem Boden noch ein bisschen zur

Seite rollte und als der Schwung aufhörte, sah ich mich genau zwischen dem linken Hinter- und Vorderrad liegen, wobei das letztere langsam auf mich zurollte. Mit einer blitzschnellen seitlichen Drehung konnte ich mich gerade noch aus dem Gefahrenbereich retten, das war knapp. Bei der Vorstellung, ich wär jetzt platt, wurde mir ganz übel.

Keine Heldentat

Als Kinder haben wir so manchen Streich verübt, ich war als Kleinster immer mit dabei, wenn der Hauptlümmel unserer Straße uns auf irgendeinem dieser Streiche anführte.

In dem leerstehenden Lager einer Ziegelei warfen wir mit Steinen die Scheiben ein, das Klirren machte uns einen Heidenspaß.

„Klengeles trecke" war auch so ein Mordsvergnügen, bei dem eine Stecknadel neben die runtergedrückte Hausklingel gesteckt wurde, die dann ewig schellte, bis wir aus unserem Versteck heraus den, der öffnete, auf die verdammten Blagen fluchen hörten. Einmal hatten wir einem besonders gefürchteten Bewohner unserer Straße eine Büchse voll Jauche oder Gülle, wie sie auch mancherorts genannt wird, schräg gegen die Haustür gelehnt, und als er dann öffnete, ergoss sich dieser Sch... in seinen Flur. Das war die Rache des kleinen Mannes.

Aber einmal habe ich mich bei etwas hervorgetan, das mir hinterher doch Kummer bereitete.

Es war um die Karnevalszeit, als es Schweizer Kracher zu kaufen gab, zigarettengroße Stängel, die, wie der Name sagt, ganz schön krachten. Wir heckten mit diesen Dingern gerade eine Untat aus, als wir an einem Haus vorbeikamen, dessen Klofenster sperrangelweit geöffnet war. Ich wollte den anderen Jungs meinen Mut beweisen, nahm einen Kracher, zog ihn über die Reibfläche einer Zündholzschachtel, peilte den Winkel und die Höhe und warf den Stab genau in das Klofensterrein, wir warteten den Knall ab, der ein paar Sekunden später an unser Ohr drang und nahmen Reißaus.

Mein Gewissen plagte mich danach noch sehr lange, selbst heute denke ich noch, was da alles hät-te passieren können. Aber, so sehr ich auch meine Ohren offenhielt, ich hörte danach nichts von einer Verletzung, die eine Bande von Jugendlichen mit einem Kracher einem unschuldigen Opfer zugefügt hatte.

Eine Schranke

Als Junge lebte ich in einem Dorf nahe einer Stadt. Ob ich nun mit der Straßenbahn oder mit dem Rad unterwegs in die Stadt war, fast immer musste ich vor einem Bahnübergang warten, weil zwei große Schranken für die Fahrzeuge und zwei kleine für die Fußgänger mit lautem Gebimmel heruntergelassen waren, und immer dauerte es eine Ewigkeit, bis der Bahnwärter in einem Häuschen daneben dieselben wieder mit Gebimmel hochdrehte.

Eines Morgens, ich fuhr gerade mit dem Rad zur Schule, waren die Schranken, wie sollte es auch anders sein, wieder geschlossen. Ich war noch nicht abgestiegen, als ich vor mir einen Motorradfahrer entdeckte und dachte: den kenn ich doch!

Ich rollte also langsam von hinten auf ihn zu und klatschte ihm heftig zur Begrüßung und um mich an ihm festzuhalten, meine Hand auf die Schulter und ließ sie darauf liegen. Ich rief ihm auch noch laut, damit er mich unter dem Helm auch ja verstehen konnte, und dazu noch recht jovial meinen Gruß entgegen: „Hey, moin, Werner", oder wie er hieß. Und dann drehte der Mann sich langsam um, und ich schaute in ein Gesicht, das ich noch nie in meinem Leben zuvor jemals gesehen hatte. Ich war heilfroh, als endlich die Schranken hochgingen und ich die peinliche Szenerie verlassen konnte.

30 Jahre später komme ich von einer Radreise aus England in dieses mein Heimatdorf zurück, um einen Jugendfreund zu besuchen. Natürlich ist die Schranke wieder geschlossen, wie gewohnt. Ich denke mir gar nichts dabei, als ich davor stehe und den Zug erwarte und auch nichts, als ich bemerke, dass ich ganz alleine davor stehe, kein Auto, kein Fußgänger weit und breit.

Selbst nach zehn Minuten fällt mir immer noch nichts auf. Ich schaue in beide Richtungen nach dem Zug. Nach weiteren fünf Minuten, immer noch stehe ich alleine, schwant mir etwas.

Jetzt erst nehme ich die Brücke wahr, die es früher nicht gab. Sollten die Schranken etwa ewig...? Weiter kam ich in meinen Gedanken nicht, denn eine Frau, die mich beobachtet hatte, kam auf mich zu und sagte: „ Die Schranke ist *immer* geschlossen, es gibt schon seit langem eine Umgehungsstraße, sehen Sie die Brücke da vorne?"

So kann's einem manchmal mit eingefleischten Gewohnheiten ergehen.

Aus der Schule geplaudert

In meiner rebellischen Studentenzeit wurde ich ein ausgesprochener Gegner der schulischen Verhältnisse, wie ich sie erlebt hatte. Ich wollte Lehrer werden und hätte es nie übers Herz gebracht, meine zukünftigen Schüler so zu drangsalieren, wie ich es damals am eigenen Leibe erfahren hatte.

Ich erinnere mich noch gut an die Unterrichtsstunden auf dem Gymnasium, einem humanistischen mit neusprachlichem Zweig.
Ich bin in der Volksschule ein munteres Kerlchen gewesen, aufgeweckt, interessiert und fleißig, zwar ein wenig verspielt, aber das tat meinen schulischen Leistungen keinen Abbruch. Das erste Jahr auf dem Gymnasium verlief ohne Probleme, das zweite auch noch, aber im dritten zeigte sich, worin meine Schwächen lagen. Latein und Mathematik, Deutsch auch schon im Ansatz. Die ersten beiden Fächer waren es, die mich eine Klasse darauf zum Scheitern brachten, ich musste wiederholen. Schmach und Schande konnte ich ja verkraften, aber dass ich jetzt meine alten Klassenkameraden verloren hatte, das war bitter.
Der Tod meiner Mutter hatte noch dazu beigetragen, dass in meiner Erziehung das sanfte Gegengewicht zu meines Vaters autoritärer Strenge verlorengegangen war und ich mich jetzt von allen Seiten in Schule und Elternhaus ungeschützt einer Macht ausgeliefert sah, die meine Kreativität und Lebensfreude zu ersticken drohte.
In der Volksschule hatte ich einmal einen Aufsatz vorlesen dürfen, weil der Lehrer ihn sehr lobte, er war überschrieben mit: „Mein erstes Badeerlebnis" Ungehemmt und ohne Zeitdruck hatte ich all das geschrieben, was ich in Erinnerung behalten hatte, und alles schön der Reihe nach. Was hat mir das Schreiben damals für Freude gemacht!
Und so allmählich wurde mir durch die Lehrer auf dem Gymnasium meine Freude vergällt, mit Zeitdruck, schlechten Noten und ihrem Pauker-Wesen. In Klassenarbeiten wurde ich selten fertig, weder in Deutschaufsätzen, noch in Mathematik, noch in Englisch, immer war da die drohende Zeitmarke und eine vorgeschriebene Denkrichtung, in die ich mich gezwungen fühlte.
Ich tat mich schwer, die Themen interessierten mich meist nicht, der Druck lähmte mich, unterdrückte meine Fähigkeiten. Wenn ich das Thema für eine Klassenarbeit las oder die Aufgaben sah, dann wurde mir schon mulmig. Ich kannte meine Stärken, aber die waren hier nicht

gefragt. Ich versuchte krampfhaft, etwas aufs Papier zu bringen, erst ins Unreine, aber sobald ich auf die Uhr schaute, wusste ich, dass ich es nicht schaffen würde. Die Zeit raste dahin, der Druck wurde stärker, noch zwanzig Minuten, noch zehn, noch fünf, aus, Ende, wieder mal nicht fertig geworden! Ich empfand den Druck so stark, dass ich selbst noch dreißig Jahre danach von dieser Horrorzeit während der Klassenarbeiten träumte. Ich war machtlos dagegen, spürte aber in mir schon eine große Auflehnung, der ich damals jedoch noch keinen Ausdruck geben konnte.

Auf meiner Radreise nach Afrika, 1988, erschienen mir einige von den Paukern, während ich auf einem LKW durch eine Sandwüste fuhr, die für mein Rad unpassabel war. Hier zitiere ich den entsprechenden Bericht aus meinen „Reisenotizen":

Meine Lehrer reisen mit

Meine Gedanken führten mich an den Anfang meiner Reise, an das Gymnasium von Kleve. Ich hatte nämlich ein paar Tage zuvor in der Jugendherberge von Khartoum, der Hauptstadt des Sudan, einen bösen Traum von dieser Lehranstalt. Wir schrieben eine Klassenarbeit und ich wurde nicht fertig.
Wie ich dieses Gefühl gehasst habe, dieses Gefühl, hilflos zu sein, ohnmächtig, ausgeliefert, nicht fertig zu werden, die Begrenzung der Zeit mitzuerleben und gleichzeitig mit ansehen zu müssen, dass ich es nicht schaffe. Was für ein Druck, was für ein schrecklicher Alptraum war das! Den hatte ich also vor zwei Tagen nacherlebt. Deswegen bin ich wahrscheinlich jetzt auf das Gymnasium und auf die Quälgeister und Sadisten gekommen.
Ich sah plötzlich die alten Gestalten von Lehrern wieder, die mir zum Teil das Leben in der Schule zur Hölle gemacht hatten. Die meisten von ihnen waren Kriegskrüppel, um einen Teil ihres Lebens betrogen, entwurzelt und frustriert. Ich ließ da oben auf dem Wagen, durch den Sudan geschüttelt, ein paar von ihnen Revue passieren. Noch nie ist es mir gelungen, sie so klar zu sehen:
Unser Direktor, wir nannten ihn Zeus, weil er uns so mächtig erschien und wir alle Angst vor ihm hatten, dünkte sich als Herrscher, arrogant kam er dahergestellt. Seine Lippen waren verkniffen, zusammengepresst, er hatte etwas Hinterhältiges in seinem Gesicht. Seine Augen schauten unfreundlich und misstrauisch. Ich denke, er war ein Feig-

ling. Sein Gang war nicht der eines Mannes mit festem Schritt und Tritt.
Dann erschien mir noch unser Englischlehrer, dieser ungehobelte, blauangelaufene, ständig sabbernde, viereckige Säuferschädel. Er war irgendwie verschlagen und primitiv. Am schlimmsten von allen war der Lateinlehrer, schlichtweg ein Sadistenschwein. Konnte irgendwer seine Sache nicht, notierte er mit wahrem Vergnügen, mit einem sadistischen Grinsen eine 5 oder 6 in sein Notizbuch, es muss ihm ungeheure Befriedigung verschafft haben, war mein Eindruck. Wir hatten schlimme Phantasien, um uns an ihm zu rächen und wie ich später vernommen habe, ist eine davon Wirklichkeit geworden. Ich denke, die drei Figuren langen, so wichtig sind sie nun auch wieder nicht. Schließlich bin ich hier im Sudan.

Soweit die Rückschau. Als ich drei Jahre später vollends auf der Schule scheiterte, zwar gerade soeben gnädigerweise die mittlere Reife zuerkannt bekam, aber danach die Schule verlassen musste, sprang ich für ein paar Jahre ins Berufsleben und meldete mich plötzlich, nach 5 Jahren, für die Aufnahmeprüfung in einem Kolleg, einem „Institut zur Erlangung der Hochschulreife" für Erwachsene an.

Obwohl ich dort keine großen Probleme hatte, ärgerte ich mich besonders im Deutschunterricht über die Begrenzung der Zeit und vor allem über die sogenannten „dialektischen Besinnungsaufsätze", bei denen ich immer das Gefühl hatte, ich müsste mir was aus den Fingern saugen. Einleitung, These, Antithese, Synthese, das war das vorgegebene Schema, und darein sollte ich meine Gedanken pressen, egal, welches Thema von den drei vorgegebenen ich mir auswählte.

Meine Meinung war nicht gefragt, ich hätte sie aber gerne zum Ausdruck gebracht. Am meisten war mir die Synthese zuwider, die weder die These unterstützen sollte noch die Antithese, sondern etwas ganz Neues, aber doch Bestandteile von beiden aufweisen sollte.

Wer das beherrschte, könnte später gut als Schwätzer in der Politik unterkommen oder als führende Kraft in einem Wirtschaftsunternehmen, wo es oft darauf ankommt, gegeneinander stehende Positionen miteinander zu versöhnen, um die eigene Position, die noch ein wenig von beiden Seiten enthält, durchzusetzen.

Mir war das Ganze zuwider, trotzdem schaffte ich es immer noch irgendwie, mich zu zähmen, was ja auch der Zweck der Übung war: Die Zähmung der aufbegehrenden Jugend.

In Mathe war die Schose etwas einfacher, ich wusste, was ich konnte und was nicht, und ab irgendeinem Zeitpunkt, so ab Algebra und Infinitesimalrechnung habe ich abgeschnallt, mir meinen Gesamt-Notenstand ausgerechnet, mich nach dem nötigen Schnitt für die Aufnahme an der Päd. Hochschule in Berlin erkundigt und danach in Mathematik-Klassenarbeiten nur soviel hingeschmiert, dass es keine 6 wurde. In der letzten Arbeit des letzten Semesters konnte ich es mir dann leisten, ein leeres Blatt abzugeben. Es war ein sauberes Gefühl, dass die mir nichts mehr anhaben konnten, ich hatte es in der Tasche, das Abitur.

Meine Studentenzeit bescherte mir nicht den Weg in den Beruf eines Lehrers, sondern ich entfaltete meinen Widerstand gegen die staatliche Reglementierung im Unterrichtswesen, den ich zuvor schon auf dem Kolleg geleistet hatte. Dort war es uns immerhin gelungen, den alten, zwar lieben, aber verknöcherten Direktor abzuwählen und ihn durch einen jungen zu ersetzen, der uns die Zukunft schmackhaft machte, aber den Posten nur als Sprungbrett zu einem lukrativeren Ministerialdirigenten benutzte, was wir damals noch nicht wussten. Auf der PH wurde mein Widerstand rebellischer und wenig später wurden wir als Revoluzzer abgestempelt.

Der verflixte Mast!

In dem zwei Geschichten zuvor erwähnten Dorf mit der Schranke zog ich mir eine Narbe zu, die heute noch zu sehen ist, sie verläuft genau in der Spalte einer kleinen, senkrechten Falte über der Nasenwurzel, zwischen den Augenbrauen. Ich dachte immer, das sei die Zornesfalte, aber gerade habe ich das mal im Spiegel überprüft, indem ich ein zorniges Gesicht schnitt, was mir schwer fiel, weil ich so gut wie nie zornig bin, und da sah ich, dass diese Falte bei mir mit Zorn nichts zu tun hat, sondern durch Nachdenklichkeit entstanden ist.

Als Junge in der Vorbutertät war ich ziemlich verträumt. Ich lebte in einer Bilderwelt, die mich mehr faszinierte, als die wirkliche. Ich war der Kleinste und Jüngste zu Hause und oft Zielscheibe des Frustes und der Aggression besonders meines Vaters und manchmal auch meiner beiden Geschwister. Der plötzliche Tod meiner Mutter tat sein Übriges und all das machte mich nachdenklich und nach innen gekehrt. Ich blickte beim Gehen meistens auf den Boden, lief oft auf den Randsteinen des Bürgersteigs, wobei ich darauf achtete, nicht auf die Spalten zwischen den Steinen zu treten, träumte vor mich hin, hob manch Interessantes auf, was ich so fand...

Ich weiß noch, einmal regnete es und mein Kopf war mit der Kapuze eines Regencapes bedeckt, das mir tief in die Stirn hing. Da ich sowieso nach unten schaute, während ich lief, störte mich das nicht weiter. Ich sah ja, wo ich lief ,-dachte ich. Plötzlich erblickte ich einen Knopf. Ich mochte Knöpfe, meine Vorliebe für sie hat sich bis heute erhalten. Ich hatte gelernt, solche kleinen Dinge als wertvoll zu erachten und aufzuheben. In meiner freudigen Erregung bücke ich mich geschwind runter zu dem Fundstück und - **Peng**, knall ich mit dem Kopf gegen die Kante eines der eisernen Leitungsmasten, die für die Stromversorgung der Straßenbahn am Rande des Bürgersteigs errichtet worden waren.

Zunächst einmal war ich verdutzt, dann tat es weh, als Nächstes schämte ich mich, weil ich nicht aufgepasst hatte, und zuletzt fiel mir das Blut auf, das an meine Hand geriet, als ich mit dieser über die schmerzende Stelle an der Stirn fuhr. Ich war verletzt, ich blutete! Es lief wie ein kleines Rinnsal von der Wunde über mein Gesicht.

Ich war damals noch nicht so abgehärtet gegen Blut, das aus mir heraustropfte. Ich fing ziemlich schnell an, zu heulen, wenn ich irgendwo blutete und so wird es wohl auch diesmal gewesen sein, dass ich weinend und, mein Taschentuch gegen die Stirne gedrückt, nachhause lief.

Zauberrhythmus

Als ich mich von meiner Hütte in den Pyrenäen verabschiedete, war ich stolzer Besitzer der schönsten Hose, die ich jemals besessen hatte, im wahrsten Sinne des Wortes.

Ich glaube, man könnte sie als eine arabische Pumphose bezeichnen, eine von der Art, die oben eng anliegen, nach unten hin immer weiter werden und die Fesseln wieder dicht umschließen. Im Schritt sind sie so luftig locker, dass man sie gar nicht spürt. Solch eine Hose hatte ich also, in Schwarz.

Der Stoff war nicht allzu robust, aber ich hatte mir wohlweislich schon auf die Knie Lederflicken genäht.

Mit dieser Hose fuhr ich los. Da in meinem Geldbeutel Schmalhans Küchenmeister war, spielte ich unterwegs an ausgewählten Plätzen Flöte und verdiente auch nicht schlecht damit, sodass ich mir hin und wieder in einem Lokal ein paar bessere Sachen leisten konnte.

Nun war die Hose, wie gesagt, nicht besonders widerstandsfähig und schon nach kurzer Zeit zeigten sich im Umfeld der Flicken, beim Übergang vom dicken Leder zum dünnen Stoff die ersten Risse. Was tun? Da ich ein fantasievoller Mensch bin und auch über eine sehr gute Nähausrüstung verfügte, suchte und fand ich das, was mir noch fehlte: bunte Flicken beiderseits der Straße. Es gab genug Verlorenes, ich schnitt daraus kleine Rechtecke zurecht, wusch sie, umsäumte sie und nähte sie dann auf die schadhaften Stellen. Im Laufe der Zeit wurden es immer mehr, die Löcher krochen die Hose hoch und runter, die Flicken hinterher und auch hintenrum an den Po. Mittlerweile war ich nicht nur ein Vagabund, sondern ein Vagabunter.

Mit derselben Hose fuhr ich hoch nach Finnland und dann wieder zurück durch alle skandinavischen Länder, aber ich zog die Hose jetzt nur noch an, wenn ich Flöte spielte.

Zuvor hatte ich irgendwo in Deutschland meine schwarze Wollmütze verschönt, deren Rand ich mit einem Webstreifen versah, den ich unterwegs aus aufgedribbelten Handschuhen, Pullovern und dergleichen und mit Hilfe eines linealähnlichen Holzes hergestellt hatte, indem ich um dieses, in der Breite dem Rand der Mütze entsprechende Holz herum längs ganz dicht nebeneinander die Kettfäden wickelte und dann mit der Stopfnadel die Wolle in Mustern und verschiedenen Farben quer zu den Kettfäden und im Wechsel über und unter die Fäden hindurchzog. Die „leeren" Fäden auf der Rückseite schnitt ich bis auf ein kurzes Stück ab, verwob sie und nähte dann den Streifen an die schwarze Mütze. Hinten baumelte von der Kopfbedeckung ein grauer Eichhörnchenschwanz herab, den ich unterwegs einem angefahrenen toten, aber noch warmen Tier abgeschnitten hatte.

Ich zog beim Spielen auch immer eine ganz besondere Weste an, die ich schon in Afrika ein wenig durch Besticken geschmückt hatte. Mittlerweile strahlte sie im Glanz von Perlen, Goldzickzack-Litze, mit Kupferdraht umwickelten Glasscherben, Federn, bunten Knöpfen und allerhand anderem Glitzerzeug und „Tand" und gab meiner Gestalt, zusammen mit Hose und Mütze ein märchen- oder besser, gauklerhaftes Aussehen.

Mein Rad baute ich beim Flöten neben mir auf, hinten vom Schutzblech hing ein echter Fuchsschwanz herab, auf dieselbe Weise ergattert, wie den vom Eichhörnchen, vorne auf dem Gepäck hatte ich zwei schöne Bussardfedern angebracht und darüber saß, eingekeilt zwischen einer Tasche und dem Drahtgitter, mein Teddy Karl-Heinz in einem kleinen Lenkerkorb. Der Name Karl-Heinz ist eine Laune der Erinnerung: ich komme vom Niederrhein, wo damals die meisten Männer Johann und Karl-Heinz hießen. Sein Kopf und seine Ärmchen schauten oben heraus. Ich fand ihn in Belgien, ziemlich lädiert von einem Straßenrand-Mäher, stopfte ihn mit Ostseesand aus, nähte ihn zu und wusch ihn ordentlich. In Polen erspähte ich für ihn eine für seine Kopfgröße passende Sonnenbrille, und jetzt war er nicht nur mein ständiger Begleiter, sondern auch ein Magnet für die Kinder.

In Schweden bin ich mit meiner Hose zu einer Schneiderin gegangen, der Hintern war durchgeschlissen, sie sollte mir einen großen Lederflicken draufnähen. Sie wählte schönes, weiches Nappaleder aus und schenkte mir sowohl dieses, als auch ihre Arbeit.

Die bunten Flicken hinten waren ja nun weg, aber es dauerte nicht lange, da wuchsen sie aufs neue drumherum wie die Pilze.

Irgendwie hat das Ganze, ich meine mich damit, wie ich so dastand mit meiner Flöte und den aus mir heraussprudelnden Tönen, nicht nur einfach bunt ausgeschaut, sondern lustig, fröhlich und interessant und in gewisserweise auch zusammenpassend, wenn nicht gar stilvoll, das bildete ich mir jedenfalls ein.

Viele Leute, Männer wie Frauen und auch Kinder, sprachen mich an, ich zog viele Blicke auf mich und jede Menge Finnmark, Kronen und

Öre flogen in mein winziges Körbchen, das auf einem buntbestickten Deckchen in gebührender Distanz vor mir stand.

Flötespielen war für mich nicht nur Geldverdienen, ich konnte dabei immer auch mein Repertoire verbessern und verfeinern, und es gab Orte, an denen es mir besonders Freude machte, wo es besonders schön klang, wie auf Plätzen vor Kathedralen oder am Fuß von Statuen, an Brunnen mit ihrem berauschenden Plätschern...Da wurde es für mich selbst zum Genuss.

Ein klassisch ausgebildeter Flötist hätte mich wahrscheinlich für einen elenden Stümper gehalten und gedacht: "dass der sich überhaupt traut!", aber ich maß mich nicht mit ihnen, mein Maß war die Melodie, die mir manchmal zufloss, wenn ich an einer einsamen Stelle, an einem See oder im Wald spielte, eine Melodie, die ich nicht von Noten ablesen musste, was ich übrigens auch gar nicht kann, sondern die mir ein- „fiel", die mir die Vögel eingaben, der rauschende Bach oder der durch die Bäume säuselnde Wind, es waren manchmal Melodien, die ich selbst nicht kannte.

Ich habe aber auch sehr viele Lieder, die mir bekannt waren, verändert, ausgebaut, verschnörkelt und solange daran herumgefeilt, bis sie mir gefielen, das Wesentliche daran war jedoch immer die innere Selbstzufriedenheit, die ich empfand, ich *spielte* mit den Tönen, kurz: es machte mir Spaß.

In den Einkaufsstraßen der Zentren habe ich meist ein paar Mal mein Programm runtergespielt, die Leute hörten selten zu, nahmen die Klänge wahr, sahen mich, schauten für ein paar Augenblicke, zückten ihr Portemonnaie und warfen oder legten ihr Kleingeld, nicht selten Silber, ins Körbchen und gingen dann weiter.

Mit dieser meiner Art, Geld locker zu machen *und* Lust dabei zu haben, bin ich ein ganzes Jahr durch Europa gefahren, in diesem eben beschriebenen Aufzug. Ich fuhr wie ein anständiger Radwanderer los und entwickelte mich unterwegs zu einem, ja das ist das richtige Wort: vagabundierender *Zauberrhythmus*. Nomen est Omen. Ich bekam diesen Namen lange zuvor in Umbrien während eines Seminars, das den vielsagenden Titel „Beruf, Berufung, Lebenserfüllung" trug. Am Ende dieser Gruppenerfahrung saßen wir im Kreis beisammen und immer einer durfte sich in die Mitte hocken. Dann riefen die Äußeren je einen Fantasienamen, von dem sie glaubten, er passe zu der Person im Zentrum. Bei dem Namen, der dem in der Mitte Sitzenden am besten gefiel, rief er oder sie „Stop" und schon war man mit einem neuen Namen geboren. Wir hatten zuvor an den Abenden sehr viel Musik gemacht, bei der ich mich mit meiner Flöte, mit Trommeln und einem guten Talent zur Leitung des Zusammenspiels hervorgetan hatte.

Ich hatte bei „Zauberrhythmus" die Runde angehalten, weil *der* Name mir gefiel, und ich würde mich freuen, wenn ich dem einen oder anderen, der mir auf meiner Flötentour begegnet ist, als solcher in Erinnerung geblieben bin.

Eine Reise nach innen

Diese Geschichte ist keine von den bisher üblichen, weder besonders spannend noch witzig, aber das, was ich nun schildere, hat mein Leben entscheidend beeinflusst:

Nach meiner Umschulung zum „Maschinenbauer im Handwerk" fand ich in Nürnberg eine ABM-Anstellung in einer Werkstatt, die einem Wohnheim für gestrandete Existenzen -Trinker und Sandler- angegliedert war. Die Werkstatt war in der Hauptsache eine Schreinerwerkstätte zur Verarbeitung von alten Buchenholz-Schulmöbeln. Daraus wurden Kinderspielzeug, Spinnräder, Webrahmen, Schneidbrettchen in Schweineform u.a. hergestellt.

Ich sollte eine kleine Ecke für Metallverarbeitung aufbauen und die dort für einen billigen Tagelohn Arbeitenden anleiten.

Meine zwei Chefs, der eine leitete die Werkstatt, der andere den sozialen Bereich, waren mit allen Wassern gewaschen, was sie bei diesem Haufen nicht gerade pflichtbewusster Säufer auch sein mussten. Sie waren streng und unnachgiebig, redeten zu den Beschäftigten in deren Sprache und benutzten auch deren Kraftausdrücke.

Mir war das Ganze ein bisschen zu grob, und außerdem fühlte ich mich den Leuten, die hier arbeiteten, gar nicht gewachsen, ich hatte gerade eine Lehre hinter mir und sie leisteten, abgesehen von ihren Schwächen, fachlich Großartiges. Auch gab ich keine Vaterfigur ab, besaß nicht die Strenge, die erforderlich war, um diese Art von Menschen anzuleiten.

Kurz gesagt: ich fühlte mich dort nicht wohl. Überhaupt wollte ich mich von der Arbeit in einem Betrieb trennen, und so war mir die Einladung eines Freundes zu einem Berufsfindungsseminar sehr willkommen.

Der Leiter dieses Seminars war eine Mischung aus mildem Vater, weisem Mann und gescheitem Organisator, der dazu noch weibliche Wärme, Herzlichkeit, Gefühl, Naturliebe und ein Auge für gute Plätze besaß. Sein Seminar stand unter dem Motto: *Beruf-Berufung-Lebenserfüllung.*

Die drei hintereinandergesetzten Begriffe fasste ich als eine Entwicklung auf und versprach mir davon genau diese Wandlung: weg vom Beruf, hin zur Berufung und damit zur Lebenserfüllung.

Das fünftägige Seminar fand in einem klassischen Gebäude in der Nähe des Trasimenischen Sees in Umbrien statt, unweit der alten Etruskerstadt Perugia.

Höhepunkt und Entscheidungshilfe war für mich eine sogenannte „Reise nach innen". Der Leiter saß dabei in der Mitte des großen Raumes, wir, so ungefähr 10 bis 12 Teilnehmer, mehr weibliche als männliche, lagen auf unseren Matten und hörten ihm zu.

Er hatte eine feste und doch weiche, deutliche und vertrauenerweckende Stimme, mit der er uns, nachdem wir Gelegenheit bekommen hatten, uns entspannt zurechtzulegen, jeden, seiner eigenen Vorstellung gemäss, aus dem Schlafsack heraus, über blühende Wiesen und Felder zu einem Baum führte, an dessen Wurzelansatz ein großes Loch klaffte, durch das wir hindurch mussten, um in das Innere der Erde zu gelangen. Er gab nur grob den Weg vor und überließ uns, die wir entspannt ruhten und nur seinen Worten lauschten, die fantasievolle Ausschmückung des Pfades.

Unter der Erde erwartete uns ein langer Gang, der in eine große Kammer mündete, in der an den Wänden drei Türen die jeweils dahinterliegenden Räume verschlossen. Über den Türen waren Schilder angebracht. Auf dem ersten stand: mein Beruf, auf dem zweiten: mein Partner/meine Partnerin, auf dem letzten war zu lesen: ich selbst.

Jetzt sollten wir die Türen nacheinander öffnen und uns genau anschauen, was wir darin vorfanden. Jeder nahm danach, seinem bildlichen Vorstellungsvermögen entsprechend, die Eindrücke, Bilder, Situationen oder Szenen, die er oder sie hinter der jeweiligen Tür vorfand, mit zurück zum Eingang, zum Loch am Baum, über die Felder und Wiesen bis hin zum Schlafsack, in dem wir die ganze Zeit über lagen. Nun durften wir die Augen öffnen und uns räkeln.

Jeder bekam, wenn er wollte, Interpretationshilfe für seine „Vision". Einige wurden auf Bitten hin exemplarisch gedeutet. Mir erging es so: Ich sah, als ich meine Berufstür öffnete, meine beiden Chefs, der Werkstattchef stand oben auf dem Podest einer Treppe, der Chef für's Soziale stand unten und forderte mich, der ich noch vor ihm stand, mit der Hand winkend dazu auf, die Treppe hochzusteigen. Aber ich wollte nicht. Das Bild schreckte mich ab, ich wollte lieber unten bleiben.

Es war schon ein beeindruckendes Erlebnis für mich, meinen Konflikt, die Arbeitssituation, wie ich sie empfand, so deutlich als Bild vor meinem inneren Auge zu sehen und mit einem Mal zu verstehen, ohne dabei Gedanken einzuschalten. Wozu tausend Worte vielleicht nicht gereicht hätten, das verdeutlichte mir meine Vision.

Die Kunst dieser Reisen nach innen bestand in der Spontaneität, in der Auslöschung jeden Denkens, dazu diente die vorherige Entspannung, der Weg aus dem Schlafsack, durch Wiesen und Felder....bis zu den Türen, vorausgesetzt, man hatte Vertrauen zum „Reiseleiter", und das hatte ich.Die Folge meines Bildes, meiner Vision: Kaum wieder im Betrieb, kündigte ich fristlos, obwohl im Gespräch war, dass ich nach bisheriger anderthalbjähriger Tätigkeit in dieser ABM-Stelle als städtischer Angestellter in ein festes Arbeitsverhältnis übernommen werden sollte.

Ich habe diesen Schritt nie bereut, im Gegenteil, ihn als einen Schritt in ein neues Leben angesehen, ein ungesichertes zwar, aber ein Leben voller Spannung, Kreativität und Selbstbestimmung.

Die innere Stimme

Ich erzählte schon von meinem Freund, der Seminare mit „inneren Reisen" veranstaltet. In seinen „Sommercamps", meist am Hintersteiner See, in einem verhältnismäßig unberührten Gebiet im Gebirge des Wilden Kaiser, hatte ich gelernt, anders mit der Natur umzugehen, als ich das bisher getan hatte.

Wir wurden in die Natur eingeführt wie in eine Welt voller Wesen, die unsere Achtung und Liebe verdienen.
Es wurden Rituale veranstaltet, in denen nicht nur wir Gruppenteilnehmer, sondern auch diese Wesen im Mittelpunkt standen.
So bekamen wir einmal die Aufgabe, durch diese recht wilde Land- und Waldschaft zu wandern und uns -jeder für sich und in gebührendem Abstand zu den anderen- einen Baum auszusuchen, der unseren Blick fesselte. Unter diesen Baum sollten wir uns setzen und ihm unsere Lebensgeschichte erzählen.
Ich tat, wie geheißen und erblickte eine schief gewachsene Weide, die am Stamm, der sich in zwei Hauptäste gabelte, mit Moos bewachsen war. Neben ihm lag ein dicker Ast, der , aus der Krone herausgebrochen, nun im feuchten Grund lag und viele kleine frische Triebe hervorbrachte.
Diesem Baum erzählte ich meine Lebensgeschichte, und als ich fertig damit war, wusste ich, dass er genau der Baum war, der meine Geschichte in konzentrierter Form widerspiegelte. Ich hatte ihn nicht zufällig gefunden, sondern mein innerer Kompass hatte sich ihn ausgesucht.
Als wir alle ums Feuer saßen und jeder von seinem Baumerlebnis erzählte -nicht seine Lebensgeschichte- stellten wir fest, dass es jedem von uns so ergangen war, wie mir. Jeder hatte den seinem Wer-degang und seinem Sosein entsprechenden Baum gefunden.
Verblüfft war ich nicht darüber, ich fing eher an, etwas zu begreifen, was sich bisher meinem Verständnis entzogen hatte.
Ähnlich erging es mir, als wir ein an indianische Bräuche angelehntes Ritual vollzogen, bei dem es darum ging, unser „Schutztier" zu suchen:
Wir stellten uns im Kreis auf, tanzten zu einer Trommel einen Rhythmus, der erst langsam und dann immer schneller wurde, bis wir nur noch Tanz und nicht mehr denkender Mensch, also im Geiste leer wa-

ren. Dann hielten wir auf ein Kommando hin abrupt an, schlossen die Augen und schauten das erste Tier, das unserem inneren Auge begegnete, an und merkten uns die Situation, in der es uns erschienen war.

Als wir wieder um das Feuer saßen und von unserem Erlebnis berichteten, bekam noch jeder von uns Gelegenheit, das Tier näher zu beschreiben. Diese Beschreibung war es, die uns erkennen ließ, dass wir eigentlich nicht das Tier, sondern einen Teil von uns gesehen hatten.

Ich veranstaltete später selber vier- und siebentägige Radtouren durch die Fränkische Schweiz und den Steigerwald. Auf meinen Prospekt hatte ich ein Bild von einer damaligen Freundin malen lassen, auf dem ein Löwenzahn mit mehreren Blüten und vielen Blättern den Asphalt durchbricht. Mein Motto lautete: „Kraft sammeln zum Durchbruch".

Ich weiß nicht, wie ich auf den Löwenzahn kam, sein Bild erschien mir plötzlich. Ich kannte ihn als gesundes Salatkraut, das wir schon als Kinder gesammelt hatten, und ich bewunderte seine Fähigkeit, in der Gosse noch seine gelb leuchtenden Blüten zu entfalten und staunte über seine Stärke, mit der er selbst den harten Straßenbelag durchbrach. Dass die Wahl dieser Pflanze etwas mit mir zu tun hatte, war mir erst so langsam nach diesen Naturerfahrungen am Hintersteinersee gedämmert.

Einmal blätterte ich in einem Pflanzenlexikon und las über den Löwenzahn etwas sehr Interessantes und Aufschlussreiches: dieses Gewächs pflanzt sich nicht durch die mir bekannte Art der Befruchtung fort, sondern durch unbefruchtete Keimzellen, jungfräulich", so der übersetzte Fachausdruck.

Ich dachte sofort an mein eigenes Leben, dass ich alleine lebte, ohne Frau und Kinder zu haben, -meine damalige Frau und ich hatten uns ein Jahr nach der Heirat getrennt und später scheiden lassen- und fragte mich bei dieser Entdeckung, ob *diese* Art der Fortpflanzung nicht auch die meinige ist?

Und ich musste feststellen, dass es sich tatsächlich so verhält. Auch wenn ich keine eigenen Kinder habe, so habe ich doch, im Rückblick, hier und dort meine Kinder, die ich ein Stück auf ihrem Lebensweg begleitet und mitgeformt habe, nicht, um Einfluss auf sie auszuüben, sondern aus Freude an ihnen und an mir selbst im Umgang mit ihnen.

Was das Durchbrechen des Asphalts anbelangt, ja, das spiegelt sehr gut wieder, wie ich durchs Leben gegangen bin: immer spürte ich Druck von oben und musste gewaltige Kräfte anwenden, das Bedrückende zu sprengen, mich durchzusetzen, um mein Wesen zur Blüte zu bringen.

Noch eines fiel mir im Umgang mit dem Löwenzahn auf: wenn er, noch in der Blüte stehend, abgeschnitten wird, ist er nicht sofort tot, sondern wandelt seine Blüten in das bekannte Gebilde um, nach dem wir als Kinder den Löwenzahn benannten, in eine *Pusteblume*, die beim kräftigen Hineinblasen ihre Kapseln freigibt und die dann als Fallschirmchen durch die Luft und langsam zu Boden segeln.

Diese Entdeckung flößte mir Vertrauen ein, nahm sie mir doch den Schrecken vor dem Tod, den ich als Kind durch das tragische Lebensende meiner Mutter miterlebt hatte.

Ich hatte durch diese Naturerlebnisse und -erfahrungen einen Einblick in mein Seelenleben bekommen, nicht auf dem Wege des Denkens, sondern des „Sehens", des Ahnens. Ich hatte erfahren, dass mein Blick auf außerhalb von mir Gerichtetes nicht vom Wollen oder Denken allein gelenkt wird, sondern von etwas, das von Innen her auf ihn wirkt und ihn steuert. Ich kam so ganz allmählich auf das, was ich später „meine innere Stimme" nannte.

Dieser inneren Stimme zu vertrauen, das hatte ich mir für die Zukunft auf mein Banner geschrieben. Der Löwenzahn brachte mich dabei ein gutes Stück voran.

Zwei abenteuerliche Sommercamps

In den achtziger Jahren war ich ein paar Mal Teilnehmer eines Sommercamps, bei dem wir nicht nur Gelegenheit bekamen, unseren Körper zu erfrischen, sondern auch den Geist und die Seele.

Das erste Camp, an dem ich teilnahm, war in den Isar-Auen südlich von München.

Hier sei nur schon vorweg erwähnt, dass der Name „Isar" von den Römern stammt, die diesen Fluss als „die Reißende" erlebt haben müssen, sonst hätten sie ihn nicht so genannt.

Als wir dort unser Lager aufschlugen, floss sie ruhig und träge dahin. Am Ufer lagen kleine und große runde Steine, stumme Zeugen und Objekte dieses Reißens.

Das Lager befand sich vielleicht zwanzig Meter von diesem Ufergeröll entfernt unter Weiden und Erlen. Morgens saßen wir im Kreis um ein kleines Feuer am Ufer, bereiteten ein köstliches Müsli und frühstückten in aller Ruhe und Friedlichkeit.

Danach bekamen wir eine Aufgabe. Ich erinnere mich noch, dass jeder von uns, es waren so etwa zehn Teilnehmer, erwachsene Männer und Frauen, ein rohes Ei in die Hand bekam und wir so, mit diesem zerbrechlichen Gegenstand einen halben Tag durch die Uferböschung und den dahinterliegenden Wald liefen. Wir hatten darauf zu achten, dieses Ei heil wieder zum Lager zu bringen. Das war gar nicht so einfach, denn der Leiter führte uns nicht etwa einen geraden Weg entlang, sodass es ein Spaziergang geworden wäre, nein, wir mussten uns bücken, durchschlängeln, hochkriechen, runterhangeln, und das immer nur mit einer Hand und diesem dünnschaligen Rohling in der anderen. Wir sollten durch diese „Übung" achtsam werden. Es spiegelte den Umgang mit uns selbst. Wir hatten vorher schon am Feuer über den Sinn dieses „Eierlaufes" gesprochen und jeder hatte Gelegenheit bekommen, darüber nachzudenken und auch zu sprechen, mit welchen Plänen und Ideen er oder sie die Zukunft gestalten wollte. Das Ei war also ein Symbol dafür, womit wir sozusagen „schwanger" gingen.

Bis auf eine Frau hatten alle das Ei unbeschadet zurückgebracht. Diese Frau weinte, als wir ums Feuer saßen und darüber sprachen, wie wir den Lauf empfunden hatten. Sie weinte deshalb, weil das zerbrochene Ei für sie ein Symbol für einen kurz zuvor durchgeführten Schwangerschaftsabbruch war. Wir badeten in der Isar, machten verschiedene Zeremonien, einmal eine Schwitzhütte, ein andermal abends ein riesiges Feuertippi, um das herum wir unbekleidet zu einer Trommel tanzten, bis wir vor Hitze glühten und in die Isar sprangen. Nachts schliefen wir zusammen unter einer großen, nach drei Seiten hin offenen Plane. Das ging so ein paar Tage, bis ich eines Nachts unruhig aufwachte und ans Ufer gehen wollte.

Ich kam jedoch nicht weit, denn unser Lager, das auf einer kleinen Anhöhe aufgeschlagen war, war aufeinmal völlig von Wasser umgeben.

Wir wussten, dass die Isar leicht angestiegen war, starke Regenfälle im Gebirge hatten ihre Wassermassen in diesen Fluss ergossen, die nun in Richtung München strebten. Eine regelrechte Flutwelle war unterwegs, von der wir jedoch nichts wussten. Ich weckte natürlich sofort den Leiter, der sich die Bescherung ansah und sofortigen Abzug anordnete. Das hieß für uns: mitten in der Nacht alles einpacken, Rucksäcke schultern und raus.

Der Leiter war aus dieser Gegend und wusste, was auf uns zukam. „Nehmt nicht alles mit, es muss schnell gehen, hängt die sperrigen Sachen, die ihr nicht unbedingt heute noch braucht, in die Bäume." Wir befolgten seinen Rat und zogen los. Schuhe brauchten wir nicht anzuziehen und die Hosen konnten wir auch einpacken, denn der ganze Auwald stand unter Wasser.

Aus der ruhigen Isar war die Reißende geworden, die hier im Wald zwar gebremst war, aber drüben im Flussbett ihre Gewalt zeigte. Wir wateten stellenweise bis zu den Oberschenkeln im Wasser durch die Landschaft.

Nach mühevollem Marsch erreichten wir die Anhöhe und fanden in der Nacht im Hause des Leiters Unterschlupf.

Am nächsten Morgen nahm der Campführer mich mit zum Ort des nächtlichen Geschehens, und da es warm war, beschlossen wir, noch einmal den Lagerplatz aufzusuchen. Wir hatten die große, eigens für diesen Zweck genähte Plane stehen gelassen und wollten sie nun holen. Aber mittlerweile war der Wald derart unter Wasser, dass ein Durchgehen nicht mehr möglich war. Kurzentschlossen zogen wir uns aus und schwammen durch die Gegend, durch die wir noch vor zwei Tagen gelaufen waren. Stellenweise reichten unsere Füße nicht mehr auf den Boden. Unterwegs sahen wir an Büschen, deren Spitzen noch über den Wasserspiegel ragten, Hunderte kleiner Käfer, die sich hierher gerettet hatten. Die Isar war ein reißender Strom geworden, der nicht nur Äste mit sich riss, sondern ganze Baumstämme entwurzelte und mit sich zog. Ich wusste aufeinmal, warum die *Isar* so heißt, wie sie von den Römern genannt wurde.

Ein anderes Sommercamp bescherte uns eine neue Überraschung.diesmal waren wir unterwegs mit zwei Schlauchbooten und auch diesmal führte die Isar Hochwasser, aber anders als beim letzten Mal, war dies gut für uns, denn wenn die Isar Niedrigwasser hat, ist sie mit Booten nicht überall befahrbar und ihre Strömung ist dann so schwach, dass man kaum vorwärts kommt.

Wir waren zu zehnt, jeder mit Rucksack und Tasche bepackt. An den Ausläufern des Karwendelgebirges, bei Vorderriss, pumpten wir die Boote auf, setzten sie zu Wasser, verstauten unser Gepäck, verteilten uns auf die Boote und ruderten los. Wo wir hin wollten, weiß ich nicht mehr, die Geschichte ist schon an die fünfzehn Jahre her. Die Bootstour sollte ungefähr eine Woche dauern.

Die Paddel brauchten wir nur zum Lenken, die Isar war hier zwar schmal, hatte aber eine starke Strömung, war sauber, grünlich blau und schäumte.

Eins von den Booten hatte ein winziges Loch. Wir fanden es nicht, aber es machte sich bemerkbar. So kam es, dass in dem Boot, in dem ich nicht saß, immer die Pumpe am Ventil hing und ab und zu bedient werden musste.

Ich weiß auch nicht mehr, wo „es" geschah, ich weiß nur noch, dass wir durch den Sylvensteinstausee paddelten, aus dem bei Niedrigwasser noch die Spitze des Kirchturms herausschauen soll, der damals nicht abgerissen wurde. An Bad Tölz kann ich mich auch noch erinnern, wo wir ausstiegen und auf einer Terrasse Kaffe und Apfelstrudel mit Sahne verzehrten. Aber was uns dann, irgendwo zwischen München und Bad Tölz zustieß, das weiß ich noch genau, denn der Wettersturz, der uns da überraschte, hat uns gelehrt, dass eine Bootsfahrt in dieser Gegend etwas anderes ist als eine vergnügliche Spazierfahrt. Es war sehr warm an diesem Junitag, wir Männer waren nur mit der Badehose bekleidet, die Frauen hatten die leichtesten Sommersachen an, die sie finden konnten. Das Überflüssige war in den Rucksäcken verstaut. Am frühen Nachmittag überraschte uns dieser Wettersturz aus heiterem Himmel mit orkanartigem Sturm, knallhartem Hagel und eisiger Kälte. Wir hatten gar keine Zeit mehr, uns dagegen zu schützen, wir mussten aufpassen, dass die Schlauchboote nicht gegen das Ufer geschleudert wurden, wo schon zwei zerfetzte größere Gummilappen im Gesträuch hingen. Die Strömung wurde reißend, wir verloren uns aufeinmal aus den Augen, das hintere Boot war verschwunden. Unser Boot stieß gegen einen querliegenden Baumstamm, die Strömung drehte es und drückte es gleichzeitig nach unten, wobei ein Paddel und ein Rucksack sich verabschiedeten.

Ich weiß nicht mehr, wie es kam, ich war jedenfalls mit dem Leiter dieser lustigen Bootsfahrt aufeinmal alleine. Ich glaube, der Rest sollte die anderen suchen und vor allem alles Gepäck in Sicherheit bringen, wir hatten das Gepäck aus unserem Boot inzwischen irgendwie an Land gebracht oder geworfen. Irgendwann konnten wir nicht mehr weiter und versuchten, mit dem Schlauchboot an Land zu gelangen.

Der Sturm war derart stark, dass es uns nur mit großer Mühe gelang, diesen luftgefüllten, großflächigen Windfang aus dem Wasser zu zerren. Nass und vor Kälte am ganzen Leibe bibbernd -ich hab noch nie in meinem Leben *so* gefroren-, taten wir das einzig Richtige in dieser Situation: wir drehten das Ding um und legten es uns schützend als Dach über den Kopf, den Boden schräg zum Sturm gerichtet. Erst jetzt kamen wir, nach dieser Aufregung, dieser Anspannung, zur Besinnung. Wir froren zwar noch, aber zitterten nicht mehr. Wir schauten uns an und mussten aufeinmal lachen, ein Augenblick, den ich nicht vergesse! Doch schon nach kurzer Zeit trieb es uns weiter. Wo waren die anderen, was war mit ihnen geschehen? So schleppten wir uns mit dem Boot zurück, was uns viel Kraft abverlangte.

Doch schon nach ein paar Hundert Metern sahen wir sie, alle unter einer Plastikplane hockend, die Zipfel festhaltend, dicht beieinander wie in einer Sardinenbüchse. Wir kamen näher und trauten unseren Ohren nicht, aber es war wirklich so: aus der Plane heraus klang Gesang zu uns, ja, sie sangen ein Lied! Kaum zu glauben, aber wahr. Wir befestigten irgendwie das Boot, wo das ihre war, weiß ich nicht mehr, und krochen zu ihnen unter die Plane. Keiner hatte sich umgezogen oder abgetrocknet, das war auch gar nicht nötig, denn unter der schützenden, durchsichtigen Haube war es warm und behaglich. Wir sangen die Lieder, die wir auf derartigen Camps gelernt hatten, der Leiter kannte eine Menge indianische Lieder in englischer Sprache, kurze, einprägsame Melodien, mit denen wir eine Stimmung erzeugten, die über diesen wütenden Himmel erhaben war. Der Fortlauf der Geschichte ist meiner Erinnerung entschwunden.

Ein Schrecken im dunklen Wald

Unter den vielen Wohnorten, in denen ich schon gelebt hatte, war auch einer, der am Rande der fränkischen Schweiz liegt, ziemlich dicht an einem Wald, der sich bis runter nach Nürnberg zieht.

Ich hatte damals schon kein Auto mehr und bewältigte das meiste mit dem Rad. Wenn ich nach Nürnberg fuhr, um in einem Hotel zu jobben, dann musste ich durch diesen Wald runter fahren, und nachts, wenn der Job zu Ende war, wieder rauf.

Es handelte sich bei dem Job um Bankettservice, und der, den ich an diesem Tag hatte, dauerte besonders lange und außerdem regnete es den ganzen Tag und die ganze Nacht. So gegen zwei Stunden nach Mitternacht verließ ich meine Arbeitsstelle und radelte durch Nass und Dunkel auf den Wald zu.

Eine Weile konnte ich noch auf dem Waldweg fahren. Ich hatte kein Licht am Rad, der Dynamo behinderte mich nur im Fahren, es hätte mir auch wenig genützt, ich kannte den Weg sowieso. Bald kam eine Wegstrecke, die anstieg, auf der ich bei trockenem Wetter aber immer noch fahren konnte.

Diesmal war der Weg jedoch so aufgeweicht, dass ich mein Rad schieben musste. Wie gesagt, es regnete nicht schlecht, der Wald war ziemlich dunkel, nirgends ein Laut, nur das Rauschen des Regens, dessen Tropfen weich auf den Waldboden fielen. Am Rande des Weges hatten sich Bäche gebildet, auch auf dem Weg selber.

Ich schob also in dieser nächtlichen Atmosphäre, umgeben von düsterem Wald und Regen, mein Rad Richtung Heimat, versunken in Gedanken, Betrachtungen von Erlebnissen und Bildern des Tages, mich trotz dieser schlechten Bedingungen der Umgebung geborgen fühlend. Plötzlich riss mich ein unheimliches Geräusch aus meinen Gedanken. Direkt neben mir, keine drei Meter entfernt, erklang ein lautes Gurgeln und Schlürfen, wie wenn ein Strudel neben mir entstanden wäre, ein Schlund sich geöffnet hätte, der alles, was um ihn herum ist, mit lautem Schmatzen in sich hineinsaugt. Wenn das letzte Badewasser aus der Wanne herausläuft, entsteht ein ähnliches Geräusch, nur war dieses hier hundert mal stärker.

Ich blieb stehen und lauschte, hörte aber nur mein Herz, das wie wild pochte, weil ich mich fürchterlich erschreckt hatte. Ich hatte in meiner Kindheit viele Märchen gelesen, und die meisten von ihnen spielten sich in einem Wald ab, in dem an einer besonders düsteren Stelle immer etwas Gruseliges geschah. Gruselig, ja, das war es hier aufeinmal. Ich wollte natürlich diesem gruseligen Geschehen auf die Schliche kommen und näherte mich ganz vorsichtig der Stelle, an der ich es vernommen hatte. Immer näher kam ich dem schreckenerregenden Ort, aber, -da war nichts. Ich blieb länger ganz ruhig stehen und spitzte meine Ohren, nichts, nur das leise Rauschen eines kleinen Wasserlaufes.

Aber im Dunkeln sah ich eine Anhäufung von Tannennadeln, Blättern und Ästen und davor floss das Wasser, ja, und dann fiel mir auf, dass das Wasser dahinter gar nicht weiterfloss. Hier, an dieser Stelle muss es geschehen sein, hier muss etwas sein, dass dieses schreckliche Geräusch verursacht hat, und dann, nach einer Weile, kam mir plötzlich die Erleuchtung und erleichtert schob ich mein Rad weiter durch den Wald und die Nacht und träumte später von Geistern, die mich fortgerissen hätten.

Da waren keine Geister am Werk, sondern der Wasserlauf, der an dieser Stelle in der Erde verschwand, also unterirdisch weiterfloss, war durch die Blätter, Nadeln und Äste verstopft, sie bildeten einen kleinen Damm, vor dem sich das Regenwasser aufgestaut und einen kleinen See gebildet hatte. Der unterirdische Teil war jetzt leer, weil kein Wasser mehr nachfloss. Durch den Druck des aufgestauten Wassers gab der Damm nach, und alles Wasser floss miteinmal in diese Öffnung, die ziemlich groß gewesen sein muss, denn das Geräusch war ziemlich kurz, dafür aber um so gewaltiger.

Diese Erklärung schien mir plausibel und beruhigte mich, so dass ich nicht gezwungen war, doch noch an Geister zu glauben. Der Wald ist nicht gefährlich, die meisten Gefahren lauern in unseren Köpfen.

Der erste wirkliche Kuss

Mehr als dreißig Jahre liegen zwischen meinem ersten gescheiterten Versuch, einem geliebten Mädchen einen Kuss zu geben und meiner gestrigen (1989) Berührung zarter weicher Lippen mit meinem Mund.

Mein Freund war damals schon reifer als ich, was heißt reifer, ich war ja noch unreif, gerade mal vierzehn geworden, er hatte schon seine ersten kleinen, heißen Liebesabenteuer hinter sich, ich hingegen träumte von ihr, meiner Geliebten, sah voller Sehnsucht ihr hübsches, liebes Gesicht, holte es in meinen Träumen ganz dicht an mich heran und fieberte danach, es zu liebkosen, zu berühren, es immer wieder zu sehen, festzuhalten, nie mehr loszulassen.

Jedoch war ich unfähig, außer glühend heißen Liebesbriefen, die ich voller Spannung bei günstiger Gelegenheit -etwa bei gemeinsamer Straßenbahnfahrt zur Schule- dem geliebten Mädchen überreichte, meinem inneren Drang nachzugeben

Eines Tages, beim Überreichen eines solchen Liebesbriefes, den ich in einer Streichholzschachtel verborgen hatte, berührte ich ohne bewusste Absicht ihre Hand. Ein heißer, blitzartiger Strom wohligen Gefühls durchfloss von der Stelle der Berührung meinen ganzen Körper und hielt mich noch lange danach in Erregung.

Es war nicht nur Begehren, dass mich eines Abends zu ihr trieb und mich auf den Klingelknopf ihrer Wohnung drücken ließ, nachdem ich mich durch langes Warten an der Straßenecke und Heraufblicken zu ihrem Fenster ihrer Anwesenheit versichert hatte. Ich hatte mit meinem Freund gewettet, dass ich ihr heute einen Kuss geben würde. Ich wollte etwas tun, was alle tun, wenn sie verliebt sind.

Ich klingelte also. Damit hatte ich den Anfang von meinem ersten Kuss eingeläutet und gleichzeitig auch sein Ende.

Sie kam herunter, ich vernahm deutlich ihre Schritte und mit jedem ihrer Schritte wurde mein Herz kälter. Mir war, als müsste ich etwas tun, das ich gar nicht tun wollte, als müsste ich dem Befehl gehorchen, ein Mädchen zu küssen, damit ich zu denen gehöre, die es schon getan hatten.

Als sie die Türe öffnete, grüßte ich und schwieg verlegen. „Was willst du?", fragte sie nüchtern. „Ich will dich küssen", gab ich mein Vorhaben preis, blieb aber wie angewurzelt stehen. In meinem Innersten wollte ich gar nicht, ich *sollte*. Mein Verlangen, mein heißes Begehren war es nicht, das mich hierher getrieben hatte, sondern ein Ehrgeiz. Ich stillte lieber meine Sehnsucht in Träumen.

So blieb es bei dieser Unbeweglichkeit. Was sie sagte, weiß ich nicht mehr, was wir danach an der Oberfläche austauschten, war wohl kurz und peinlich, danach verdrückte ich mich wie ein geprügelter Hund mit eingezogenem Schwanz.

In meiner Dummheit, Unfähigkeit und Unreife hatte ich gewagt, Anlauf zu nehmen, um in ein Becken zu springen, in dem noch gar kein Wasser war.

Zwischen diesem und dem gestrigen Kuss liegen dreiunddreißig Jahre. Ich spreche hier nicht von Küssen, die ich später, nach einer langen Zeit des Erwachens mit Geliebten austauschte, während wir im Bett unsere Spielchen machten, sondern diesen gestrigen Kuss gab ich einer Frau, die ich auf einem mehrtägigen Therapier-Seminar kennenlernte. Sie war mit ihrem Freund gekommen, aber der störte mich nicht. Ich sah diese Frau danach auch nie mehr wieder, aber diese Berührung ihrer Lippen mit den meinigen war von mir gewollt.

Wir waren gerade fertig mit einer Entspannungsübung und lagen noch alle auf dem Boden. Wie ein Zen-Bogenschütze, der sein Ziel sieht, es ins Auge fasst, mit ihm verschmilzt und abdrückt, habe ich gestern mein Ziel -die Lippen dieser Frau -anvisiert und mit meinen Lippen getroffen. Ich fragte nicht, ich tat es einfach, ohne Zögern, Gewissheit lenkte mich. Ich ging zu ihr hin, legte mich neben sie, beugte meinen Kopf über den ihren und küsste sie. Es war ein zarter Kuss, eine sanfte Berührung eines überraschten und doch entspannten, hingegebenen Mundes, ein Kuss ohne bewussten Plan, ohne Verstand, ein Kuss aus Zuneigung, Dankbarkeit und Achtung und einem Hauch von Erotik. Ich spürte eine Befriedigung, wie ich sie nie zuvor erlebt hatte.

Zwischen diesen beiden Kusserlebnissen liegen Jahre und viele Berührungen weiblicher Lippen, wollüstige, innige, zärtliche, gierige. Aber erst bei dem jetzigen Kuss hatte ich das Gefühl, als sei ich die ganzen Jahre seit dem naiven, misslungenen Versuch von damals über einen langen Umweg endlich an ein Ziel gekommen.

Eine seltsame Radtour

Im Schloss-Hotel Hugenpoet, was soviel wie „Krötenpfuhl" heißt, einem im damaligen Ruhrgebiet sehr renommierten First-Class Betrieb, verbrachte ich meine Zeit als Kellnerlehrling und Volontär für verschiedene Sparten. Die Arbeits- und Lebensbedingungen waren 1963, gemessen an den heutigen, miserabel. Wir arbeiteten vertraglich 54 Stunden die Woche, meist waren es mehr, hatten nur einen freien Tag, „Ausgang" genannt, mussten den Besitzer mit „Patron" anreden und als Lehrling im ersten Jahr bekam ich 25 DM Lehrlingslohn, bei freier, meist Spaghetti-Kost und Logis in einem ehemaligen Pferdestall mit darüber liegenden Zimmern für die Knechte, die wohl damals auch, wie wir, zu dritt in einem kleinen Raum „wohnten".

Trotzdem, es machte mir Spaß, zu lernen und durch besondere Aufmerksamkeit so manch schönes Trinkgeld hinzuzuverdienen. Wir hatten wenig Freizeit, und selten an einem Sonntag Ausgang.

An einem solchen Sonntag war es, als wir abends von einem Lokalbesuch schon ziemlich angeheitert mit unseren Rädern zum Ruhr-Stausee fuhren. Dort befand sich auch ein kleiner Bootssteg, den man auch als Sprungbrett hätte bezeichnen können. Angetrunken wie wir waren, kamen wir auf Schnapsideen. Ich tat mich da besonders hervor und schloss mit den anderen eine Wette ab, dass ich es wagen würde, mit dem Rad über diesen Steg ins Wasser zu fahren, so, wie ich war, mit allen Klamotten am Leib.

Ich weiß nicht mehr, um was die Wette ging, aber die anderen schlugen ein, ich schob mein Rad ein Stück vor den Steg, nahm Anlauf, sprang drauf und fuhr auf das Brett. Nach ein paar Metern landete ich im Wasser, ich blieb oben, das Rad versank. Meine Kleidungsstücke saugten sich voll, aber da der Weg zum Ufer nicht weit war, schaffte ich es bis dahin, kroch an der Böschung hoch und schrie nur ein Wort: "Gewonnen". Die anderen beglückwünschten mich. Nass, wie ich war, nahm mich einer hintendrauf, und so fuhren wir zu unserem Hotel. In unserer Bude angekommen, kleidete ich mich um.

Jetzt war aber mein Fahrrad weg, wie sollte ich es da aus dem Stausee wieder raus fischen? Da war guter Ra(d)t teuer, aber am nächsten Morgen sprach ich einen von den Stauseefischern an, für die dieser Steg gemacht war und bat ihn, mir zu helfen, Besoffene hätten mein Rad an der und der Stelle in den See geschmissen. Er half mir mit einem alten Anker, den wir solange an der Stelle des Tatortes über den Boden zogen, bis irgendein Teil daran hängen blieb und endlich mein triefender Drahtesel zum Vorschein kam. Als ich dem Mann etwas Geld und meinen besonderen Dank entgegengebracht hatte, stieg ich auf, -das Licht brannte sogar noch-, und fuhr heim.

Noch lange sprachen wir davon und lachten über meine „Heldentat".

Ein besoffener Baron

In einem anderen Betrieb, den mein damaliger Chef im Schwarzwald aufgebaut und zu dem er mich als Allroundkraft engagiert hatte, erlebte ich eine Szene, die zu meinem bisher größten Trinkgeldbetrag führte:

Es war schon spät am Abend, das Restaurant war leer, als noch ein angetrunkener Herr durch die Tür in den Gastraum trat, seinen Mantel aufhängte und sich auf eine Bank setzte. Er bestellte eine Flasche Champagner, bekam sie und trank sie ziemlich schnell leer.

Einer von *der* Sorte verträgt viel, weil er es gewöhnt ist. Es war der Baron von ...., dessen fürstliche Linie ein großes Schloss besitzt. Die Mitglieder dieser Fürstenfamilie werden alle Nasen lang von der Regenbogenpresse durchgehechelt.

Als er eine neue Flasche bestellte, mussten wir feststellen, dass diese Sorte „aus" war. Aber wir wussten uns zu helfen. Betrunken, wie der ist, merkt der doch den Unterschied zwischen zwei ähnlichen Sorten nicht mehr, dachten wir und vertauschten die Etiketten, die wir im Wasser abgelöst hatten, servierten ihm die neue Sorte im „alten Schlauch" wieder in einem Sektkühler, wie das sich gehörte, und der noble Herr trank und trank.

Irgendwann musste er ja mal zur Toilette. Dies war mein Augenblick! Ich rannte zu der entsprechenden Tür und hielt sie dem mittlerweile schon schwankenden Baron auf. Großzügig, wie diese Herren zu Kellnern sind, wenn diese sie zuvorkommend behandeln, griff er in die Brusttasche seines Anzuges und steckte mir einen Schein in die Hand, den ich mit meiner versteckten Gier sofort als 50 DM erkannte.

Als er seinen Champagner ausgetrunken hatte, beglich er die Rechnung mit einer runden Summe, bei der für mich genau noch einmal 126 DM an Trinkgeld übrig blieben. Ich half diesem Idioten natürlich eifrig in den Mantel und rannte dann zur Tür, um diesem Trottel und Verschwender aufs Freundlichste zu danken und ihn zu verabschieden. Am nächsten Tag kaufte ich mir von diesem unverdienten Geld einen Schallplattenapparat, den ich mir sonst nicht hätte leisten können.

Für diese Sorte von Menschen habe ich nur Verachtung übrig, die ich aber geschickt hinter einem freundlichen Wesen zu verbergen gelernt hatte.

Ich werde verhaftet

Lange Jahre lebte ich während meiner Studentenzeit in Berlin. Das war kein Studium im ordentlichen Sinne, das ich da absolvierte, das war Ausbildung im Widerstand und Organisierung in politischen Gruppen, die sich die Revolution aufs Banner geschrieben hatten.

Ich lernte eine völlig andere Art der Geschichtsbetrachtung, erfuhr viel über den Widerstand, den seit Hunderten von Jahren die sich stets wandelnde Klasse der Abhängigen gegen die Herrschaft geleistet hatte und träumte, wie viele, von einer Gesellschaft, in der es keine Klassenunterschiede gäbe. Ich war nicht nur Theoretiker, sondern hatte Berufsjahre hinter mir, an denen ich ganz konkret messen konnte, was Ausbeutung ist.

Die Tussi von unserem Hotelbesitzer, für den ich damals arbeitete, fuhr in einem schicken Porsche vor, toll frisiert, gut gestylt, schnupperte hier, naschte da, und wenn sie einmal mithalf, dann tat sie das ohne Geschick, einmal war es ihr sogar beim Aufbau eines Kuchenbuffetts gelungen, den langen, weit ausgezogenen Tisch, dessen Beine in der Mitte eng beieinander waren, einseitig so mit Torten zu belasten, dass das ganze Ding auf der Seite runterkippte, wo sie gerade die letzte Torte hingestellt hatte. Sie schrie, und wir konnten uns das Lachen kaum verkneifen, wie sie da vollgekleckert mit Sahne und Obst versuchte, den Tisch zu halten.

Damit wollte ich nur andeuten, dass *wir* gearbeitet und „die" gelebt haben, und zwar nicht schlecht. Ich hab an anderer Stelle beschrieben, welche Bedingungen dort für uns herrschten.

Der Leitgedanke, aus dem heraus ich die Kraft für meine Rebellion bezog, entwickelte sich aber nicht alleine aus dieser Erfahrung, von denen später viele ähnliche hinzu kamen, sondern aus einer Grunderfahrung, die ich gemacht hatte und immer noch mache:

Bei jeder Erhöhung von irgendwelchen Tarifen, Lebensmitteln, Konsumgütern jeglicher Art, Miete, was auch immer, können diejenigen, die ein Unternehmen, einen Betrieb oder ein Geschäft ihr eigen nennen, Mietwohnungen besitzen oder vermietbare Güter, die Preiserhöhung, die auch sie betrifft, immer auf ihre Produkte, Dienstleistungen oder die Miete abwälzen und dies mit eben den gestiegenen Kosten begründen.

Aber all die, die nichts dergleichen besitzen und nur vom Verkauf ihrer Arbeitskraft leben, können nicht einfach sagen: Hey, Chef, meine Lebenshaltungskosten sind gestiegen, ich muss den Preis meiner Arbeitskraft (den Lohn) erhöhen. Der wird ihnen was anderes erzählen. Und so ist es wie im Sprichwort: den letzten beißen die Hunde.

Die persönlichen Erfahrungen, zusammen mit dieser Grunderfahrung, waren der Motor für meinen Kampf um eine „bessere Welt".

Nun kann man ja nicht einfach gegen irgend eine abstrakte herrschende Klasse kämpfen, sondern muss ein ganz konkretes Ziel haben. Eines dieser Ziele, auf das wir es abgesehen hatten, war die schon wieder einmal in Aussicht gestellte Fahrpreiserhöhung der Berliner Öffentlichen Verkehrsbetriebe.

Schüler, Studenten und die ärmeren Schichten der Berliner Bevölkerung ärgerten sich darüber, und als „Vorhut der Arbeiterklasse", wie wir uns selbstherrlich nannten, sahen wir es als unsere Aufgabe an, diese Schar von Unzufriedenen, die selber schon eine Demonstration dagegen angemeldet hatten, im Kampf ganz langsam an die Revolution heranzuführen. Wir druckten also Plakate, die zu dieser Demonstration aufriefen, aber in unsere politische Richtung wiesen.

Nun sah der Senat, der „Vater" dieser Preiserhöhung und zugleich Zielscheibe des Widerstandes, eine Erhöhung durchaus als gerechtfertigt an und verbot kurzerhand das Plakatieren an öffentlichen Gebäuden.

Wir sahen das kommen und machten uns abends in der Dunkelheit, ausgerüstet mit einem Kleistereimer und Pinsel ans Werk. Die Gruppe, der ich zugeteilt war, sollte den U-Bahnhof Nollendorfplatz bekleben. Einer schob Wache, er hielt Ausschau nach möglichen Spitzeln, die gewöhnlich bei solchen Aktionen um die betreffenden öffentlichen Gebäude unauffällig herumschlichen.

Okay, alles klar, niemand zu sehen, kam das Zeichen von unserem Wachposten, aber, kaum hatte ich das Plakat an die schon bekleisterte Wand gepappt, als von der Seite her ein unscheinbarer junger Mann angerannt kam, mich packte, mir Handschellen anlegte und mich zu seinem Auto zerrte. Die anderen waren mittlerweile verschwunden, was sollten sie auch anderes tun, als sich in Sicherheit bringen, helfen konnten sie mir nicht.

Der Typ tatschte mit nach Waffen ab, bugsierte mich in sein Auto, wobei ich ihm nicht gerade behilflich war und fuhr zu seinem Revier. So kam es, dass ich für ein paar Stunden in irgend einer Zelle landete, in der schon andere hockten, die auf ähnliche Weise das Schicksal ereilt hatte.

Die Berliner Polizei war damals ziemlich hochgepuscht worden, weil sogenannte „autonome Gruppen" sich unter jede Demonstration mischten und versuchten, die Polizei mit Steinen und dergleichen anzugreifen. Sie hatten einen persönlichen Hass gegen „die Bullen", einer ihrer Slogans war: „Haut die Bullen platt wie Stullen".

Der Senat wiederum freute sich, wenn diese Gruppen der Polizei Anlass gaben, eine Demonstration zu zerschlagen, konnte er doch nachweisen, dass es sich bei der Demonstration um Elemente handelte, die nichts mit der friedliebenden Bevölkerung zu tun haben.

Die Polizei hatte durch die ständigen Kämpfe keinen Überblick, wer wozu gehörte und schor alle über einen Kamm. Sie war für mich nicht mein Freund und Helfer, sondern Handlanger des Senats, sie hatte die undankbare Aufgabe, für diesen die Suppe auszulöffeln, die er sich, wie hier mit der Fahrpreiserhöhung, eingebrockt hatte.

Ich wurde von diesen Staatsdienern in Uniform als solch ein Teil der Suppe angesehen und bekam wegen unerlaubten Plakatierens, wegen Sachbeschädigung und *wegen Widerstands gegen die Staatsgewalt*, den ich gar nicht geleistet hatte, eine Geldstrafe verpasst, die ich jetzt zusätzlich zu den erhöhten Tarifen der öffentlichen Verkehrsmittel noch zu zahlen hatte.

Wassertreten

Vor langer Zeit, fast schon in einem früheren Leben, arbeitete ich als Kellner in einem Kneipp-Hotel. Nein, nicht in einem Hotel mit einer Kneipe, sondern mit einem Kneipp-Bad, in dem sich Hotelgäste gleichzeitig den kalten Güssen nach Pfarrer Kneipp hingegeben konnten.

Dazu gehörte auch ein Wassertretbecken, das gerade mal eine Handbreit über die Fußknöchel reichte.

Das Hotel hatte eine Weinstube, in der ich bediente. Nun ergab es sich, dass wir eines schönen Tages geschlossen hatten, ich weiß nicht mehr, warum, vielleicht hatte die Chefin Geburtstag. Egal, es fand sich eine kleine geschlossene Gesellschaft ein, die aus irgendeinem Grunde feierte. Ich bediente und durfte mitfeiern, d.h., mittrinken.

Ich weiß noch genau, wie schwer es mir nach einer gewissen Zeit fiel, die Öffnung der in einer Vorrichtung hängenden Weinkaraffe -ich glaube, so ein Ding nennt man „Faulenzer"- beim Nachfüllen aus einer Weinflasche zu treffen. Ich schwankte, meine Hand schwankte, der Flaschenhals tat selbiges.

Ich versuchte, mich zusammenzureißen, allein, es ging nicht, es ging daneben. Alle lachten, ich war so dazwischen, weil es mir ja auch peinlich war.

Mittlerweile war die Gesellschaft sehr fröhlich. Mir nahm niemand meinen Schwips übel, ich fühlte mich mehr und mehr zugehörig zu den Feiernden.

Aufeinmal kam irgendwer auf die Idee, jetzt nach Kneippscher Art Wasser zu treten. Stühle wurden gerückt, es wurde gelacht, einer krempelte sich schon die Hosenbeine hoch...

Ich sollte mitkommen. So zogen wir also johlend hoch in die Kuretage. Schuhe und Strümpfe aus, Hosenbeine hoch-, Nylons runter und rein ins Vergnügen!

Hu! Erst mal kühlte das Wasser unsere erhitzten Gemüter ab. Es wurde Wassergetreten, die Füße wurden genau nach Vorschrift eingetaucht, es wurde geschritten, wie es ein Storch tut.

Bald wurden die Schritte lockerer, der Fuß wurde nicht mehr angehoben, sondern durchs Wasser gezogen, dann wurde hier und da ein wenig gespritzt und schließlich artete das Ganze in eine ziemliche Wassertreterei aus, die bis zum knie reichte, wo die Hose aufgerollt war und der Rock anfing.

Da ich mich hervortun wollte, trieb ich es besonders toll. Der Weingeist muss meine Handlungen von meiner Vernunft ab- und an eine Quelle angekoppelt haben, die mir schleierhaft war, vielleicht trieben mich eine besondere Vorliebe für Wasser oder ein Sauberkeitszwang, nicht nur mit den Füssen durchs Wasser zu latschen, sondern mit den Knien und kurze Zeit später auf dem Bauch liegend mit angedeuteten Schwimmbewegungen das niedrige Gewässer zu durchtoben.

Mittlerweile waren alle anderen lachend, schreiend, grölend geflüchtet und schauten zu, wie ich, -endlich mal im Mittelpunkt des Geschehens- mitsamt meiner Kleidung eine sogenannte Kneipp'sche Wasser-Ganzkörper-Tretkur absolvierte.

Die Torten rutschen

In meiner Lehrzeit im Bankettservice und als Volontär für verschiedene andere Sparten im Schloss-Hotel XY..bei D... erlebte ich einen klassischen Blondinenwitz live:

Jeden Sonntag mussten wir ein großes Tortenbuffet aufbauen, von dem die Gäste sich ein Stück Kuchen heraussuchen konnten, welches wir ihnen dann servierten.

Der Aufbau war nicht ganz unproblematisch, denn der Tisch, der zur Aufnahme von etwa 30 Torten und entsprechendem Geschirr diente, hatte es in sich:

Es handelte sich bei diesem Tisch um einen sogenannten Ausziehtisch. Er stand, wie andere Tische auch, auf vier Beinen. Aber er hatte auf jeder Seite *zwei* Ausziehplatten. Dadurch war er nicht so stabil wie ein gewöhnlicher Ausziehtisch

Die Frau unseres obersten Chefs, des Hotelpächters, war eine unerfahrene Blondine. Nein, ich habe nichts gegen Blondinen, aber sie hatte unserer Meinung nach keine Ahnung von der Arbeit im Hotel. Sie konnte zwar gut den roten Porsche fahren, und auch schick durch den Raum stöckeln, aber durch ihre Einmischungen zog sie sich nur unseren Spott zu. Sie war zwar lieb, aber passte für unsere Begriffe überhaupt nicht in die Rolle einer Chefin.

Nun gut, an diesem Sonntagnachmittag, als wir den Tisch ausgezogen hatten, begannen wir also mit dem Aufbau der Torten. Wir mussten sie aus der Patisserie heraufholen, der Patissier hatte sie selbst hergestellt.

Wir wussten, dass wir mit dem Aufbau in der Mitte, also auf der Haupttischplatte beginnen mussten. Erst wenn diese Platte voll war, konnten wir links und rechts gleichmäßig anbauen.

Die Frau unseres Chefs nun hatte es sehr eilig mit dem Aufbau und half deshalb höchstpersönlich mit. Sie rannte treppauf, treppab und schleppte Torten herbei, die sie aber nicht, wie wir, an den strategisch wichtigen Positionen absetzte, sondern da, wo's am schnellsten ging: am äußersten Rand der zweiten Ausziehplatte.

Es kam, was kommen musste: gerade, als sie wieder eine Torte absetzte, kippte der Tisch langsam auf der anderen Seite hoch; sie schrie, aber dadurch ließen sich die Torten auch nicht aufhalten, sie befanden sich schon auf der Rutschpartie…

Ente à la presse

Au verdammt, da bin ich aber in ein Fettnäpfchen getreten! Als ich noch auf dem Kolleg das Abitur nachholte, hatte ich das Bedürfnis, meinen Patenonkel zu besuchen. Ich hatte ihn als einen lieben Menschen in Erinnerung, der mir, als ich noch zu Hause lebte, immer schöne Geschenke machte. Ich hatte ihn aber seitdem nie mehr gesehen.

Als ich herausgefunden hatte, dass er einer Heilanstalt im Norden Deutschlands vorsteht, nahm ich wieder Kontakt zu ihm auf und fragte an, ob ich in eben dieser Anstalt für ein paar Wochen als Hilfspfleger arbeiten dürfe. Er freute sich sehr über mein Anliegen und sagte zu.

Über die Arbeit dort möchte ich hier nicht schreiben, wohl aber über ein peinliches Erlebnis, dass ich eines Abends hatte, als wir zusammen zu Tisch saßen.

Ich bildete mir ein, ein vornehmer Mensch zu sein, mich zumindest in den Speisegewohnheiten der besseren Schicht auszukennen. Ich hatte ja schließlich in einem First-Class Hotel-Restaurant gelernt. Dort herrschte französische Küche vor, die Speisen auf der Karte trugen zum größten Teil französische Namen.

Es gab da auch ein Gericht, das sich „Canard à la presse" nannte und mit einer großen, silbernen Presse am Tisch des Gastes zubereitet wurde. Ich hatte nur einmal bei dieser Zubereitung zugesehen, sie war sehr aufwendig, und da ich assistieren musste, war ich mehr mit Darreichungen beschäftigt, als mit Zuschauen, sodass ich den Vorgang selbst nur flüchtig beobachten konnte und heute nicht mehr weiß, was da genau ablief. Jedenfalls wurde die Ente schraubstockartig ausgepresst.

Da ich zu dieser Zeit noch sehr mit Minderwertigkeitskomplexen behaftet war, erzählte ich gerne überall von diesem Erlebnis, um zu zeigen, dass ich nicht nur in einer gewöhnlichen Gaststätte gearbeitet habe, sondern in einem vornehmen Restaurant. Das wertete mich in meinen Augen vor den Zuhören auf. Auch konnte ich mit der Schilderung gleichzeitig kundtun, dass ich des Französischen mächtig bin.

Nun gut, mein Patenonkel hatte diese Minderwertigkeitskomplexe nicht, er *war* vornehm.

Wir saßen also zu Tisch bei ihm, es gab Krabben mit Salat und Mandarinenstückchen in einem Cocktailglas zur Vorspeise. Um zu beweisen, dass ich mich in solchen Vorspeisen auskenne, begann ich, von meiner Erfahrung in diesem Hotel-Restaurant zu erzählen und kam auch auf diese gepresste Ente zu sprechen.

Das französische Wort für Ente lautet „canard". Aber zugegeben, klingt Ente nicht auch irgendwie französisch, wenn man es französisch ausspricht?

Wie dem auch sei, als ich mit eben diesem Gericht so richtig schön angeben wollte, fiel mir der Ausdruck „canard" nicht ein und ich sagte statt dessen: „ente á la presse", wobei Ente dann so ähnlich klang wie ongt, nur mit einem angedeuteten „g" dazwischen.

Ich hatte meinen Fehler erst gar nicht bemerkt, aber auf einmal fiel er mir ein, und da war es zu spät.

Die Familie meines Patenonkels überging höflich das Fettnäpfchen, in das ich feste hineingetreten war, und ließ sich nichts anmerken, aber ich fühlte mich unten durch und habe mir diesen Fehltritt nie verziehen. Das ging soweit, dass ich nach Abschluss meines Jobs mich dort nicht mehr blicken ließ.

So kann's gehen, wenn man sich einbildet, besser zu sein, als man ist.

Multifunktionsgerät

Auf unseren vorherbstlichen Spaziergängen durch den Klever Reichswald sammelten wir als Kinder mit unseren Eltern oftmals Blaubeeren. Jeder hatte ein kleines Gefäß mit und wenn das voll war, wurde alles in eine Zwei-Liter Aluminium-Milchkanne geschüttet. Wenn die und unsere Mägen gefüllt waren, dann gingen wir nach Hause. Am nächsten Tag gab's dann Blaubeeren in Milch.

Die Kindheit ist vorbei, aber das Blaubeersammeln ist geblieben.
Als ich noch mit meiner Schwester in einem Berliner Studentenheim wohnte, fuhren wir einmal raus in ein großes Waldgebiet, um diese schönen, saftigen, blauen Beeren zu sammeln. Da kam eine ganze Menge zusammen, und wir freuten uns schon auf den Saft, den wir diesmal daraus machen wollten.

Wenn unsere Mutter früher Saft aus irgendwelchen Früchten für Gelee pressen wollte, wurde ein Stuhl verkehrt herum auf einen anderen Stuhl gestellt, ein mit den Früchten gefülltes Kopfkissen mit je einem Ende an den Stuhlbeinen befestigt, und dann wurde das Kissen solange gedreht, bis aller Saft herausgepresst war. Allerdings darf man dabei nicht so stark drehen, dass das Kopfkissen platzt, das habe ich nämlich auch schon erlebt, und dann kann es gewaltig spritzen.

Diese Methode war, wenn sie richtig angewandt wurde, sehr erfolgreich, aber doch kräftezehrend und arbeitsaufwendig.
Meine Schwester und ich wollten uns diesen Aufwand ersparen und überlegten deshalb, wie wir das Herauspressen vereinfachen könnten.
Im Keller des Studentenwohnheimes befand sich auch ein Waschraum. Darin standen zwei Waschmaschinen und eine Schleuder. Dämmert's schon? Genau, wir dachten an die Schleuder!
Aber wie das Zeugs da hinein tun? Mit Kopfkissen? Lose? Wir überlegten: wenn wir die Beeren in ein Kopfkissen packen, dann kann es geschehen, dass die Trommel nicht zentriert schleudert, sondern wie wild herumschlägt.

Also kurzentschlossen mit den Blaubeeren in den Waschraum gestiegen, die Schleuder gesäubert und die Waldfrüchte reingekippt.
Natürlich vergaßen wir nicht, einen Auffangbehälter unter den Auslauf zu stellen.
Als wir die Schleuder anschalteten, kamen auch bald die ersten Safttropfen herausgelaufen.

Wir warteten solange, bis der letzte Tropfen vom Ablauf heruntergefallen war und öffneten dann die Trommel, um den trockenen Fruchtklumpen zu entnehmen und zu entsorgen.

Nein, der Saft schmeckte nicht nach Waschlauge, er war köstlich und wir waren froh, diese Methode entdeckt zu haben. Warum soll man eine Wäscheschleuder nur zum Schleudern von Wäsche benutzen? Ich war schon immer ein Anhänger von Multifunktionsgeräten.

Ob der nachfolgende Benutzer der Schleuder irgendwelche Blaubeerspuren auf seiner vielleicht weißen Wäsche vorgefunden hat, weiß ich nicht, wir hatte sie so gut wie möglich auch hinterher gereinigt und tranken in den folgenden Tagen genüsslich den dunkelvioletten Saft.

Das verlorene Zicklein

Ich erzählte schon öfter von meiner kleinen Hütte in den Pyrenäen. Um diese Hütte herum innerhalb eines sehr großen Haselnuss- und Eschenwaldes, der mit viel Dornengestrüpp und Farnkraut durchsetzt war, weideten Gustaves Rinder und die Ziegen von Sonja und ihren Kindern. Die Rinder blieben das ganze Jahr über draußen, selbst in meterhohem Schnee, die Ziegen dagegen wurden jeden Abend eingesammelt, weil sie gemolken werden mussten.

Soweit ich mich erinnere, wurde der Bock im Herbst zu den Ziegen gelassen, damit diese im Frühjahr ihre Jungen gebaren. Es war dann in dieser Zeit immer und überall dieses hohe ziegenkindliche Gemeckere zu hören, das von der Mutter beantwortet wurde. Nach ein paar Tagen entfernte sich schon mal so ein Kleines von der Mutter und dann gestaltete sich das Einsammeln der Schar doch etwas schwieriger.

Wie ich so in meiner Hütte saß, kam eines der Kinder von Sonja aufgeregt zu mir herein, sie hätten ein Junges nicht gefunden und ich solle doch mal lauschen, ob ich nicht etwas höre.

Die Jungen brauchen ja ständig die Milch ihrer Mutter, wenn sie die einmal nicht bekommen, können sie's noch verkraften, aber einen ganzen Tag lang oder sogar noch eine Nacht dazu? Dann ist so ein Kleines vielleicht zum Tode durch Entkräftung verurteilt und den Füchsen ausgeliefert.

Das Junge war nun schon eineinhalb Tage überfällig, ich war nicht gleich am ersten Tage benachrichtigt worden, weil sie noch lange gesucht und ihre Hoffnung auf den nächsten Tag verschoben hatten. Jetzt war es Abend, der Mond gab nur schwaches Licht, er war hinter Wolkenfetzen verschwunden. Es war still, von unten war das Rauschen des Baches zu hören, hin und wieder piepste es im Gebüsch, auch Käuzchen riefen zuweilen.

Ich saß draußen auf einem abgesägten Baumstück an meinem Steintisch und lauschte in die Abendstimmung hinein. Ab und zu ging ich in die Hütte, um das Kaminfeuer zu unterhalten, dann lauschte ich wieder in den Wald.

Da, nach vielleicht zwei, drei Stunden, hörte ich etwas. War das das Zicklein? Meine Ohren konzentrierten sich auf die Richtung, aus der das Geräusch gekommen war. Da, schon wieder, ja, eindeutig die junge Ziege!

Ich war ganz aufgeregt, ich freute mich jetzt schon darauf, Sonja, der Besitzerin der Ziege, mitteilen zu können, dass ich es gefunden hätte. Aber ich hatte es ja noch gar nicht!

Wie konnte ich es finden? Ich musste die Richtung genau bestimmen, hatte auch keine Taschenlampe und es war ganz schön weit weg! Als das Junge noch einmal kläglich jammerte, hatte ich mir grob die Richtung gemerkt und marschierte darauf zu. Aber es jammerte nicht immer, und dann musste ich warten.

Ich eilte, stolperte und holperte durch wild wucherndes Brombeergestrüpp, über Grashuppel und Farnbüschel, wartete wieder, bis dieses erbärmliche Hilfegejammer des Zickleins erklang, korrigierte die Richtung, wartete wieder, lief ein Stück weiter, bis ich sicher war: Hier in der Nähe muss es sein! Und zwischendurch rief ich immer wieder, um ihm anzuzeigen, dass es nicht alleine sei und jemand kommt, um es da herauszuholen: „ich bin gleich da, beruhige dich, ist ja gut!"

Ich sag's vorweg, es hatte sich im Dornengestrüpp verfangen und kam weder vor noch zurück. Schließlich hatte ich mich durchgekämpft.

Und dann sah ich es, es war ja weiß und hob sich vom dunklen Gestrüpp durch seine Farbe ab. Als ich ganz dicht bei ihm war, verhielt es sich ganz ruhig, es fühlte wohl, dass Rettung nahte, ich berührte es mit einer Hand, streichelte über seinen Rücken, zog es aus dem Gestrüpp, nahm es auf den Arm, redete ihm gut zu, immer wieder und machte mich auf den Rückweg, der nicht mehr so beschwerlich war, denn ich fühlte mich genau so erleichtert, wie dieses kleine Wesen.

Voller freudiger Erwartung brachte ich es heim in seinen Stall, die Mutter meldete sich schon von Weitem, weil das Kleine ab und zu nach der Mama rief. Es lief gleich zu ihr, und ich lief zu Sonja, um ihr voller Stolz von meinem Fund zu berichten. Sie hatte das Junge schon aufgegeben und war freudig überrascht.

Dieses kleine, verirrte, verlassene Wesen hatte mein ganzes Mitgefühl.

Der Schornsteinfeger kommt

In meinem Postkasten liegt ein Zettel mit der Ankündigung, dass etwa zwischen 11 Uhr und 11 Uhr 30 der Schornsteinfeger kommt. Ich bin gerüstet, der Karton für den Ruß steht unter der Kaminklappe im Keller.

Überpünktlich erscheint er- auf dem Friedhof, weil ich dort gerade arbeite. Er fand die Tür verschlossen vor, sah aber mein Fahrrad und suchte mich.

Da will Ihnen jemand Glück bringen, sagt mir eine ältere Dame, mit der ich ein paar Worte wechsele.

Ich gehe mit dem Schlotkehrer zurück zu meiner Friedhofswohnung, öffne die Haustüre und lasse ihn alleine. Er kennt sich aus. ich gehe zurück auf den Friedhof, da gibt's genug zu tun.

Fünf Minuten später kommt er wieder auf den Friedhof; irgendwas stimmt nicht.

Er fasst sich ans Auge, sagt, eine Vespe habe ihn gestochen. Unterhalb der Luke, durch die er aufs Dach steigen muss, sei ein Vespennest und beim Öffnen der Luke seien sie auf ihn losgegangen und da sei er geflüchtet, aber eine habe ihn am Auge erwischt.

Ich gehe mit ihm in meine Küche, schneide eine Scheibe frischen Knoblauch ab und lege sie ihm auf die Einstichstelle. Ich sage noch, er solle den Knoblauch ein paar Minuten so festhalten. Mach ich, sagt er und geht zu seinem Auto.

Ich schau mir die Sache auf dem Dachboden näher an. Die Blechluke ist auf, hängt draussen in der Dachlandschaft rum, auf den Ziegeln. An der Luke ist mittels einer Schnur ein kleiner Balken befestigt, der, wenn die Luke zu ist, wie ein Riegel von innen vor die Dachbalken geklemmt wird, damit kein Wind sie wegbläst. Jetzt, wo die Luke offen ist, hängt der Balken mit einem Ende am Vespennest. Was ich nicht weiß: er verschliesst genau die Öffnung des Nestes. Die Vespen sind stinksauer.

Eine hockt auf dem kunstvoll gearbeiteten Gebilde und beobachtet mich. Ich will nämlich die Luke wieder dicht machen, damit es im Gewitterfalle nicht reinregnet.

Ich also den Balken geschnappt und- ja was, und? Nichts und, geflüchtet bin ich! Sobald nämlich der Balken von der Öffnung weg war, schossen die Vespen raus und auf mich los. Ich war zwar schnell, aber

197

die Vespen waren schneller, eine hat mich erwischt. Jetzt hatte ich erst mal die Nase voll.

Aber spätestens morgen früh muss mir was einfallen, wie ich die Luke wieder dicht machen kann, denn um 9 Uhr 22 fährt mein Zug ins verlängerte Wochenende zu einem Freund, da kann ich die Luke nicht offen lassen.

Nächster Morgen, halb sieben: Was mach ich bloß? Wie vermumme ich mich am besten? Ah, da fällt mir ein: ich hab doch zwei Regenanzüge!

Aber fangen wir bei ganz dicht über der Haut an: Lange Unterhose, Unterhemd. Wollstrümpfe, Wolljacke, besagte zwei Regenanzüge, bestehend aus Jacke und Hose, Gummistiefel, zwei Kapuzen, Südwester obendrauf, Schutzbrille über die Augen, Gardine über das Ganze und die herunterbaumelnden Enden wie einen Schal um den Hals gewickelt, dicke Lederhandschuhe, dergestalt vermummt, geht's in die Höhle des Löwen.

Ich fange an zu schwitzen. Die Sicht ist wegen der Brille und der Gardine auch nicht gerade die beste.

Dann raufgeklettert auf den Speicher wie die Kosmonauten auf den Mond. Unklar sehe ich die Luke und das etwa Straussenei grosse Vespennest.

Das Loch ist immer noch durch den Balken verschlossen. Wenn ich jetzt die Luke schließe, stürzt sich das ganze Volk auf mich...
Todesmutig, jetzt oder nie, -mein Zug wartet schließlich nicht, und wenns regnet, regnets auch nicht vorbei an der Öffnung, sondern mitten rein, und dann wird meine Schlafzimmerdecke nass,- stürze ich mich an die Luke über dem Nest, schnappe sie, passe sie rein in die Öffnung, was dauert, weil ich nicht weiss, wie rum sie reinmuss, schliesslich ist sie drin.

Panik steigt in mir auf, noch hat mich keine Vespe erwischt, Luke is drin und nix wie weg, mich rumgedreht, geflüchtet, gegen Dachbalken geknallt, über Hölzer, die ich dort lagere, gestolpert, runtergesprungen vom Boden auf die Treppe, Treppe runtergewetzt, Tür aufgerissen, durchgejagt, Tür hinter mir zu gesperrt und - innegehalten., Atem gebremst und gehorcht; nein, keine Vespe hat mich bis hierher verfolgt, alles ist ruhig, kein tosendes, wildes, wütendes Gesumme.

Ich reisse mir Gardine, Kapuzen, Brille, Südwestern vom Kopf, atme tief durch und denke erleichtert: GESCHAFFT, die Luke ist dicht.

Das Ganze hat ziemlich lange gedauert, zu lange. Ich muss noch 12 km bis zur Bahnstation mit dem Rad fahren. Als ich schliesslich völlig k.o. am Bahnhof ankomme, fährt gerade der Zug ein. Mir fällt ein Stein vom Herzen.

Zwei Raubüberfälle

Gerne spreche ich nicht darüber und es hat mich große Überwindung gekostet, mich bei der Schilderung nicht selbst zu betrügen. Jetzt ist der Abstand groß genug, jetzt kann ich den Ablauf der Überfälle ungeschminkt darstellen.

Es war 1989 in Cotounou, der Hauptstadt des afrikanischen Staates Benin, damals Volksrepublik genannt. Ich war mit meinem Fahhrad immerhin bis hierher gekommen.
Benin liegt am Atlantik, zwischen Nigeria und Togo. Am Strand wachsen Palmen und wie überall, Hotels.
Es ist später Nachmittag, die Sonne verschwindet hier um sechs mit einem großen Feuerball. Ich mache Schluss für heute mit dem Fahren und will mir einen Schlafplatz suchen.
Da treffe ich auf diesen Strand. Er ist so anders, als das, was ich bisher erlebt habe. Hier tummeln sich die einheimischen Reichen, es gibt sogar ein Sheraton-Hotel. Ich schiebe mein Rad auf diesen Strand, mache Rast.
Ich weiß, dass das hier nicht mein Schlafplatz sein wird. Ich liebe mehr die Einsamkeit, die Distanz zu solchen Plätzen. Trotzdem verweile ich hier, schaue zu, was so abläuft. Es gibt sogar Liebespärchen, ein seltener Anblick auf meiner bisherigen Tour.
Ist es diese scheinbar romantische Atmosphäre, die mich fesselt? Ich komme nicht vom Fleck. Ich muss mich doch aufraffen, es wird schon dunkel, und um aus der Stadt herauszukommen, brauche ich noch eine ganze Weile, Cotounou ist schließlich eine Großstadt. Aber da ist etwas, das mich festhält. Ich träume. Mir geht meine damalige Geliebte durch den Kopf, die es mit mir am längsten ausgehalten hatte.

Der Platz hier am Strand ist so ganz anders als alle bisherigen Plätze. Ich hatte immer abseits vom Treiben gelegen. Beim Anblick der Liebespaare werde ich in eine romantische Stimmung versetzt, vielleicht habe ich auch Sehnsucht danach, selbst wieder Teil eines solchen Pärchen zu sein. Wie dem auch sei, ich klebe am Sand.
Es wird dunkler und dunkler. Zwischendurch erblicke ich kurz einen Mann, der mich anscheinend beobachtete. Ich messe dem aber keine Bedeutung zu.n Als es vollends dunkel ist, hat sich der Starnd geleert. Ich bin der einzige, der hier noch liegt und bin zu faul, weiterzuziehen.

Plötzlich sehe ich von Weitem einen Mann auf mich zukommen und im Näherkommen erkenne ich ihn: der von vorhin! Er kommt näher und näher. Ich ahne, verdränge aber jeden klaren Gedanken und jede abwehrende Haltung. Ich rühre mich nicht vom Fleck.

Es ist so, wie wenn ein Tier eine Beute fixiert hat und die Beute erstarrt, weil sie erkennt, dass eine Flucht aussichtslos ist.

Da, jetzt erblicke ich auch einen Zweiten, der sich von der anderen Seite her auf mich zu schleicht. Ich rühre mich noch immer nicht. Ich tue so, als ob sie gar nichts böses von mir wollen.

Ich habe ja auch nie etwas Derartiges vorher erlebt, immer kamen Menschen auf mich zu, an meinen Schlafplatz, im Wald, auf dem Feld, auf einer Wiese...

Plötzlich springt der Zweite von hinten auf mich zu, schwingt ein T-shirt um meinen Hals und will mich würgen. Erst jetzt beginne ich, mich zu regen, mich zu zu wehren!

Da sprüht der andere mir etwas ins Gesicht, zückt sein Messer und hält es mir an die Kehle. Die Spitze vorne ist zwar abgebrochen, dennoch habe ich Angst. „Wo ist dein Geld", fordert er auf französisch. Ich sage: „Ich habe kein Geld".

Ich habe Geld, natürlich, aber ich will es ihm nicht geben. Ich denke, wenn ich jammere, glaubt er mir vielleicht, daß ich keines habe.

Aber er glaubt mir nicht. Er weiß, daß ich welches habe, sonst wäre ich ja nicht hier. Ich jammere weiter.

Habe ich Angst davor, dass er mich verletzt?, gar tötet? Ich empfinde Trotz und Todesangst. Ich brauche das Geld, es ist meins, und sie wollen es mir stehlen. Aber meine Angst ist größer.

Es ist schon eigenartig. Obwohl ich gar nicht an diesem Platz bleiben wollte, habe ich, entgegen aller Gewohnheit, das Geld, das ich immer in einem Beutel am Bein aufbewahrte, diesmal im Sand in der Nähe meines Fahrrades vergraben. Nachdem der Druck des Messers an meiner Kehle stärker und die Forderung, mir das Geld zu geben, bedrohlicher gestellt wurde, krabbelte ich schließlich auf allen Vieren zu dem Versteck und rückte meinen Beutel heraus. Sie steckten ihn ein und rissen noch meine Radtaschen runter und den Rucksack, der vorne am Rad auf dem Gepäckträger befestigt war, kippten beides aus, packten das, was sie gebrauchen konnten, in den Rucksack und verschwanden mit der Beute.

Da lag ich nun, bestohlen, geschlagen. Ich hatte die größte Demütigung meines Lebens erlitten.

Ich ließ alles so liegen, wie es war und rannte zur Straße. Ich wollte zur Polizei. Als ich sie endlich fand, fuhren sie mit mir zum Strand, wo ich alles einpackte und auf ihren Pickup lud.

In dieser und auch in den zwei folgenden Nächten schlief ich auf dem Hof der Polizei. Ich gab alles zu Protokoll.

Später fuhr ich zur Botschaft, bekam dort Telefonanschluß zu meinem Freund in Deutschland, der mir über eine Bank Geld an die Botschaft schickte, das ich dann ausgehändigt bekam.

Zum Glück hatten die Räuber keinen Wert auf meinen Pass gelegt, sodass ich die Reise fortsetzen konnte.

Am vierten Tage nach dem Überfall konnte ich wieder alleine draußen schlafen, hatte aber vor dem Einschlafen immer Rachegedanken.

Wo ich nun schon mal dabei bin, kann ich auch gleich den zweiten Überfall erzählen, das ist sozusagen ein Abwasch.

1994 wanderte ich mit einem schwer bepackten Rucksack von Nürnberg aus über Hamburg nach Stettin und von dort diagonal durch Polen, ein Stückchen durch die Ukraine und nach Rumänien hinein.

Irgendwo im Norden Rumäniens sah ich einen jungen Mann an der Strasse stehen. Er hatte nichts bei sich. Auf seinem T-shirt stand etwas in Deutsch. Ich lud ihn zu einem Gespräch an meinen Mittagstisch ein, d.h., ich teilte mit ihm mein Essen im Gras an einem lauschigen Plätzchen. Er sprach nur ein paar Brocken deutsch, den Rest erledigten wir mit Händen und Füssen.

Nach der Mahlzeit lief er einfach mit mir mit und ich duldete es. Er war ein lustiger Kerl, der Elvis in Gesang und Mimik imitierte.

Nach einer Weile stellte sich heraus, dass er gar kein eigenes Ziel hatte, er hatte einfach beschlossen, bei mir zu bleiben.

Obwohl eine innere Stimme mir gleich sagte, dass dieser lustige Bursche auch etwas Hinterlistiges an sich hat, wischte ich mein Misstrauen beiseite und ließ ihn gewähren.

Als es auf den Abend zuging, war er immer noch bei mir. Ich konnte ihn nicht abschütteln, obwohl ich es gerne getan hätte. Er gebärdete sich lieb und unterhaltsam.

Die Schlafplatzsuche gestaltete sich schwierig. ein Instinkt sagte mir, daß ich nicht in völliger Einsamkeit mit ihm übernachten könne, und suchte deshalb die Nähe von Menschen auf.

Da bot sich ein Feldstück an, auf dem noch gearbeitet wurde. Wir brieten uns Ei und Speck, aßen dazu Brot und legten uns dann schlafen. Er hatte nichts bei sich. Ich gab ihm, was ich erübrigen konnte. Die Nächte waren nicht so warm, wie die Tage.
Ich weiß noch, dass ich mich mit meinem Kopf auf den Rucksag legte, was ich sonst nie tat. Ich wollte den Rucksack fühlen, um wach zu werden, wenn mein Begleiter auf dumme Gedanken käme.
Eigenartigerweise dachte ich mir nichts dabei, als dieser Bursche, er mochte so zwanzig Jahre alt sein, vor dem Einschlafen Karateübungen machte.
Warum nicht, ging es mir durch den Kopf. Ich war trotzdem unruhig und schlief die Nacht fast gar nicht.
Am nächsten Morgen wollte ich ihn loswerden und als wir nach einem kleinen Frühstück weiterzogen, teilte ich ihm an einer Kreuzung, an der sich ein Pferdefuhrwerk befand, mit, dass wir uns jetzt trennen müssten, ich wolle mit dem Bus weiterfahren. Ich hatte zu dieser Notlüge gegriffen, weil ich glaubte, ihn sonst nicht loszuwerden.
Er wollte nur noch ein kleines Stück mitlaufen, meinte er, dann würde er mich verlassen. Und auf diesem kleinen Stück geschah es dann.

Wir liefen an einem Bahndamm entlang. In einer Plastiktüte trug ich meine Schuhe, die ich nicht mehr brauchte, weil ich meine Sandalen angezogen hatte. Ich wollte die Schuhe loswerden, weil mich das Tragen von Tüten stört, ich möchte immer gerne beide Hände frei haben und dachte, dass er sie vielleicht gebrauchen könnte, er lief in alten Turnschuhen rum, die schon stanken. Wegwerfen wollte ich sie nicht, dazu waren sie noch zu gut.
Er nahm sie und zog sie an. Aber bald zog er sie wieder aus, sie waren zu eng. Im Gespräch über diese Schuhe ereignete sich etwas, das ich heute nicht mehr ganz nachvollziehen kann.
Ich wollte diese Schuhe nicht mehr, denn er war mit seinen nackten, stinkigen Füssen darin gewesen. Irgendwie war diese Situation für mich problematisch geworden, ich hätte ja jetzt diese Tüte wieder tragen müssen und so sagte ich vor mich hin: "Scheiße, immer diese Probleme." Ich hatte nicht zu ihm gesprochen, nicht ihn gemeint.
Die ganze Zeit über hatte er sich nicht getraut, mich anzugreifen. Ich war einer von ihnen, ein Sinti, ein Umherziehender, der zwar Geld hat, der aber nett zu ihnen ist, mit ihnen teilt, was er hat. Sein Ehrgefühl erlaubte es ihm nicht, mich anzugreifen, solange ich mich ihm gegen-

über wie einer von ihnen verhielt. Er muss die ganze Zeit schon gesucht haben, wo er mir was am Zeug flicken könnte, damit er endlich das tun konnte, was er von Anfang an schon vorhatte.

Jetzt,, wo er das Wort „Scheisse" hörte, da konnte er seinen im Hinterkopf gehegten Plan endlich ausführen, da stürzte er sich auf mich wie ein Geier auf das Aas. Er verstand meine Worte so, wie er sie verstehen wollte. Ich hatte etwas gesagt, was er gegen sich gerichtet auslegen konnte, jetzt war ich sein Feind: „Was, du sagen, **ich** Scheisse?" platzte es aus ihm heraus. Und dann versetzte er mir ruckartig ein paar Karateschläge an den Hals, holte einen 10cm langen Nagel aus der Tasche, baute sich, mit diesem wie mit einem Messer drohend, vor mir auf und schrie nur ein Wort: „Geld".

An meiner Demutsgeste musste er erkannt haben, dass ich bereit war, es ihm zu geben. Ich wollte nicht wegen meines Geldes verletzt werden, also gab ich es ihm.

Dummerweise waren in der Geldtasche auch meine Papiere. Ich war nicht besonnen genug, nur das Geld herauszuholen. Ich warf ihm die Tasche hin, mit der er dann verschwand.

Meine Erlebnisse auf der rumänischen Polizei haben mir dann den Rest gegeben. Ich schrieb darüber an andere Stelle.

Inwendig - Auswendig

Auswendig lernen? Nee, das war nicht mein Ding. Was hab ich mich schwer getan als Pennäler, vor der Klasse zu stehen und wenigstens *eine* Strophe von einem Gedicht vorzutragen, ohne mich zu verhaspeln.

Ich glaube, der Zwang, etwas auswendig lernen zu *müssen*, hat mir diese Schwierigkeiten bereitet, denn ich war nicht uninteressiert an Gedichten, wie das folgende Beispiel zeigt.

Als ich später, nach den ersten Berufsjahren noch einmal die Schulbank drückte, mußten wir uns im Deutschunterricht in Gedichtinterpretation üben. Dazu wurde „Der Echtermeier" aufgeschlagen, ein für höhere Schulen verfertigter Gedichtband.

Unser zu interpretierendes Gedicht stand auf der rechten Seite. Ich war wohl gerade mit den Gedanken irgendwo anders, obschon die Lehrerin handwerklich geschickt an die Deutung der Rilkeschen Verse heranging, jedenfalls war ich nur halb aufmerksam. Die andere Hälfte meiner Aufmerksamkeit schweifte umher und blieb plötzlich auf der linken Seite hängen und zog die andere, auf der rechten Seite verbliebene Hälfte meiner Aufmerksamkeit zu sich herüber, sodass ich jetzt ganz Auge war für das dort abgedruckte Gedicht, das eben falls von Rilke war und den Titel „*Der Panther*" trug.

Ich las es in Einem durch, von vorne bis hinten und verstand es sofort, ohne irgendeine Interpretationshilfe:

Der Panther

Im Jardin des Plantes, Paris

Sein Blick ist vom Vorübergehn der Stäbe
so müd geworden, dass er nichts mehr hält.
Ihm ist, als ob es tausend Stäbe gäbe
und hinter tausend Stäben keine Welt.

Der weiche Gang geschmeidig starker Schritte,
der sich im allerkleinsten Kreise dreht,
ist wie ein Tanz von Kraft um eine Mitte,
in der betäubt ein großer Wille steht.

Nur manchmal schiebt der Vorhang der Pupille
sich lautlos auf -. Dann geht ein Bild hinein,
geht durch der Glieder angespannte Stille -
und hört im Herzen auf zu sein.

Rainer Maria Rilke, 6.11.1902, Paris

Ich habe die Buchstaben, die Worte, die Strophen verschlungen. Warum? Weil ich in diesem Gedicht von Rilke über den gefangenen Panther meine eigene, gegenwärtige Lebenssituation beschrieben fand.

Ich war der Panther. Der Dichter hatte ausgedrückt, was ich in mir fühlte.

Die Schlusslichter

Mein frühestes Kindheitserlebnis datiert aus der Zeit von 1946, als ich etwa zwei Jahre alt war. Wir lebten damals in Rangsdorf, einem Ort in der Nähe von Berlin.

Der Krieg war vorbei, mein Vater in französischer Gefangenschaft. Meine Mutter hatte die Aufgabe, im Westen die neue Heimat vorzubereiten.

Als Flüchtlinge der Kategorie C, - das waren solche, die freiwillig vor den Russen aus ihrer Heimat flohen, weil sie Sanktionen befürchteten, wurden wir nach Nordrheinwestfalen geleitet.

Dorthin musste meine Mutter nun fahren, um sich im Ort anzumelden, eine Wohnung zu bekommen ...

Eines Tages war es soweit: Wir standen am Bahnsteig, ich auf den Armen meiner Mutter, neben uns meine Tante, der sie mich übergab.

Der Zug rollte an, meine Mutter stieg ein, ich blieb zurück bei meiner Tante.

Ich hatte nichts begriffen, wie auch, nur, dass meine Mutter im Zug und ich von ihr abgeschnitten war. Und dann fuhr er ab, der Zug, erbarmungslos, und ich war gefangen in den Armen meiner Tante.

Durch die Tränen in meinen Augen sah ich noch die roten Rücklichter in der Ferne verschwinden, ich konnte sie nicht aufhalten. Ihren Anblick verbinde ich mit dem allergrößten Schmerz.

Öfter schon habe ich diese Lichter geträumt, in Großaufnahme, als Inbegriff der Trennung, sich immer weiter von mir entfernend, bis sie meinen Blicken ganz entschwunden sind.